世界华文文学研究文库第4辑
世界华文文学研究文库编委会 编

华语形象诗学与方法

赵小琪选集

赵小琪 著

花城出版社
南方传媒
中国·广州

图书在版编目（CIP）数据

华语形象诗学与方法：赵小琪选集 / 赵小琪著. -- 广州：花城出版社，2023.11
（世界华文文学研究文库. 第4辑）
ISBN 978-7-5360-9345-4

Ⅰ. ①华… Ⅱ. ①赵… Ⅲ. ①华文文学－文学研究－世界－文集 Ⅳ. ①I106-53

中国版本图书馆CIP数据核字(2022)第058752号

出 版 人：张　懿
责任编辑：李　谓　李加联　杜小烨
责任校对：谢日新
技术编辑：林佳莹
装帧设计：林露茜

书　　名	华语形象诗学与方法：赵小琪选集 HUAYU XINGXIANG SHIXUE YU FANGFA：ZHAO XIAOQI XUANJI
出版发行	花城出版社 （广州市环市东路水荫路 11 号）
经　　销	全国新华书店
印　　刷	广州市岭美文化科技有限公司 （广州市荔湾区花地大道南海南工商贸易区 A 幢）
开　　本	880 毫米×1230 毫米　32 开
印　　张	7.5　2 插页
字　　数	220,000 字
版　　次	2023 年 11 月第 1 版　2023 年 11 月第 1 次印刷
定　　价	68.00 元

如发现印装质量问题，请直接与印刷厂联系调换。
购书热线：020 - 37604658　37602954
花城出版社网站：http://www.fcph.com.cn

《世界华文文学研究文库》第 4 辑编委会

主　编　王列耀

编　委　张　炯　饶芃子　陆士清　陈公仲
　　　　刘登翰　杨匡汉　王列耀　方　忠
　　　　刘　俊　朱双一　许翼心　赵稀方
　　　　曹惠民　黄万华　黎湘萍　詹秀敏

出版说明

有海水的地方就有华人，有华人的地方就有中华文化的流播，也就伴随有华文文学在世界各地绽放奇葩，并由此构成一道趋异与共生的独特风景线。当今世界，中华文化对全球的影响力不断扩大，无疑为我们寻找华文文学创作与研究的世界性坐标，提供了有利的条件和新的机遇。

改革开放三十多年来，中国大陆华文文学研究界的老中青学人，回应历经沧桑的世界华文文学创作，孜孜矻矻地进行了由浅入深、由少到多的观察与探悉，取得了相当丰硕的研究成果。为了汇集这一学科领域的创获，为了增进世界格局中中华文化和不同文化之间的交流与对话，为了加强以汉语为载体的华文文学在世界文坛的地位，也为了给予持续发展中的世界华文文学以学理与学术的有力支持，中国世界华文文学学会与花城出版社联手合作，决定编辑出版"世界华文文学研究文库"。

这套"文库"，计划用大约五年的时间出版约50种系列图书。

"文库"拟分为四个系列：自选集系列、编选集系列、优秀专著系列，博士论文系列。分辑出版，每辑推出6至10种。其中包括：自选集——当代著名学者选集，入选学者的代表作；编选集——已故学人的精选集，由编委会整理集纳其主要研究成果辑录成册；优秀专著——世界华文文学研究领域的最新学术专著，由编委会评选推出；博士论文——世界华文文学研究的博士论文，由编委会遴选胜出。

"世界华文文学研究文库"将以系统性、权威性的编选形式，成就华文文学研究领域的大典。其意义，一是展示中国世界华文文学研究的整体性学术成果；二是抢救已故学人的研究力作；三是弥补此一研究领域的空缺，以新视界做出新的开拓；四是凸显典藏性，有较高的历史价值与人文价值。

"文库"在编辑过程中，参考并选用了前贤及今人的不少研究成果，在此谨向众多方家深表谢忱。由于时间仓促，遗珠之憾和疏漏错差定然不免，尚祈广大读者多加赐教。

花城出版社
2012年10月

自 序

自从20世纪90年代初在《台港文学选刊》的"选刊之友"栏目发表小评论以来,我从事台港澳暨海外华文文学研究已将近30年。岁月的流逝虽然可以改变我的年龄,却无法消磨我对那段初次踏入台港澳暨海外华文文学研究领域日子的记忆。

那时的我没有想到的是,长期被大陆学界所忽视、漠视的边缘化的台港澳暨海外华文文学,远较大陆的中心化的主流文学、精英文学受欢迎。我的硕士论文的一部分在大陆最权威的文学研究刊物《文学评论》上发表后,我只得到了几个学界同事的问候。而我在《台港文学选刊》的"选刊之友"征文比赛中两次获得二等奖以后,它们带给我的惊喜和快乐大大超出了我的想象。我收到了大江南北、海峡两岸许许多多热爱文学的人们的来信和著作。这其中,有香港诗人梦如,小说家蔡益怀,台湾小说家金力明、长随等。

那么,为什么台港澳暨海外华文文学受到广大的大陆读者的欢迎呢?正是带着这样的问题意识,从那个时候开始,我对台港澳暨海外华文文学研究产生了浓厚的兴趣。

从信息论来看,艺术品传达信息的方式是由完全的有序与完全的无序、完全的悟解与完全的不可悟解构成的对立形式实现的。

依据信息论的观点来看华文文学,我们或许又会有新的发现:那就是华文文学的现代性建构,既需要对本民族文化传统的承续,也必须满足现代生活的审美需求。台港澳暨海外华文文学之所以受到广大的大陆读者的欢迎，就在于它展现了台港澳暨海外华人与中国大陆华人异中有同、同中有异的历史记忆与文化认同，在世界文学史上建构了独特的中国形象。有鉴于此，近十年以来，我一直致力于对台港澳暨海外华文文学建构的中国形象进行研究，以期对台港澳暨海外华文文学中的中国想象类型、方法、功能与作用等进行追本溯源的回顾和梳理，敞显其内含的以融合中外文化的方式建立新文化系统的现代性价值，建构台港澳暨海外华文文学的中国想象的完整思想谱系。本书中第一辑"中国形象的立体审视"中的几篇论文，就是我在这方面进行探索的成果。

在我看来，台港澳暨海外华文文学中的中国形象是由极为复杂的因素构成的既对立又统一的集合体。因而，我们要想真正有效地揭示其复杂的内涵与形式，就必须考察它的复合关系结构。所谓复合关系结构，是指我们所讲的台港澳暨海外华文文学中的中国形象是一个由极为复杂的因素生成的纵横交错的具有极大的综合性、系统性的动态的形象系统。

台港澳暨海外华文文学中的中国形象的本质就存在于这种复合关系结构中，并由此获得自身的本质规定性。这就要求，我们在认识、理解、阐释什么是台港澳暨海外华文文学中的中国形象的时候，必须从系统论出发，既对台港澳暨海外华文文学系统与中国大陆文学系统、外国文学系统等其他系统彼此间的影响和作用进行分析，又要对作为大系统的华文文学系统与作为子系统的台港澳、东南亚、北美文学的关系以及作为子系统的台港澳、东南亚、北美文学之间的相互联系进行分析，从而达到对处于共时性和历时性坐标上的台港澳暨海外华文文学中的中国形象系统的完整、全面的认识与了解。本书中第二辑"批评与理论的宏观探寻"中的几篇论文，就是我在这方面进行研究的结晶。

台港澳暨海外华文文学中的中国想象不仅与作家的个体心理结构有关，而且也与社会历史、政治经济、伦理道德等有关。有鉴于此，我们即使在对单一的台港澳暨海外华文作家进行研究时，也应该借助于政治、哲学、美学、心理学、文化学、宗教等其他学科领域的知识与结构主义、新批评、叙事学、阐释学、新历史主义、女性主义、接受美学等新的理念、新的方法对其进行全新的阐释。也就是说，我们应该强化作家作品研究的方法论意识。多种多样领域、学科的理论、方法的不断引入一方面可以开拓台港澳暨海外华文文学研究的空间，另一方面也可以促使我们从新的视角、立场审察、考核以往的社会—历史批评所形成的结论的科学性与合理性。我认为，这种多种多样领域、学科的理论、方法的融合，带给文学与文学理论研究的不仅是新的术语和新的观点，更是一种新的观念和新的思维，它反映了当代学术研究从学科分类走向学科综合的过程。本书中第三辑"作家与作品的方法论解读"中的几篇论文，就是我在这方面进行研究的产物。

目　录

第一辑　中国形象的立体审视

跨区域华文诗歌中国形象的再现式想象论　　3
跨区域华文诗歌中国形象的类比想象方式论　　22
跨区域华文诗歌中国形象的变异式想象方式论　　37
当代台港澳新诗的现代性中国形象建构　　54

第二辑　批评与理论的宏观探寻

普实克与夏志清中国现代诗学权力关系论　　103
当代台湾小说在大陆传播的动力机制　　125
当代台湾小说在祖国大陆的批评性传播与接受形态　　142
蓝星诗社对西方象征派诗美建构策略的化用　　167

第三辑　作家与作品的方法论解读

余光中诗歌二极对应结构论　185

洛夫现代诗的中西视野融合　197

结构主义视野下白先勇《台北人》新读　210

赵小琪学术年表　223

第一辑 中国形象的立体审视

跨区域华文诗歌中国形象的再现式想象论

在跨区域华文诗歌中,诗人们的中国想象总是与记忆紧密相联。对于远离故土的诗人们来说,他们不仅要像古代诗人那样经受被放逐于大陆之内另一空间的羁旅之苦,而且要经受被放逐于国门之外的漂泊之苦。于是,他们为残酷的命运所驱使,挣扎在不同的文化边缘层面,不同的文化冲突在他们心灵中无情地碰撞、撕裂,使他们感受到生命不能承受的轻。在身体与心灵备受折磨的岁月中,他们借助于记忆,潜入了与异乡迥异的故乡的隐秘地带,开启了一扇通往被居住地主流话语遮蔽的中国文化的门扉,通过自身的努力重新建构了一种真实的中国人的生存形态。从心理学的角度看,这种对存留于记忆中的感知表象的再现,是再现式想象。霍米·巴巴指出:"记忆从来不是一种安静的内省或回顾的行为,它是一种痛苦的重组或再次成为成员的过程,它把肢解的过去组合起来以便理解今天的创伤。"[①] 对于台港澳、东南亚、北美等地区的华人诗人而言,他们对于中国的再现式想象,既来源于过去的生活经历,又与现实中抵抗外部文化偏见、确立自我文化身份的需要有关。因而,跨区域华文诗歌对中国的再现式想象就不仅具有地理意义,而且具有极为重要的文化意义。

---

① Bhabha, Homi K., *The Location of Culture* [M]. London and New-York: Routledge Press, 1994. 90.

一、个体记忆的中国

当跨区域华人诗人从一个熟悉的世界走出来,进入一个陌生的现实世界时,这个现实世界时时刻刻将许多令他们既感到新异和惊恐的东西强行置入他们生活的时空,提示并赋予他们在陌生现实世界中存在的意识。"异乡的空气是如此空泛/空泛到降不下一滴笑的雨水来。"(向明《异乡人》)"而昂首的摩天大厦们不识我,/满街怒目的红灯不识我,/向秋风数着一片片死去的春的巨黑橡/也不识我。"(《尘埃》)这种陌生的现实世界的在场和熟悉的过去世界的缺席,既使跨区域华人诗人的生命形态与内涵处于一种无限生成的状态,也使对时间的记忆与回望成为了跨区域华人诗人摆脱自我认同危机焦虑的必然选择。

就此而论,跨区域华人诗人的记忆首先与时间有关。与空间的可以重复进入有别,时间是不可以重复的。时间的不可逆转性特点,使跨区域华人诗人的记忆更多地偏向时间一极。由此,断裂和对立的时间,就构成了跨区域华文诗歌的重要记忆主题。对于跨区域华人诗人来说,当他们走向复杂的陌生世界时,他们就走出了母亲的保护,走出了童真的世界。在远离过去世界的复杂的陌生世界里,他们可以忍受身体上的颠沛流离之苦,却常常难以忍受传统与现代、族群与地域冲突带来的心理上的孤寂和精神上的焦虑。澳华作家冰夫在《难逃孤独》中写道:"并非完全是心理因素,澳洲新移民中的华人,特别是老年人常常有一种难耐的寂寞和孤独感。"故乡,在隔离中变得渐渐模糊,而漂泊者在陌生的土地上面对的,除了黑夜还是黑夜,除了孤寂还是孤寂。在早上,他是忧郁寂寞的。形单影只的他不得不与纠缠着他的寂寞和忧郁打招呼:"早安,忧郁;早安,寂寞。"(余光中《新大陆之晨》)在下午,他是孤独的。他"孤立于下午的大平面上/看费解的抽象图案"。(余光中《孤立十三行》)

为了驱除这种在异质文化环境中因自己的身份无法定义自身的存

在带来的心理上的孤寂，为了化解因时间的流逝带来的精神上的焦虑，跨区域华人诗人自然而然地将记忆的触角伸向了过去，伸向了过去的童年和青春时光，并试图以一种普鲁斯特所说的"望远镜"下的聚焦的时间形式，来与进化的线性时间形式对抗。在记忆的望远镜聚焦中，当下是一个尔虞我诈、自私自利的成人世界，它使跨区域华人诗人"子夜在异国"生发出"一种欲语还休的沉默"，感受到生命的"无所适从"（美华诗人张错《子夜歌》）。记忆中的过去则是一个充满关爱的童真世界，余光中"在屋后那一片菜地里/一直玩到天黑/太阳下山汗已吹冷/总似乎听见远远/母亲喊我/吃饭的声音"（《呼唤》）。当下也是一个庸俗浮躁、物欲横流的成人世界，人们被市场法则、工具理性、高科技等他者权威所操纵，情感世界日趋干枯。美华诗人李佩徵记忆中的过去则是一个充满温情的童真世界："故乡的一口井/甘美的地底泉水/澄明如镜，冷冽如冰/取用不尽的甘泉啊//一别数十年，这井水仍在我的舌尖/留有甘美的余味。"（《井水》）当下还是一个急剧变化的成人世界，造成了跨区域华人诗人生活的不连贯、不稳定，这使跨区域华人诗人不得不发出有家难回、有根难寻的咏叹："太阳有家而我没有//我甚至于不知道故乡。"（方莘《夜的变奏》）余光中等跨区域华人诗人记忆中的过去则是一个充满连续性、稳定性的童真世界。在北美华人诗人右村的童年记忆中，"年年的夏季，家乡屋前的晒谷场/夕阳里我们是坐在竹林边的/喝着/吃着/用景德镇的瓷碗/盛着的稀饭/以目送落西天的红日/那时节，孩子们总爱说：我们在吃着咸蛋呢！"在余光中的童年记忆中，"总似乎听见远远/母亲喊我/吃饭的声音"。（《呼唤》）

在当下世界与过去童真世界的对比中，余光中等跨区域华人诗人的童年记忆不仅仅是过去经验的再现，而是一种具有特定情感指向的活动。当余光中等跨区域华人诗人运用意识的电光照射由记忆所领略而保存的经验世界的形象时，他们实际上是在运用黑格尔所说的记忆过程中的"常醒的理解力"对浮现在意识表层的记忆进行调整、综合，使其成为合规律性、合目的性的记忆形象。这就使得，经过调整、综合的童年记忆不再是纯客观的，而是被余光中等跨区域华人诗人"常醒的理解力"所扩大、改造、升华的。在余光中的记忆中，"母亲喊我/吃饭的声音"，就"比小时候更安慰动人"。（《呼唤》）从一定意义上说，余光中等跨区域华人诗人"常醒的理解力"对过去经验的聚焦，既显示了他们生命力的强度和方向，也展现了他们回归童真世界的强烈愿望。

跨区域华人诗人的记忆不单纯是指向过去的时间——童年时代，也指向过去特定的地方——故乡。就此而论，跨区域华人诗人的记忆除了与时间有关外，也与空间有联系。如果说时间的流逝引发了跨区域华人诗人对童年的记忆，那么，跨区域华人诗人童年的情感寄寓地恰恰是一个现实世界不可比拟的故乡世界。由此，故乡像童年一样，对于作为漂泊者的跨区域华人诗人来说都是极为温暖、极为亲切的字眼，"乡愁"也像时间一样成为了跨区域华文诗歌的重要记忆主题。

在台港澳、北美、大洋洲等跨区域华人诗人的记忆中，中国，总是和地理上的故乡紧密联系在一起。诗人们对过去生活经历的记忆，在很大程度上说，就是漂泊者对出生之原始的寻求，对归属、保护、安全的企盼。漂泊之路，曲曲折折，艰险重重。漂泊者从一个空间向另一个空间迁移时，不仅感受到了一种"个人与社会（甚至自然）的隔绝"，而且，更为强烈地生发出一种"农业社会与工业社会的价值脱节，大陆迁来海岛的郁闷心境与怀想情绪"。[①] 因而在他们这一时期的创作中，空间变异引致的焦虑感得到了广泛和集中的表现。事实上，在跨区域华文诗歌中，忧郁、寂寞与焦虑之所以不分白昼与黑夜折磨作为漂泊者的跨区域华人诗人，在很大程度上是因为他们失去了故乡作支撑，灵魂失去了可以栖息的土地。由此，跨区域华人诗人寻找故乡的意愿不仅是渴望故乡的再现，它的产生也是企求使幼儿时获得的母爱在现时条件下的继续存在。因为，与外面那个充满阴谋和陷阱、满是把混乱当作武器进行厮杀的他者世界相比，故乡与母亲曾

[①] 余光中：《中国现代文学大系》总序，巨人出版社1972年版，第1页。

经给予漂泊者的记忆却是那么温暖、舒适。在这种情况下,漂泊者回过头来寻找故乡,寻找母亲,完全是一种本能的需求。菲华诗人林淙深情地写道:"我时常惦念我的母亲,/她俭朴勤劳忘己而好助人。"(《絮语告北风》)美华诗人非马写道:"左一脚十年/右一脚/十年/母亲啊/我正努力向您/走来。"(《醉汉》)泰华诗人子帆写道:"游子的思亲,日益的滋长,难以遏制的奔放,啊!我又投向母亲的怀抱。"(《千里远,情怀长》)穿越不同的岁月空间,林淙、非马、子帆等漂泊者仿佛重新回到了童年的时候,重新回到了生他们养他们的那片热土。在他们的诗中,母亲、故乡,实际上都是中国,是中国形象的浓缩和具体化。澳华诗人雪阳在《为中国加油》中写道:"中国。从一开始就在我们心上/一见钟情的中国/生死相许的中国/中国啊,祖先的河流我的岸/我们温柔的南方伟岸的北方啊/我的梦想我的道理我的青春/中国啊,我的爹和娘。"美华诗人张错说:"我想我毕生追求的不仅是一个家,还有一个国,不仅是一个国,还有一个家乡。……我半生漂泊在外,了无根蒂,萍踪之余,常有一种失乡的缺憾。"[1] 澳华作家吴棣在《乡情》中这样写道:"随着出国时间的增长,我的一种说不清的对故乡的思念也越来越强烈。人走得越远,故乡的概念就越广阔。在黑龙江的那些老转业兵,故乡就是山东;如果住在山东,故乡也许是烟台;在烟台故乡就成了某个小镇,甚至是一条街。而我人在澳洲,某个地方的概念已不清晰,故乡就是中国。"[2]

从人格心理学来看,这种将家国同构的精神趋向,是一种退化的精神防御机制在起作用。它是漂泊者在社会生活中遭遇到挫折、困难时,倒退到早期的、个体感到幸运的快乐空间的一种精神防御策略。由此,在跨区域华人诗人这里,对故乡、母亲、祖国的记忆既是一种历史的回顾,也隐含一种现实的急迫需要。它以抵御异乡空间的压力

---

[1] 张错:《槟榔花仁》,台北:文鹤出版社1997年版,第12页。
[2] 吴棣:《乡情》,《澳洲华文文学丛书·杂文随笔》,海峡文艺出版社2002年版,第74—77页。

为直接驱动,以寻求自我的统一连续和灵魂的抚慰为目的。借助于对故乡、母亲和中国的重新亲近,漂泊者化解了自己的生存困境,使自己的心灵获得了某种平衡和慰藉。李佩徵在《井水》中这样写道:"当我梦回少年时/在炎热的夏日/啜饮着井默凉/啊,有情味的水啊/我的发丝都快斑白了/走遍太平洋和大西洋之滨/却找不到如你美味的泉流/到今天我才尝到人生滋味/莫如饮我故乡井中故乡水。"(《井水》)因为,故乡、母亲、祖国给儿女的爱,给儿女的奉献,都是一样的无私。尽管外面的世界永远在变,但故乡、母亲、祖国对儿女的爱却是永远不变的。他们永远是漂泊者的归宿,是漂泊者的避风港。台湾诗人席慕蓉写道:"故乡的歌是一支清远的笛 / 总在有月亮的晚上响起 / 故乡的面貌却是一种模糊的怅望 / 仿佛雾里的挥手别离 / 离别后 / 乡愁是一棵没有年轮的树 / 永不老去。"(《乡愁》)而在澳华诗人西彤这里,故乡与祖国则意味着:"一首童年的歌谣/一支母亲的摇篮曲/一张永不褪色的底片/一束剪不断理还乱的思绪// 一条生命词典里最亲和的注脚/一份世世代代延续填写的履历/一串游子心头千回百转的情结/一封年年月月总也读不够的家书/一抔培植血缘与基因的特质沃土。"(《故乡十行》)澳华作家君达在《梦回故乡》中说:"也许我已经想通了,让故乡只变成记忆的一部分,无论我走到哪里,它总是在的,也总是不变的,也许这才是故乡对我的真正意义。"当故乡、母亲和祖国作为永恒的印记生存于君达、西彤等跨区域华人诗人记忆中时,他们的写作也就变成了对这记忆的一种再现式想象,变成了一种自我拯救和自我超越的艺术的精神还乡形式。从某种程度上说,只有在对故乡、母亲和祖国的再现式想象中,他们才能更为平静地面对潮水般涌来的在地种族、文化以及意识形态的冲击。此时,在有月或无月的夜晚,在有风或无风的日子,西彤、君达等漂泊者都可以躺在承载一切的"不变的"母亲、祖国的怀抱中,任天空乌云翻滚、电闪雷鸣,任大地山崩地裂、江河翻腾,这时候,只有母亲、祖国的怀抱会显得无比坚强和稳固、无比仁厚和宽博,它能让"一颗心满足地睡去、满足地想",(余光中《当我死时》)它安全、宁静、温暖,是漂泊者生命中"永不褪色的底片"和"最亲和的注脚"。

应该说,关于故乡、母亲和祖国不变的记忆与其说与真实的故乡、母亲和祖国有关,不如说与一种精神的怀念方式有关。这种怀念方式不是按照真实性原则运行,而是按照一种想象性原则进行,因而,它是对故乡、母亲和祖国记忆的一次修复和重建。在修复和重建中,跨区域华人诗人将故乡、母亲和祖国转化为审美对象,使得想象的故乡、母亲和祖国在想象主体的心中比真实的故乡、母亲和祖国具有更为震撼人心的情感力量。由此,跨区域华人诗人建构于记忆基础之上的属于想象和心理的故乡、母亲和祖国形象就主要是关于意义而不是关于事实的,形象的建构就成为了诗人们寻觅梦想的精神家园、建立自己的身份定位过程。

二、集体记忆的中国

美国著名社会学家爱德华·希尔斯指出:"个人关于自身的形象由其记忆的沉淀所构成,在这个记忆中,既有与之相关的他人行为,也包含着他本人过去的想象。"而记忆中的"过去",既指涉一个人过去的亲身经历,也指涉"他的家庭的历史,居住地区的历史,他所在城市的历史,他所属宗教团体的历史,他的各族集团的历史,他的民族历史,他的国家历史,以及已将他同化更大文化的历史,都提供了他对自己过去的了解"。[①] 在台港澳、东南亚、北美等跨区域华人诗人的记忆中,过去,就既与地理上的故乡有关,也与文化上的故乡联系在一起。限于地理上的故乡的记忆是一种个人化记忆,而对民族、国家历史文化的记忆则是一种集体化的记忆。相对而言,像余光中、方莘、雪阳、西彤、非马、张错、李佩徵等有过背离故乡、在异

---

① [美] E. 希尔斯:《论传统》,上海人民出版社1996年版,第67—68页。

乡漂泊经历的台港澳、北美、大洋洲等区域的华人诗人笔下的故乡往往包含着地理与文化的意义。余光中说:"乡愁并不限于地理,它应该是立体的,还包含了时间……真正的华夏之子潜意识深处耿耿不灭的,仍然是汉魂唐魄,乡愁则弥漫于历史文化的直经横纬而与整个民族祸福共承,荣辱同当。"① 而不具有与中国的故乡隔绝经历的林幸谦、傅承得、温任平、长谣、辛金顺、游川等东南亚华人诗人书写的故乡往往是文化意义上的象征符号。马华诗人林幸谦说:"文化乡愁,对海外人是一种文化倾向,决定了人们的精神价值取向。生于海外的人们,意味着散居族裔文化的延续。族裔残余的集体记忆随着人们的迁移而扩散,甚至穿过时空深植于基因之中,以遗传的方式代代相传。"② 这种文化乡愁的内涵虽然不指涉着个体切身经验的中国地理上的故乡记忆,但它作为祖先生活的一种表征,却包含了中华民族共同体千百年来世代相传并发展的活动方式库存在东南亚华人诗人头脑中的遗传痕迹。

事实上,无论是台港澳、北美、大洋洲等区域的华人,还是东南亚等区域的华人,无论是第一代移民,还是第二代、第三代的移民,他们都无法摆脱作为祖先经验的沉积物的集体记忆的影响。美华作家黄运基说:"美国华侨文化有两个特定的内涵:一是它在美洲这块土地上孕育出来的,但又与源远流长的中华民族文化紧密相连;二是在这块土地上土生土长的华裔,他们受了美国的文化教育的熏陶,可没有也不可能忘记自己是炎黄子孙……他们也在觅祖寻根。"③ 马来西亚华裔新生代作家钟怡雯说:"对于生长在马来西亚的华人而言,他们和中国的关系似乎是十分复杂的。在血缘、历史和文化上,华人与

---

① 余光中:《五行无阻·后记》,见《余光中集》第3卷,百花文艺出版社2004年版,第428页。

② 林幸谦:《狂欢与破碎——原乡神话、我及其他》,见《马华文学大系:散文(二)》,彩虹出版有限公司2001年版,第287页。

③ 黄运基主编:《美国华侨文艺丛书. 总序》,沈阳出版社1998年版。

中国脐带相连。他们的生活习惯已深深本土化，是马来西亚华人（在马来西亚过生活的华人族群）；就文化而言，华人却与中国脱离不了关系，所谓文化乡愁即牵涉到对原生情感的追寻，对自身文化的孺慕和传承之情等。"① 马来西亚华裔新生代作家刘育龙也强调指出"真正的文化中国是活在我们内心，而不活在世界上的任何角落，任何土地上"。②

福柯指出："权力无法逃脱，它无所不在，无时不有，塑造着人们想用来与之抗衡的那个东西。"而"人们始终处于权力'之内'，'逃避'它是不可能的"。③ 作为表征系统的一个民族的历史文化，自然也无法逃脱权力的控制。在华人生活的东南亚、北美、大洋洲等区域中，主体民族由于拥有天然的政治、族裔和人口优势，把持了文化的主导权。在主体民族的权力规范下，华人的文化诉求遭受了种种压抑。而在台港澳地区，一些分离主义势力也在兴风作浪，拼命打压人们的中国意识。正是这种权力的压抑性，导致了不同区域华人诗人们的抵抗。而华人诗人们最为有效的抵抗方式，就是唤醒本民族的历史文化记忆。当然，我们也看到，跨区域华人诗人对本民族历史文化的记忆并不是完全客观、被动的，而是具有强烈的选择性与指向性的，即他们是根据抵制他者对华人集体记忆的压抑、确立自己的文化之根的目标和意图来引出记忆中的中国历史与文化的。林幸谦说："一直以来，在我对乡愁的书写中，我倾向于把个别的自我隐藏掉，凸显普遍性的心理，然而事实上却往往未必如此。乡愁，如冬天无雪的荒原，深邃中自有实在的感觉。我在书写中力图寻找海外中国人的某种

---

① 钟怡雯：《从追寻到伪装——马华散文中的中国图像》，见许文荣《回首八十载，走向新世纪：九九马华文学国际学术研讨会论文集》，吉隆坡：南方学院出版社2001年版，第57页。

② 刘育龙：《旅台与本土作家跨世纪座谈会会议记录.（上）》，载《星洲日报》1999年10月23日第4版。

③ ［法］米歇尔·福柯：《性史》，张廷琛等译，上海科学技术文献出版社1989年版，第80、93页。

集体潜意识，以期把自己融入整体幻想之中。对于集体感的追寻，内心残存的原乡神话的记忆，一点一滴渗入意识层。集体记忆中残存的痕迹，被理想化了的原乡以其欲望的面目为我乔装。我试图揭开隐秘的自我，却一再受挫于烦琐的压抑体制中。压抑的记忆塞满了海外人的历史，死去的海外人就深埋于异国的泥土。中国的历史构成了海外人的命运，一代一代遗传给他们的后代。"① 这就使得，他们并没有像跨区域华文小说作家那样经常在作品中以中国式风水、中医药、鬼神祭拜等适用于消费的光怪陆离的中国文化元素来吸引他者充满猎奇与误解的眼光，而是针对他者对中国历史文化的长期误读，凸显了中国历史文化在当今社会的现代性价值，以加强跨区域华人在异质环境中与他者文化对话时的自信心。

在一个较长的时期，强烈的本土文化中心主义意识导致了北美、欧洲乃至东南亚等国家和地区使用形象定式这一本土主义叙事来主观界定、曲解中国和中国文化。从这种意识形态视点出发，中国人由于缺乏宗教信仰，因而既不宽厚也不诚实，其中的典型就是《傅满洲的面具》中的傅满洲。面对这一严峻的现实，跨区域华人诗人采用了福柯式的"反记忆"的方法，通过对本民族"立德"的历史文化的记忆和再现，拨开了本土文化中心主义话语遮蔽在中华文化之上的迷雾，并重新建构了真实的中国文化形态和精神。

如果说西方文化强调的是主体能否认识以及怎样认识等一系列的认识论问题，在这种认识论的主宰下，西方文学贯注着一种严谨的科学精神，人类与世界存在之真成为它孜孜以求的目标。那么，在价值取向上，中国文化就特别重视道德的培养。所谓的"立德"，就是要求人们做人要仁爱孝道、宽厚诚实，直到"杀身成仁""舍生取义"。在这种重道德文化影响下的跨区域华文诗歌关注的是中国历史文化中克己奉公的牺牲精神、修身为本的重德精神和舍生取义的尚义精神，

---

① 林幸谦：《狂欢与破碎——原乡神话、我及其他》，见《马华文学大系：散文（二）》，彩虹出版有限公司2001年版，第286页。

突出的是求善的审美目的。

孟子说:"故天将降大任于斯人也,必先苦其心志,劳其筋骨,饿其体肤,空乏其身,行拂乱其所为,所以动心忍性,曾益其所不能。"(《孟子·告子章句下》)马华诗人林过的《夏禹呵,你没有死》、香港诗人黄国彬的《武侯祠》等诗歌所写的夏禹、诸葛亮等就是这种"苦其心志,劳其筋骨,饿其体肤,空乏其身"的具有克己奉公精神的道德典范。诸葛亮辅佐刘备兴复汉室大业,夏禹治理泛滥的洪水,都是非常艰难的事业。然而,为国为民,他们却呕心沥血地奋斗了一生。夏禹为了治理危害百姓的洪水,婚后常年奔波在外,十三年中三次经过家门却没有进去与妻儿相聚。诸葛亮为了复兴汉室,竟然"在月黑风高之夜,/一个人,散发跣足,/回舞于星际"。他们的这种吃苦耐劳、克己奉公的忘我精神在跨区域华人所处的现实社会中已极为缺乏,由此,跨区域华文诗歌对它的记忆就具有一种指涉现实的人格力量,染上着极为浓厚的个人情感体验和道德考量色彩。诗人们在对这种精神的记忆中引发自我灵魂的震颤,暂时遗忘现实社会中人与人之间冷漠无情、自私自利的文化情绪和氛围。黄国彬写道:"两千年后,我上溯长江,/过三峡,越奉节,来到你的祠内,/在一株古柏下低徊。"林过称赞道:"不死者夏禹,你没有死。"德高如夏禹、诸葛亮者,虽然他们的肉体会消亡,但他们克己奉公的忘我精神却已化入一代又一代的中华民族子孙的血液中永远不死。由此可见,对本民族"立德"的历史文化的记忆并不拒绝苦难与悲壮,在某种程度上,恰恰是在对这种带有苦难与悲壮历史的记忆中,诗人们找到了在现实社会生存的精神支柱,表达了一种对被边缘化的自我与其他华人的精神关怀。

舍生取义,既是中国文化中的一种重要的道德观,也是中国人自古以来所推崇的一种行为方式。一个真正的有德之人,理应是一个忠于国家、忠于民族的人,为了民族和国家的利益,他应该不怕牺牲、勇于牺牲。新华诗人长谣的《端午怀屈原》、台湾新生代诗人杨泽的《渔父·1977》中的屈原,文华诗人学仁的《飞鹏之死》中的岳飞,台湾新生代诗人赵卫民的叙事长诗《文丞相》中的文天祥，马华诗人辛金顺的《绝唱》中的于谦、秋瑾，台湾诗人杨牧的《吴凤》中的吴凤，马华诗人游川的《那一刀——读谭嗣同》中的谭嗣同等就是这一类敢于舍生取义的英雄豪杰。

屈原宁为玉碎，不为瓦全，至死都心向着人民，心向着真理。因为，"水的方向是人民的方向/水的真理永恒一如/南山的真理"。（杨泽《渔父·1977》）文天祥面对着异族入侵者的威逼利诱，威武不能屈，富贵不能淫。因为他明白人生的意义在于："苟生，为了创造价值而活，/如今，为了保存价值而死。"（赵卫民《文丞相》）为了彻底废除番人每逢收获新谷时要拿汉人祭奠雨神的恶习，促进阿里山土著与汉人的团结，清乾隆时期的吴凤以自己的身体作为牺牲，捍卫仁义，谱写了一曲以大爱启蒙民众的悲歌："入山教化番民，我于朱舜水/并不多让；以制度付诸洪荒/船山复出也须引我为知己/即使道不行，我吴凤/一旦将以垂老的生命/肝脑涂地来诠释泛爱亲仁的/道理。假如他们能记忆着我/让阿里山永离血腥和杀戮/一死不轻于张煌言从容就义。"（杨牧《吴凤》）谭嗣同在死神逼近时不仅毫不退缩，而且主动向死亡挑战，为了民众的觉醒和民族的未来慷慨赴死。因为他坚信："不有行者，无以图将来/不有死者，无以酬家国。"对屈原、吴凤、谭嗣同等民族历史中的英雄豪杰"为了保存价值而死""不有死者，无以酬家国"的精神的执着记忆，既产生于一种对这种精神在当今社会逐渐消逝的哀伤之情，也产生于在异质环境中弥补时间的不延续性或空间的隔绝性的一种自我防御本能。因而，对历史上舍生取义精神的再现与张扬的意图一在于以记忆来重构民族历史光辉的一面，二在于以不怕牺牲、勇于牺牲的屈原、吴凤、谭嗣同等民族历史中的英雄豪杰与钩心斗角、欲望膨胀的现代人相对比，表达着诗人们对民族历史文化中"立德"精神的眷念与认同。由此，这种对舍生取义精神的集体记忆就显示了强大的反思和批判功能，体现了诗人们对个体存在的价值和终极意义的思索与追问。

从本土文化中心主义意识出发，北美、欧洲乃至东南亚等国家和地区集体想象中的中国历史文化要么因为没有宗教的支撑而缺乏极高的道德含量,要么因为地理环境的恶劣而缺乏强烈的"立功"的进取精神,前者导致了既不宽厚也不诚实的傅满洲一类人的出现,后者导致了驯从、迂腐、优柔寡断的陈查理一类人的出现。像孟德斯鸠、黑格尔、卡夫卡等人就认为,中国地理环境的恶劣生成了中国人的奴性人格。而更为严重的是,汤亭亭、谭恩美和新移民作家哈金等人的小说也受到这种本土文化中心主义意识的影响。在他们的小说中,中国文化与中国人常常成为本土文化中心主义意识凝视之下的一个类像,一个根据需要而任意被阴性化、妖魔化的图像。

那么,我们民族的历史文化究竟是什么样?我们的民族性格中是否缺乏"立功"的进取精神?带着这样的思考与追问,跨区域华文诗歌在对民族历史文化的回忆和反思中,探寻自我存在和发展的根基,对本土文化中心主义意识进行抵抗和颠覆,在总体上体现出了一种与汤亭亭、谭恩美、哈金等人的小说不一样的对待民族历史文化的价值取向。

何谓立功?不同的国家、不同的时代对此有不同的理解与阐释。西方古代文明滥觞于爱琴海区域,海上贸易在促进了古希腊商业繁荣的同时也生成了西方人立功高于立德的文化价值观。在他们那里,为了发展与扩张的需要对其他民族进行掠夺,就是一种立功的表现。这种立功观充满着进攻性和血腥味。与之相反,中国文明发源于黄河地区,这里土地肥沃,物产丰富,适宜于农业的发展。静态化与秩序化的农业型经济社会催生了"立功"道德化的评价体系。也就是说,在中国历史中,立德与立功是相辅相成的,一方面,立德是立功的基础,另一方面,立德又必须通过立功来体现。

对于中国古代知识分子而言,立功,首先当立报国之功。我们的祖国是三皇五帝开辟的生存之地,是繁衍了千千万万个华人生命的母土。因而,报国既是华夏子孙义不容辞的责任担当,也是他们基于内心深处的一种对国家的认同感。循着历史的源头去探寻,余光中、田思、蔡铭等不同区域的华人诗人发现,一部中华民族的历史,其实就是一部仁人志士的报国史。在余光中眼中，"飞将军"李广为人秉直，治军有方，长期战斗在抗击匈奴的前线，使匈奴人闻风丧胆，建立的是驱除强敌之功。"他的蹄音敲响大戈壁的寂寂。/听，匈奴，小草的浅处，/他的传说流传在长安。/谁不相信？从灞桥到灞陵，/他的长城比长臂更长，/胡骑奔突突不过他臂弯。"（《飞将军》）在马华诗人田思看来，北宋王安石为了国家的振兴，在财政、军事、教育等方面进行了卓有成效的改革，在一定的程度上改变了北宋积贫积弱的局势，建立的是治国之功。诗人写道："腐败的习气/千百年来/仍在麻痹着人心/唯有你的精神/是一剂振奋的清醒/一个不设篱笆的心胸/难免惹来许多画地为牢者/乱扔石头/多少世代了/那些石头已化为尘埃/而日月辉照的/却是你愈见峥嵘的风骨。"（《读王安石》）而新华诗人蔡铭认为，岳飞在国家处于生死存亡之际挺身而出，在抗金斗争的最前线连连击退入侵者，立的是救国之功。诗人写道："楚楚痛着/是母亲 深深/刺在你背上/在我们记忆中的字'精忠报国'/只为了这几个字/你就得被陷害/且饮毒酒/虽然你的箭，你的刀/向金人要回了/我们的血/这些血啊/仍洗不清/千年来蒙尘的中原。"（《岳飞》）对于中华民族而言，苦难和挫折既是一种损害和不幸，也意味着一种考验。它考验着我们民族的意志和精神，考验着我们民族的凝聚力。在几千年历史的演进过程中，我们的民族之所以历经磨难而不衰，靠的就是李广、王安石、岳飞等这种知其不可而为之，知其也许不过走到底仍是一无所获却不改初衷而无畏前行的报国精神。而余光中、田思、蔡铭等不同区域的华人诗人对民族历史中的这种报国精神的记忆，则是当下的民族共同体成员与过去的民族共同体成员的对话。由是，这种记忆一方面指涉着民族的过去，是当下陷于被他者描述存在状态中的华人对被他者有意遮蔽的本民族英雄主义传统的重建；另一方面也指涉着当下的跨区域华人的现实处境，是以民族历史中李广、王安石、岳飞等仁人志士无畏前行的报国精神对现在的跨区域华人生命存在的确证和救赎。正是在此意义上，这种记忆在根本上与其说关涉的是历史中李广、王安石、岳飞等的报国精神，不如说表现了当下跨区域华人诗人渴求平等权利的文化诉求。

事实上，我们说跨区域华人诗人对本民族立功精神的记忆是一个过去与当下的对话过程，是因为这种对话过程既表现在对报国精神的记忆上，也表现在对富民精神的记忆上。

我们知道，在中国传统文化中，立功的含义，除了指涉报国之功以外，还包含着富民之功。春秋时期的著名政治家管仲就颇为睿智地指出："凡治国之道，必先富民。"（《管子·治国》）汉语体系中"国家"这个词的组合也说明了同样的道理。"国家"是由"国"与"家"两个字所构成的。没有"国"不成其为"国家"，没有"家"同样不成其为"国家"。国的发展与进步脱离不了人民，没有人民"家"的富裕就根本没有国家的长治久安可言。五千年来，正是这种恒定的对国与家、国与民关系的阐释，生成了中华文化中独特的立功精神，也推动了跨区域华人诗人对这种精神的关注。

在台湾新生代诗人陈黎的《后羿之歌》中，后羿就是一个拯民于水火的大英雄。在天上同时出现十个太阳，"毒恶的旱灾流行于中国的土地"之时，后羿临危受命，射杀了九个太阳，为民众重新带来了安定的生活。余光中的《燧人氏》歌咏的是远古时期的人工取火的发明者燧人氏。在人们生活水平极低，只能"茹毛饮血"之时，"他的舞恒向上，他的舞/恒向上"，经过艰辛的探索，给人们带来了光明，带来了温暖，带来了烤熟的美食，也成为了"我们的老酋长"。而在马华诗人傅承得、温任平的《筷子的联想》《从古人游，并抒块垒》，菲华诗人谢馨的《中国结》，新华诗人刘含芝的《蚂蚁》，台湾诗人方明的《潇洒江湖》等诗中，诗人们则对有功于人民、民富国强的朝代进行了歌咏。"大汉天威/咏叹短歌行/更赋归去来兮/忘却兵荒马乱/金筋玉筷的落向/应是唐诗宋词的盘碟。"（傅承得《筷子的联想》）"从唐诗宋词的墨渍/望回来/天涯路一千多年/说多远就有多远/气急的你/纵如何飞跃追赶/还是/错过那种辉煌。"（刘含芝《蚂蚁》）"且在每一个/转身的姿态，每一个/低徊的流盼里，中国啊！/中国，我痴迷地模拟/你/唐汉的风华。"（谢馨：《中国结》）而大汉、大唐盛世的出现，是与无数立志富民报国的仁人志士的立功精神不无关系的。在汉代，"还有什么比苏武的鞭节更耐冷？""还有什么比李广的胳臂更长围筑城墙？"（方明《潇洒江湖》）而唐代的韩愈"谏迎佛骨，驱逐鳄群/傲骨豪情之外/更有一份干云的气魄"。（温任平《从古人游，并抒块垒》）这里，对民族历史上富民报国的仁人志士的立功精神记忆的凸显极大地来自于跨区域华人诗人们的自豪感。在一代代立志富民报国的仁人志士的努力下，历史上的中国曾经保持了几个世纪的富甲天下的荣誉。这种荣誉作为一种力量之源，不仅仅在跨区域华人中传达一种民族共同的认知，也在传播和催生一种民族相同的情感、价值取向。在不同文化有着巨大差异和激烈碰撞的环境中，这种共同的认知、情感、价值取向对于华族的凝聚和延续具有十分重要的作用。应该说，这种以挖掘富民报国的仁人志士的立功精神的历史资源、敞显民族经济历史真相的写作，不在于为跨区域华人恢复一个充满事实真实的历史上的经济中国，而是重构一个能够为跨区域华人所需要的充满着现实关怀的经济中国。由是，从本质上说，这种对富民强国的立功精神的历史化叙事就是跨区域华人诗人以此在的现实体验为基础，以超越此在的局限与困境并在超越中获得自我存在的真实感、确证自我生存的价值意义为宗旨的。

在台港澳、东南亚、北美、大洋洲等区域中，华人的民族意识或受到主体民族的压制，或受到分离主义势力的打压。在抵抗这种压制或打压中，记忆扮演了非常重要的角色。而由于所处的区域和写作者的个人经历不同，跨区域华文诗歌记忆中的中国形象又呈现出了同中有异的意义内涵。余光中、方莘、向明等台港澳诗人不仅要像古代诗人那样经受被放逐于大陆之内另一空间的羁旅之苦，而且得经受被放逐于大陆以外的孤岛的流离之苦。于是，他们为残酷的命运所驱使，挣扎在孤岛意识与大陆意识的冲突之中而忧伤不已。他们记忆中的中国既指向生他们养他们的地理上的故乡，也指向滋润他们心灵的传统文化。这种记忆中的中国形象因为承担着这些诗人浓厚的乡愁而充溢着既忧伤又温馨的色彩。

如果说大多数台港澳诗人的乡愁意识主要指涉的是离家和思家之苦，那么，雪阳、西彤、非马、张错、李佩徵等北美、大洋洲、欧洲的华文诗人的乡愁意识在此基础上则还指涉着离国与思国之苦。从中国大陆、台湾走向北美、大洋洲、欧洲，雪阳、西彤、非马、张错、李佩徵等漂泊者作为异族文化之子被彻底地边缘化，在西方文化与中国文化的二元对立中，建构在充裕物质基础之上的西方文化话语以一种无所不在的霸权和歧视方式，向来自于相对贫困国度而处于劣势地位的雪阳、西彤、非马等漂泊者进行挤压。不同的文化冲突在他们心灵中无情地碰撞、撕裂，使他们感受到生命不能承受的轻。正如余光中所说："他那一代的中国人，有许多回忆在太平洋的对岸，有更深长的回忆在海峡的那边，那重重叠叠的回忆成为他们思想的背景灵魂日渐加深的负荷，但是那重量不是这一代所能感觉。旧大陆。新大陆。旧大陆。他的生命是一个钟摆，在过去和未来之间飘摆。"[①] 他们一方面深刻地认识到自己民族文化中落后的一面，另一方面又立足于当下视野，凭着刻骨铭心的童年或少年时的生命体验以及想象的穿透力，去接通民族文化中那些至今仍具有现代性意义的脉流和生命力。他们记忆中的中国，既见证他们从旧的中国文化之家叛离出来而漂泊西方世界的辛酸，也见证着他们难以完全认同排斥与打压华人民族意识的西方文化的困惑。因而，他们诗歌中的中国总与生养他们的那片神奇的中国大地和居留的西方世界有着难以割舍的联系，充满着对中国历史的想象和对文化中国与文化西方的反思以及对人类、宇宙本质的思考。

与雪阳、西彤、非马、张错等大多数北美、大洋洲、欧洲的华文诗人不一样，林幸谦、傅承得、温任平、长谣、辛金顺、游川、陈大为等东南亚华人诗人已经是第二代、第三代乃至第四代华人移民。如果说雪阳、西彤、非马、张错、李佩徵等北美、大洋洲、欧洲的华文

---

① 余光中：《蒲公英的岁月》，载余光中《左手的掌纹》，江苏文艺出版社2003年版，第47页。

诗人更多的是面对所在区域西方强势文化的排斥与打压,那么,林幸谦、傅承得、温任平、长谣、辛金顺、游川、陈大为等东南亚华人诗人更多的则是面对所在国政治上与经济上的排斥与打压。这种排斥与打压的结果,使东南亚华人移民的第二代、第三代、第四代对中国和中国的历史越来越陌生。陈大为指出:"真正读过历史的人不多,了解文化本质的人更少了。对这么一个只有一所中文系的赤道国度来说,该有的苛责都不该吐出。中国真的越来越抽象,最终成为一颗壁球,使劲地弹跳于知识没有粉刷的四壁之中。"① 这种局面引起了陈大为等东南亚华人诗人的焦虑,强化了他们对中国的记忆。但显而易见,这里的记忆与他们的有着切身经验的故乡情结无涉,与作为地理上的故乡的中国关系不大,而是指向着中国遥远的先民遗址、原始意象、经史典籍和神话等历史文化符号。正如陈大为所说:"我喜欢古老的事物,有历史的色泽和思想的厚度。虽然我还没有能力完成理想中的恢宏诗篇,也许还需要十年或更久,但理想是必须的。"② 对于陈大为等东南亚华人诗人来说,中国的历史文化"由于是'获得'(而非赐予),便可能对这一份礼物格外珍惜。这种'珍惜'带着强烈的心理补偿意味,因而,他们甚至比中国文化区的书写者更在乎、更强调文字的'中华性'(文化性)"。③ 在这种补偿心理的驱使下,陈大为等东南亚华人诗人力求在他们的诗中构筑一个想象的历史文化的中国形象。这一形象是诗人们立足于东南亚对中国传统文化在地化的演绎,表达着他们对本族群的历史文化的激情、想象和反思。

跨区域华文诗歌记忆中的中国形象虽然呈现出了不同的形态和意义内涵,但这些再现性的中国形象都有其学理上的合法性,它们既是

---

① 陈大为:《抽象》,载《流动的身世》,台北:九歌出版社1999年版,第92—93页。
② 陈大为:《代跋:换剑》,载《再鸿门》,台北:文史哲出版社1997年版,第137页、第139页。
③ [马来西亚]胡月霞:《李永平的原乡想像与文字修行》,载《浙江大学学报》2005年第1期。

跨区域华文诗人对抗身份不被认同的危机的一种现实需要，也表现出他们对民族历史的想象和对民族未来的憧憬。由此可见，记忆既是跨区域华文诗人立足于"此在"对历史的回顾，也是他们借助于历史对未来的启示。在跨区域华文诗歌中，记忆的意义正在于这种对历史、此在和未来的连通。正如海德格尔所说："回忆绝不是心理学上证明的那种把过去牢牢把持在表象的能力。回忆回过头来思已思过的东西。但作为缪斯的母亲，'回忆'并不是随便地去思能够被思的随便的东西。回忆是对处处都要求思的那种东西的聚合。"① 海德格尔所说的"聚合"就是一种记忆的审美整合和转化力量。利用这种审美整合和转化力量，跨区域华人诗人重构了个人和民族的历史。这种重构并不意味着他们想要真的回到过去世界，而是意味着他们对现实与过去关系的断裂的不满。他们希图通过想象个人和民族的历史来重建完整的自我认同，完成对现实中个体生命与世界创伤的修复。由此，跨区域华文诗歌中的记忆的文化功能就不只在于对真实的个人和民族的历史的呈现，而且也显示了不同区域华人之间共同存在着的对身份的连贯性、一致性的迫切需求。

---

① 海德格尔语，转引自刘小枫《诗化哲学》，山东文艺出版社1986年版，第237页。

跨区域华文诗歌中国形象的类比想象方式论

在跨区域华文诗歌中,我们可以经常发现一种想象,它是根据"类似律""相似律""接近律"原则,将两种具有某种类似点的表象叠加为一体,从而综合生成一种新的形象的想象方式。根据心理学理论,这就是类比式想象。

跨区域华文诗歌中以现实为基础的象征性类比随处可见,这些诗歌中的象征性类比总是以某种象征性符号去表达特殊的意义。而在索绪尔看来,"象征的特点是:它永远不是完全任意的;它不是空洞的;它在能指和所指之间有一种自然的根基"[①]。从跨区域华文诗歌想象的运动过程看,跨区域华人诗人对象征性符号的采纳并不是完全任意的,而是按照他们的情感与思想的表达的需要去选择的。被选取的动物性象征、地景式象征、节日性象征符号的形式与它们指涉的文化意义的联系也不是牵强附会的,而是在漫长的历史延伸中自然生成的。总的看来,这些象征性符号既涉及民族共同体的历史记忆,又涉及民族共同体的文化价值和 文化精神。依托于它们,跨区域华人诗人将个人的命运融入到了民族共同体的命运之中,民族共同体既是他们情感的归属,也是他们身份、文化、精神的归属。

---

① [瑞士]索绪尔:《普通语言学教程》,商务印书馆1985年版,第104页。

一、标志性动物象征

　　跨区域华文诗歌中的象征性类比首先值得我们关注的是动物性象征符号。在地球上的生命种类之中，人与动物的关系最为密切。从人类发展的历史看，人类是猿猴的子孙，没有动物，就没有人类的出现；没有动物，就没有人类的发展。正是因为动物对人类具有如此重要的价值与意义，因而，在人类早期的信仰中，动物图腾是人类最为推崇的图腾。而对于世界上不同国家、民族的人群而言，这些动物图腾都产生于特定的历史背景和文化背景，折射了不同国家、民族的宇宙观念与生命观念。例如，古突厥人、古回鹘人崇拜狼，一直到20世纪，哈萨克的一些部落仍然打着以狼为标志的旗子；俄罗斯人崇拜双头鹰，至今俄罗斯的国徽上仍然印着双头鹰的图案；西方人恐惧甚至厌恶龙，认为龙是极端邪恶或魔鬼撒旦的象征。中华民族则崇拜龙，对于中华民族而言，龙既在时间上呈现为对一种血缘的承继性关系的维护，也在空间上表现为对基于共同的生存环境而形成的共同的文化的肯定。而跨区域华人诗人之所以在他们的诗歌中不厌其烦地写到龙，就既是因为作为龙的传人，诗人们与龙有着一种血肉相连的情感，也是因为作为中华文化的精神象征，龙的图腾蕴藏着时间上、空间上的极为深刻的象征寓意。

　　作为中华文化共识度最高的符号，与中华文化的博大精深一样，龙的文化内涵也是极为丰富的。在香港诗人林仁超的《龙背上的诗心》中，龙与盘古齐名，是繁衍了炎黄子孙的开天辟地的创世神："曳一串悠悠丹桂的芬芳，/我紧抱盘古偕来的矫矫神龙/回旋于南溟、北极/东海、西洋……"在杨泽的《仿佛在君父的城邦》一诗中，"龙"不仅作为中华民族的祖先在物质上惠泽万民，而且也铸造了中华民族独特的文化传统。"我背坐水涯，梦想河的/上游有源远的智慧与爱/梦想河的上游，龙族/方在平原上定居，幼麟奔过/君父的梦中带来了美丽的器饰文字，/玉的象征，大地与国人的永恒婚庆。"在台湾诗人方明的《赏月》、泰华诗人曾天的《爆竹声中思悠悠》等诗中,龙则包含着重情感、重礼仪的含义。方明的《赏月》表现了龙族的子孙对母土的深入骨髓的苦恋:"今夕,莫问我缤纷的神话/有诗有酒有一面/古典的铜镜……龙族的子孙是最懂得醉的/不然你教我如何对影/干下那一壶家乡的/思念。"曾天的《爆竹声中思悠悠》表达了龙族子孙渴盼吉祥如意的强烈意念:"逢年过节,/传统的龙的吉辰,/在午夜,在凌晨/你听!那阵阵的、噼噼啪啪的爆竹声连天,/震动人们的心弦!……/燃爆竹,庆升平的传统仪式!"在台湾诗人余光中、白灵的《大江东去》《黄河》等诗中,龙被贯注了勇于开拓、勇于进取的精神。"大江东去,龙势矫矫向太阳/龙尾黄昏,龙首探入晨光/龙鳞翻动历史,一鳞鳞/一页页,滚不尽的水声。"(《大江东去》)"而黄河,而龙啊/中国最神秘最最雄壮最最撼人的龙啊/终不肯藏形,不肯就擒,终不肯!/一切都因为/动。"(《黄河》)在泰华诗人李少儒的《调和一条根的母音》中,龙是指涉着一种个人与民族共同体的一种默契联系,是超越所有障碍,沟通不同立场、不同观点的华人的血缘纽带:"泾渭可分清浊,源流怎可分割一支孤独?/碧空的一轮玲珑月——有黄河、有诗国、有龙族。"在新华诗人张从兴的《龙图腾》中,龙作为中华民族的精神信仰和情感纽带,不仅是龙的子孙化解外在压力、摆脱现实生存困境的依靠,而且也是他们能够不断地以优化的运动状态向前发展的根本动力机制:"轩辕也走了/留下了文字/一只神兽/从未见过的神兽/在血光化成的/祥光中诞生了/它有/蛇的身/鳄的头/鹿的角/鱼的鳞/鹰的爪/蜥的足/几十年过去了/几百年过去了/几千年过去了/它在风中长大/它在火中长大/它在雷中长大/它在雨中长大/渐渐的/它有了个/响亮的名字/中/华/民/族。"可以说,余光中、张从兴、李少儒等华人诗人对龙的意义的解读不是对这一图腾符号原始意义的否定,而是以新的思维观念对它的原始意义的丰富和拓展。由此,他们诗中的龙就成为了类比想象的产物,当诗人们面对它、书写它时,他们感受到的是种种令人激动、振奋的精神的进入。这些精神涉及团结凝聚的精神,勇于开拓、勇于进取的精神、爱好和平、谋求和谐的精神，它们都是龙的精神的体现，都是中华民族不可或缺的元素和特质。这些精神的进入让跨区域华人诗人感到充实和满足，它们深化了他们对民族共同体的归属感与认同感，而这种归属感与认同感从某种程度而言恰恰是对仇视龙的居住地主流文化的间接批判。

在对龙的意义不断地发掘中，余光中、张从兴、李少儒等华人诗人们与龙的符号蕴含的种种精神发生了交流与沟通。然而，这种交流与沟通并不总是顺畅的。在一些时候，诗人们的内在心理对龙符号的一些内涵恰恰是拒绝的。像台湾诗人简政珍、马华诗人林幸谦等对龙的震慑邪恶的意义的怀疑就是如此。从很早的时候开始，人们就赋予了龙震慑邪恶的宗教意义，这种原始的理念一代又一代地延伸下来，有时候却在外力的冲击下搁浅在历史的沙滩上。简政珍写道："那一年/进城的人/用匕首在和尚的胸口/画一个十字架。""那一年/进城的人/为了不使字画/身陷将点燃的大火/他们在西方/典藏东方的历史。""那一年/许多家庭盘算/要饿死那一个人/才能支付赔款。"在这民族生死存亡的关键时刻，作为震慑邪恶的象征的龙不仅没有显示出力挽狂澜的强大力量，反而是萎弱无力的。这让龙的传人们情何以堪？他们开始质疑自己的身份，于是有了诗歌最后一句的发问："那一年/许多人都在说/我是龙的传人？"（《那一年》）林幸谦则将自己对龙的复杂情感写得极富层次感。作为一个海外华人，他对中华文化的精神象征的龙曾经极为崇拜，然而，随着时间的推移，他对龙的认识日趋理性化，他对龙震慑邪恶的意义的怀疑也日趋加深："崇拜神龙的中国/实则蟒蛇崇拜/神圣不足，狡猾有余。"这样一种日趋加深的怀疑意识，使得林幸谦深陷在痛苦的旋涡中难以自拔："我在变体的空虚中，战栗/难忘做神与虫的滋味。"（《中国崇拜》）如果说简政珍是对龙符号蕴含的某种精神的萎缩表示了质疑，那么，马华诗人陈大为对龙符号蕴含的某种精神的过于膨胀则语带讽刺。在历史的发展中，龙也被统治者赋予了自己化身的意义。既然龙是神兽，那么，在统治者看来，他们手中的权力就是神授予的，它高高在上，神圣不可侵犯。即使是那个治水的英雄大禹也不例外。当人们提出治洪的功劳簿上应该记上大禹父亲鲧的名字的说法时,大禹表现得极为专横、跋扈:"我伟大龙塑像的灵魂/怎会是前人肥沃智慧的承接?/衰败与平庸的早该淘汰/灯光只需锁定偶像而非舞台。"(《治洪前书》)陈大为、林幸谦、简政珍的诗歌,体现出了跨区域华人诗人对龙符号的民生、民主意义的重视,在他们看来,一切有利于龙符号中民生、民主意义表达的现象都是值得肯定的,而一切有害于龙符号中民生、民主意义表达的事情都是应该否定的。正如痖弦在评论林幸谦时所说:"对他而言,他不拒绝拥抱;但也有强烈的出走的欲求,那是一种极端的痛苦、矛盾、迂回的心态,属于一种希腊悲剧伊底帕斯的杀父情结,对这样的情结,林幸谦表现得特别成功,成为本书的一大特色。"① 这样看来,龙的符号意义在跨区域华人诗人这里虽然有时互相交织与自相矛盾,然而,它们都体现了诗人对中国龙文化的反思,最终都从不同方向指向了对人本思想的期待,这种期待,在任何时代都存在,但于今尤为强烈。

二、核心性地景象征

跨区域华文诗歌中的象征性类比其次值得我们关注的是地景式象征。从符号学的方位考察,特定的国家的地景既是一种视觉符号,也是具有深层象征意味的文化形象,它可以传达一个民族的特定信息,激发一个民族特殊的文化想象力。在跨区域华人诗人的诗中,可以传达中华民族的特定信息的地景式象征符号出现得最为频繁的是长城、长江、黄河等。这是因为,作为区别于世界其他民族的中华民族的地景式表征形象,它们既是中国地理形象中最为突出的标志,又蕴含着跨区域华人诗人对中国地理形象的文化想象。

---

① 痖弦:《漂泊是我的美学——林幸谦生命情结的文学省思》,载林幸谦《诗体的仪式》,台北:九歌出版社1999年版,第3页。

在新华诗人周灿、郭永秀，台湾诗人余光中、郑愁予、钟玲、白灵，美华诗人李宗伦等跨区域华人诗人的眼中，长城、长江、黄河等不仅是中国标志性的地景，也不仅是他们诗歌叙事中的一个令人瞩目的场景，而且还是富有生命力的中华民族的象征。它们不仅为中华民族所拥有，而且也在以它们特定的风格塑造着一代又一代的炎黄子孙的性格。它们是中华历史和文明的伟大见证：长城"穿过秦汉魏晋/唐宋与明清/穿过似长非长/似短非短的岁月/起伏/沉浮/起起伏伏/沉沉浮浮/风雨/阴晴/风风雨雨/阴阴晴晴"。（周灿《长城短调》）它们是炎黄子孙和平生活的坚强保卫者和力量的来源："你这条巨蟒/曾以雄性的拥抱/紧缠中国二十多个世纪！//起伏的漠野上/唯独你/守住代代人的安全/守住代代人的心悸。"（钟玲《长城谣》）"这外围关口正如悬崖刻的'天险'/ 这防卫前哨比绝壁堡垒森严 / 尽管'秦时明月汉时关'不复歌吟 / 弓箭盾牌也横卧在博物馆里边 / 万里长城仍以其雄姿昭示后人 / 众志成城，又有谁再胆敢垂涎。"（王一桃《八达岭（三）》）"大江东去，千唇千靥是母亲/舔，我轻轻，吻，我轻轻/亲亲，我赤裸之身/仰泳的姿态是吮吸的姿态/源源不绝五千载的灌溉/永不断奶的圣液这乳房/每一滴，都甘美也都悲辛/每一滴都从昆仑山顶/风里霜里和雾里/幕 旷旷神话里走来。"（余光中《大江东去》）在历史的风暴中，长城、长江、黄河保护了一代又一代的华人，它们是华人永远不变的精神家园。在这种精神家园中，余光中、钟玲等华人诗人体验到了一种在异国都市中久违了的安定感和幸福感。马华作家胡金伦写道："回首历史，触目所及的是海外华人绵绵的不眠眼神。一则则不泯的信念，是祖父辈们胸口永远难以抚平的伤痛。飘荡流浪在乌托邦的边缘地带的孤独灵魂，终生没有落叶归根的灵冢。那被视为血肉相连的母体，间隔了浩瀚壮澜的黄河情结。命运的巨灵神，破裂成光影般大的碎片，沉积在祖国山河的原始图腾。走过历史长廊，隐约听见文学的跫音响起一片韵丽的天空。那是我混沌的梦境里，千千万万方块字的神州大地。生命中不能弥补的缺憾，我在方块字构筑的异次元世界，获得极度的快慰。"① 而事实上，没有安定感和快慰感，人就不可能拥有稳定的栖居地。正如美华作家许达然所说："在异邦，用筷子，怎样夹都不如家乡味；读古文，怎样卧都不像长城；捧唐诗，怎样吟都不成黄河。"② 而反之，人则会因为精神有所凭借而充满着力量和斗志。这时的长城、长江、黄河，在诗人们心中又成为了意志坚强、勇于进取的英雄："那时，我们的祖先/从黄河翻滚的急流中/湍湍涌出/涌向无人的海岸/向南，向陌生的异域/不毛的芜岛//以两枝竹筷/徐徐插下，一则/拓荒的血泪史。"（郭永秀《筷子的故事》）"一切都在动/肉眼可见水最动/黄河，中国的胎盘、子宫/脐带！中国最最具体的'动'/中国黄金闪闪的龙啊/曲曲折折，曲曲，折折/爱动！/爱像新春的舞龙/爱在人烟稠密的广场/爱在华夏中原，平平坦坦。"（白灵《大黄河》）"湍湍涌出""爱动"言说的都不是一种静态的空间状态，而是一种狂欢精神，是身居现代都市中的诗人们理想情怀的投射。当诗人们日趋一日地厌倦城市生活的单调和沉闷时，"湍湍涌出""爱动"的黄河等空间向他们提示了一种可能的更为自然的生存方式和生命精神，它们将诗人们由都市中"烦"的生活中解救出来，精神在与这种故土地景空间蕴含的精神的融合中变得日趋坚强和勇敢。这时他们心中的长城、长江、黄河，又是坚韧不拔、百折不挠的抗争者："晨起 太阳未现/以致天地异样广阔/长城像一个担夫担着群山/从地平线上彳亍走来……长城——躺在毡上的苦力/明天仍挑同样的担子。"（郑愁予《苦力长城》）"长江在太平洋呜咽/您苍茫的背影/犹在岁月里明灭不定/中国啊！您千古的创痛/沉默在祖茔的山头/我的跪姿则酝酿着乡愁。//……中国！挥洒泪水的黄河/流不尽腥风血雨和国仇/您眼睛愤怒着火花/燃烧万里长

---

① 胡金伦：《历史的皮肤是记忆的颜色》，载《南洋商报·南洋文艺》1995年5月9日。

② 许达然：《土》，载《台湾艺术散文选》第3册，百花文艺出版社1990年版，第5页。

夜和我的漂泊/中国啊！您创痛的伤痕/迸流出血和泪/在永恒的源头。"（李宗伦《中国，请听我说！》）巍巍长城，滔滔长江、黄河，它们在向世界展示着中华民族的宽广崇高和自由奔放精神的同时，也显示了中华民族的坚强意志和伟大气魄。从古到今，它们不舍昼夜将这种精神、意志和气魄化作纽带绾起了千千万万炎黄子孙的心灵，促进了中华文明的发展。如果说，诗歌就是要超度个体生命灵魂进入一个比"与现世更纯粹、更不朽的宇宙"，①那么，对于余光中、李宗伦等不同区域的华人诗人而言，他们在对长城、长江、黄河进行观照时，个体生命超越了现实时空的种种限制，进入了一个具有大气象、大魂魄、大境界的广大无边的象征世界。"我摊开手掌好比摊开/那张秋海棠的叶子/把命运的秘密公开/这条是黄河充满激情/那条是长江装着磅礴/我收起手掌/听到一声/骨的呻吟。"（戴天《命》）他们从象征世界中参悟了民族文化与自身本质深不可测的秘密，生命情感像川流不息的长江、黄河一样，汹汹涌涌地一往直前。此时，诗人们的个体生命生存在长城、长江、黄河等地景式象征世界之中，象征世界也生存于诗人们的个体生命之中，诗人们的个体生命已化入至大无匹的长城、长江、黄河等地景式象征世界，与象征世界同其不朽，与象征世界共其辉煌。

不过，在余光中、李宗伦等诗人的诗中，长城、长江、黄河是一个个充满矛盾的复合体，它们既具有正面的意义，也包含着负面的意义。在历史风雨的侵蚀下，长城、长江、黄河都出现了"一条绵长的伤口"。（简政珍《长城上》）长城"巨大的脊背，已经慢慢地佝偻了"，（张默《长城，长城，我要用闪闪的金属敲醒你》）"灰色的土石已斑剥"，（简政珍《长城上》）"长城斜了，长城歪了/长城要倒下来了啊长城长城……旋天转地的晕眩，大风沙里/砖石一块接一块/一块接一块砖石在崩裂/摇撼比战国更大的黑影/压下来，压向我独撑的

---

① 梁宗岱：《谈诗》，载《诗与真·诗与真二集》，外国文学出版社1984年版，第95页。

血臂。"（余光中《长城谣》）长江、黄河在历史风雨的侵蚀下也日渐呈现出了悲剧性的一面。随着"浊浪"的不断倾入，它们的生命力变得日趋萎弱。长江是"浊浪滚滚的长江"，（张默《昂首·燕子矶》）黄河则在"百十个苦难/亿万个苦难/一股脑儿倾入"中日趋"浑浊"。（非马《黄河》）从某种程度而言，这与其说是写长城、长江、黄河的种种受伤的情状，不如说是写诗人们对一种受到伤害的标志性景观和自然的生活方式的哀悼。正如香港诗人陈昌敏所写的那样："八达岭顿然成为我的心/长城你是一条多刺的荆棘/紧紧把它纠缠住/当车上一名外国人说：//'这里的地方既广袤又贫穷'/我痛极欲泣。"（《长城》）

事实还不止于此。在余光中等诗人看来，长城、长江、黄河的"萎弱"既是它们物理身体特质的一种呈现，也是中国传统文化中封闭、保守思想的象征。历史上，一代又一代的统治者都极力将长城、长江、黄河的功能进行神话化，鼓吹它们可以抵御外敌的入侵，保障我们民族的整体安全。而历史已经证明，以长城、长江、黄河将庞大的帝国围成一个巨大堡垒的退守政策既不能减弱外族入侵的狼子野心，也没有使我们的民族与危险、伤痛、灾难永远隔离开来。在不同的异族的强大攻击下，长城连同黄河、长江难以跨越的神话有时会像肥皂泡样破灭，"用战歌围筑的昂伟也抵不住你一夕饕餮，一次沉沦的嘶喊"。（方明《黄河》）它们守护的广大土地上上演了一幕幕悲剧。"烽火熏黑天幕/杀声冲破塞门/女人号啕胡马上/她男人的头颅/悬在胡儿鞍旁滴血。"（钟玲《长城谣》）"那一年，无数的女子/在月光下/以疲软的树梢/吊起自己细长的身子/修长的投影/是一个谧静凄美的构图/在水面上浮现/而水中已无法装载拥挤的尸身/和引起水波荡漾的/一些离歌。"（简政珍《长城上》）于是，历史将战乱、伤痛、死亡等一笔一画地刻在了长城、长江、黄河之上，它们又成为了民族历史中悲剧性命运的象征。

当长城、长江、黄河成为封闭、保守思想的象征时，它预示着的是华人精神家园的失落。于是，对于余光中、钟玲等诗人而言，长城、长江、黄河既是给予他们归属和安全感的空间，也是囚禁他们自由思想之地。而不论是作为失落的精神家园，还是回归的精神家园，长城、长江、黄河寄托着的都是诗人们的深深的怀旧之情，它们都作为象征系统的组成部分，从不同的侧面折射了一个博大精深的中华文化空间。

三、代表性节日象征

最后，跨区域华文诗歌中的象征性类比值得我们关注的是节日式象征。我们知道，任何民族的节日都是传承和延续这个民族传统文化的象征系统，它们都借助特定的符号或仪式展现着民族特定的生活方式，表现着民族特定的精神品质和追求。中国是一个具有悠久历史的文明古国，历史馈赠给了我们民族十分丰富的节日象征符号。虽然在历史风雨的吹打下，许多节日符号的文化意义逐渐被淡化，然而，大部分节日符号蕴含的基本的精神品质和文化追求，像赤诚爱国、贵和尚美、孝亲敬老等文化精神仍然被传承和延续下来。这些节日符号蕴含的基本的精神品质和文化观念，最容易唤起跨区域华人诗人对亲人、母土的情感，激发他们的民族情感和对民族传统文化的认同。马来西亚华裔新生代作家钟怡雯就认为："华人可从文字、语言、习惯、节庆等共同象征系统凝聚民族意识，并借此召唤出一种强烈的认同。"① 而在我国众多的节日中，跨区域华人诗人最为看重的是端午节、春节、中秋节和清明节。在跨区域华人诗人看来，这几个节日是中国传统节日符号体系中最为重要的组成部分，集中地表现了民族的文化情趣和价值观。

端午节作为民族传统文化的重要象征符号，原来蕴含着较为丰富

---

① 钟怡雯：《从追寻到伪装——马华散文中的中国图像》，见许文荣《回首八十载，走向新世纪：九九马华文学国际学术研讨会论文集》，吉隆坡：南方学院出版社2001年版，第71页。

的文化意义,后来则日趋紧密地与爱国诗人屈原联系在一起,成为了一个弘扬赤诚爱国的文化精神的节日。每年的这一天,许多华人诗人穿越历史的迷雾,思绪在汨罗江上航行,追怀屈原精忠报国的精神。台湾诗人方旗写道:"穿起古时的衣裳/遂有远成人的心情/江南的每条河上都有船只/各自向上游或下游寻去/呼唤魂随水散的故人。"(《端午》)在追怀过程中,华人诗人们发现,屈原的爱国主义精神和忧国忧民的情怀,已经游动如岚地活在他们心灵的深处,化为精血、骨髓和气质,使得他们情不自禁地对屈原和他的精忠报国精神发出赞美之声。美华诗人张堃写道:"锣鼓震天价响/响过两千年的咚咚锣鼓/是荣耀的流传/由汨水罗江流遍/每一瀚森的血脉水道……回来吧,魂魄/所有的江河都流着/滔滔的赞美诗来迎你。"(《遥寄汨罗诗魂》)在这里,当代的张堃等华人诗人与古代的屈原不仅不是不可交流的,而且是融为一体的,古代的屈原属于当代的张堃等华人诗人,张堃等华人诗人也属于古代的屈原。当代的张堃等华人诗人在与古代的屈原相互拥有的过程中,超越了世俗的眼光,深刻地理解了屈原与屈原精神的伟大意义。新华诗人长谣在他的《端午怀屈原》写道:"楚国已成一阵烟/怀王早化尘土/你的歌声仍响着/涌动浩渺的洞庭湖……屈原,我永远是属于你的即使有那么一天当你的泪珠又飘洒而下而人们却说:That's rain."长谣、张堃等华人诗人就这样在追忆中华民族英雄的同时,强化了一种强烈的责任感与使命意识。

如果说端午节主要体现了中华民族对民族英雄的缅怀,那么,清明节则侧重表现了我们民族对家族和宗族祖先的祭祀之情。

在中国,祭祀家族和宗族祖先是孝道的一种体现。在孔子看来,在人的行为中,孝是至高无上的。所以他强调指出:"人之行,莫大于孝。"(《孝经》)孝道的观念,经过中华民族一代又一代人的传承,既牢牢地扎根于我们的国土之上,也融入了世界上所有华人的血液之中。每逢清明,跨区域华人诗人都会以各种方式祭祀他们死去的祖先。他们有的"饮水思源",在清明节开始了他们的寻根之旅。"芒草相互争夺/这片阴阳交界的领域/而我赤裸的双手冒着可能的流血/

去拨开你碑石的名姓/去面对眼前开阔的海域。"（简政珍《扫墓》）他们在走入坟地时，走入了自己的记忆世界，细细地数点着父母对自己的恩情的点点滴滴："你以布满线条的手掌/培养我粗糙的一生/以微露牙齿/笑谈风雨/转述你的往事。"（简政珍《扫墓》）而现在，这个世界上最爱诗人的人隔着冰冷的墓碑与诗人阴阳相隔，诗人不由得不愁思绵绵："但我不知/为何你急躁地/将自己掩埋//从此，每年梅雨/就越加嚣狂了/我不知/是否蚂蚁在你周遭/寻觅家的去处/也不知/附近腾空的洞穴/是否还有狼的足迹/我更不知/秋天是否为了丰收/而播撒了/满山芒草的/花絮。"（简政珍《扫墓》）他们有的在大自然中更为亲密地感受到自己与祖先的血缘联系，在大自然中与祖先的灵魂进行亲密对话，呼唤祖先灵魂的回归："魂兮归来，母亲啊，东方不可以久留，/诞生台风的热带海，/七月的北太平洋气压很低。/魂兮归来，母亲啊，南方不可以久留，/太阳火车的单行道，/七月的赤道/灸行人的脚心。/魂兮归来，母亲啊，北方不可以久留，/驯鹿的白色王国，/七月里没有安息夜，只有白昼。"（余光中《招魂的短笛》）他们有的通过祭祀父母及祖父母，感受到了生命的更新和复活。"归来啊，母亲，来守你火后的小城……等春天来时，你要做一个女孩子的梦，/梦见你的母亲。"（余光中《招魂的短笛》）既然人的身体来自于父祖，那么，死去的父祖就是活着的儿孙们的生命之源，活着的儿孙们的生命中则奔腾着死去的父祖的血液。从这个意义上说，死去的祖先虽死犹生，他们的生命在一代又一代的子孙的传承中获得了无限延伸的意义："我接受膜拜/接受千家飞幡的祭典//星辰成串地下垂，激起唇间的溢酒/雾凝看，冷若祈祷的眸子/许多许多眸子，在我的发上流瞬/我要回归，梳理满身满身的植物/我已回归，我本是仰卧的青山一列。"（郑愁予《清明》）我之所以能够"回归"，是因为祖先的肉体可以死亡，灵魂却是不会死亡的。不死的灵魂与自然界的青山融为一体，获得了永恒的意义。

对华人而言，无论是祭祀民族的英雄还是祭祀自己的父母，其终极目的则在于希望死去的民族英雄和自己的父母能够保佑活着的祭祀者，使活着的祭祀者家庭团结、和睦。毕竟，生存与繁衍才是人类最为根本的需求，没有了个人的存在和家庭的兴旺，孝道就会因为失去其执行人而变得毫无意义。而最能表现华人希冀家庭团结、和睦的心愿的节日又莫过于中秋节、春节了。在跨区域华人诗人的诗中，每逢春节、中秋节，诗人们都格外想念亲人、想念家、想念故乡。马华诗人游川在春节想起了"母亲做的""甜甜黏黏"的"年糕"，这年糕"记忆年年/辗转磨了又磨/磨出糯米洁白的/内涵，是年糕的灵魂"。(《年糕》)台湾诗人彭邦桢在中秋节看到月亮，想起了自己的故乡："水里一个月亮／天上一个月亮／天上的月亮在水里／水里的月亮在天上／低头看水里／抬头看天上／看月亮／思故乡。"(《月之故乡》)对于彭邦桢、游川等华人诗人而言，家和故乡都意味着温馨，意味着团圆。在菲华诗人白凌看来，除夕夜最大的幸福就是一家人聚在一起，"三代/肩膀靠着肩膀/围成圆围成桌面/有的捧碗举筷/有的刀叉齐下/细嚼一盘又一盘/道道地地的中国菜"。(《除夕》)泰华诗人羌岚则认为，中秋节这一天，没有什么比家人聚在一起一边吃月饼，一边互相倾诉对亲人的思念更为快乐的事了："一轮圆月上树梢，／又是八月中秋到/月儿圆又皎/饼儿清香飘……家家庭前拜月娘/厅堂团聚月饼尝……/饼儿清香，怎比儿女绕膝笑/饼儿甜，怎比妻贤语软在心甜！"(《客地中秋吟》)可以说，所有的华人，无论他身处何地，无论他是富裕还是贫穷，家都是他们最为安全的港湾。尽管外面的世界在不断变化，然而，华人对亲情、团圆的需要是不会变化的，对象征着团圆的春节、中秋节的需要也是不会变化的。

从某种程度而言，春节、清明、端午、中秋节都带有一种狂欢化的特性，它们使一代又一代华人获得了最为自由地表达自己喜怒哀乐情感的时机，他们以这一时机来抵抗时间对生命无情的摧残与折磨，企求从单调、沉闷、乏味的现实生活中营造出一个充满意义的瞬间。可是，马华诗人郁人，菲华诗人江一涯，台湾诗人方明、沙丘等认为，也正是因为这些节日的狂欢化特性，节日中也出现了只注意游戏过程而不注意游戏目的的问题。一是只注意节日的物质功能而忽视节日的精神功能："端午虽然年年如昔/吃粽子已别无意义/赛龙舟/也只能在赛马赌狗之余/增添一点乐趣。"（郁人《端午感言》）二是只注重节日的仪式而忽视节日的精神内涵：春节，"爆裂声，响得如此恐怖/惊不走鬼神/却吓坏了不眠的故乡人"；（江一涯《爆竹之呻吟》）清明节，"祭文，早已失去送行人百态泪水"；（沙丘《清明记叙》）中秋节，"上升的香柱焦得月姐缀满羞掩的鹰子/炎黄的子孙是善于膜拜善于塑造一尊未名的神，而后用熏火围住/夜的幽暗，喊风喊雨喊山喊海喊道众神瞠目，而节日只是一卷/流亡的野史。"（方明《中秋》）当端午成为"粽子节"，中秋成为"月饼节"，春节只剩下放爆竹的仪式，清明只剩下冷漠的拜祭形式，那么，这些节日就会成为空洞的符号，它们内蕴的赤诚爱国、贵和尚美、孝亲敬老等意义就会日渐淡化。而失去了文化意义的节日，就像失去了灵魂的生命，它将失去生命的活力，逐渐走向衰朽和灭亡。

  从本质上说，跨区域华文诗歌中的象征符号是诗人们以诗歌语言为中介，以类比想象力为手段，将自身复杂的价值观念、审美理想等具化到目标域内所生成的意蕴深厚的审美意象。它们既有静态的物质性的一面，又折射着诗人的主观思想感情和人生体验。作为一种现代极具表现力的艺术手段，类比性想象在诗歌中不但帮助诗人们完成了对标志性动物、核心性地景、代表性节日象征符号的对抗、补充和互相指涉性的书写，而且也表现了华人的集体无意识和现代人的精神世界。可以说，龙、长城、长江、黄河、春节、清明、端午、中秋等象征性符号，作为中华传统文化的重要载体，凝结着民族文化中最具活力、最具代表性的精神。它们像一根精神红线，在纵向上将华人与中华民族文化传统紧密地联系在一起，在横向上将分布在亚洲、北美、东南亚、大洋洲等不同区域的华人团结起来。就此而论，作为华人大家庭的成员，跨区域华人诗人对龙、长城、长江、黄河、春节、清明、端午、中秋等的书写，一方面是为了通过这些符号重新找到自己民族的文化源头和个人生命的起点，弄清楚自己"从哪里来"和"去向何方"的问题；另一方面，则是希图通过具有中国特色意义的表达，展现中国标志性的象征符号的独特文化魅力，增强全球华人的凝聚力和中华文化的向心力，促进世界上其他民族对中国具有标志性的象征符号的理解与认同，扩大中华民族在国际上的影响。

跨区域华文诗歌中国形象的变异式想象方式论

在台港澳、东南亚、北美、大洋洲等跨区域华文诗歌中，存在着大量对中国传统进行改铸和更新的变异式形象。一般而言，这种改铸和更新并不是要完全否定原来的传统形象系统，而是试图为被种种主流话语抑制的生命及其历史形式提供某种释放的可能。这些形象与其说是客观事实的记录，不如说是作者主观情感的产物。主观情感的指向与程度的不同，决定着形象的变异的程度与性质。从心理学的理论来看，这种建基于超想作用，对大脑中的感觉表象进行改铸和更新的想象方式，就是变异式想象。这样看来，跨区域华文诗歌中的变异式想象就不只是一种修辞方式，而且是诗人们对中国传统的一种现代性认知思维与方式的表现。借助于变异式想象生成的形象，诗人们在认知中国传统的同时，也在表达着自己深邃的思想。大致而言，跨区域华文诗歌的变异式形象主要是通过对中国传统文学经典、历史人物与历史事件的改铸和更新来实现的。

一、对传统文学经典的重构

中国传统文学经典与文学的现代性的关系，从客观上看，存在着两重性。一方面，它有与现代性相契合、相一致的超越层面；而另一方面，传统文学经典中也有消极、过时的一面，这一面与现代性格格不入，发生着尖锐的冲突。传统文学经典的这种两面性，在要求跨区域华人诗人对其正面性进行肯定的同时，也必然要求他们将中国传统文学经典置入现代性的架构里面，在与世界上其他国家的文化视域的不断融合过程中，去实现传统文学经典的转换和更新。正是明乎此，台湾诗人余光中强调指出："一位诗人经过现代化的洗礼之后，应该炼成一种点金术，把任何传统的东西都点成现代。"① 在谈及他这一时期的"新古典主义"诗作时，他特别阐明了自己对传统文学题材进行改铸的原则："我以古人古事入诗，向来有一个原则，就是'古今对照'或古今互证，求其立体，不是新其节奏，便是新其意象，不是异其语言，便是异其观点。总之，不甘落于平面，更不甘止于古典作品的白话版。"② 新华诗人王润华指出："在中国本土上，自先秦以来，就有一个完整的大文学传统。东南亚的华文文学，自然不能抛弃自先秦发展下来的那个'中国文学传统'，没有这一个文学传统的根，东南亚，甚至世界其他地区的华文文学，都不能成长。然而单靠这个根，是结不了果实的，因为海外华人多是生活在别的国家里，自有他们的土地、人民、风俗、习惯、文化和历史。"③ 而马华新生代诗人陈大为对传统文化题材的改铸策略是："偶尔借用一则大家熟悉的掌故或人物来当作道具，贯彻某些对事物的批评、某些文学理论的论释，以及对历史的文本性和典律的看法。"④ 显然，余光中、陈大为等跨区域华人诗人对传统的改铸和更新的精神正是缘自现代性与传统文学惰性之间的激烈冲突，缘自现实主体在与历史文本的对话和阐释中的自主性选择。

应该强调的是，在余光中、陈大为等跨区域华人诗人的诗中，这

---

① 余光中：《从古典诗到现代诗》，载《余光中散文选集》第1辑，广西师范大学出版社2003年版，第280页。
② 余光中：《〈敲打乐〉新版自序》，《余光中诗歌选集》第3辑，时代文艺出版社1997年版，第70页。
③ 王润华：《华文后殖民文学：中国、东南亚的个案研究》，学林出版社2001年版，第129页。
④ 许通元、陈思铭整理：《旅台与本土作家跨世纪座谈会会议记录（上）》，载《星洲日报·文艺春秋》1999年10月23日。

种改铸的工作并不意味着将传统文学经典完全改头换面。所谓不是完全改头换面，是指基于理解和阐释的需要，作为系统的传统的原来的语言表层结构，被余光中、陈大为等跨区域华人诗人加以保留。在此基础上，余光中、陈大为等跨区域华人诗人对这个系统的语言、结构再做一个新的后设语言的分析，从而赋予了这个系统以新的形式和内容。赵卫民的《夸父》、郑镜明的《枫桥上冥想》、沈志方的《雨中读柳宗元〈江雪〉》、许悔之的《白蛇说》、曾淑美的《上邪》等诗，就是这方面的代表作。

香港诗人郑镜明的《枫桥上冥想》一诗，是对张继的《枫桥夜泊》一诗的仿用。张继的这首诗用最具诗意的语言构造了一个清幽寂远的意境，诗歌中存在着许多意义的空白点。在对此诗的重写过程中，郑镜明极大地强化了自我的主体意识，对原诗的空白结构进行了颇富创造性的想象与追问："桥下流着的是哪朝代的河/河背着的是什么人家的船/船啦船要划往哪一条水巷/春深的水巷是谁临窗眺望/皱眉的眺望祝福远方行客/匆匆的行客在桥上看倒影。"经过郑镜明对张继原诗关键词、句的解码，我们不仅更为充分地理解了原诗中蕴含着的深远的生命意识和历史意识，而且也发现了郑镜明赋予原诗的主体意识、个性意识等现代性的意义，这些现代性意义是对原诗意义的深化和再创造，是历史视野与现实视野融合的产物。与郑镜明的这首诗一样，台湾诗人沈志方的《雨中读柳宗元〈江雪〉》一诗也是以古代著名诗人诗歌中的句子为基础，对原来诗歌的意义进行了新的开掘和提升。诗人写道："千山疾飞，我以一首唐诗盛住/群鸟惊飞，树以一排枝叶盛住/至于人，人怕都到路以外的地方去了/只留一叶孤舟仍留在纸上横着/至于舟上的老翁，舟下的寒江/有人以一根寂寞的钓丝/将他们彼此系住//什么是不朽呢？这个问题/今早我以一幅山水盛住/喏，挂在壁上了。"柳宗元的原诗中蕴含着较为强烈的孤芳自赏的思想。而这首诗则沿着这个思路继续进行挖掘，将原诗对自我存在的观照上升到对孤寂的艺术和艺术家永恒意义的肯定的高度。事实上，人之所以为人而不是物，就在于他能意识到我就是我而不是他人，而走向孤独，创造寂寞，正是艺术和艺术家走向自觉、走向"不朽"的标志。

在跨区域华人诗人的诗中，对传统的语言表层结构的改铸既表现为对词句的仿拟，也体现为对情节脉络、整体结构的化用。沈志方的《失眠数羊不成，改背〈寻隐者不遇〉》一诗是对唐代诗人贾岛的《寻隐者不遇》一诗结构的仿拟。诗歌的文本符号结构并没有变，它仍然保留了原诗寻访隐者未得的叙事形态，变化的只是文本内的叙述声音。整首诗歌，诗人让历史文本中的叙事声音与现代文本中的叙事声音相互交织、相互对话，而诗歌新的意义也由此生发："松、下问、童子言、师采药去/松下、问童、子言、师采、药去/松下（幸之助）问、童子言……"在这里，语言具有的"二值价值"评判功能已被消解，传统阐释学对贾岛诗歌原意的追逐衍化成了分解式阅读的多种可能性，字、词、意义的不确定性导致了句段乃至文本意义的不确定性，语言在进行不断的分延游戏时，也宣告了一成不变的结构和高蹈世外的桃源梦在现实世界中的破灭。在台湾诗人许悔之的《白蛇说》中，诗歌新的意义也同样是在历史文本中的叙事声音与现代文本中的叙事声音相互交织、相互对话中生成的。这首诗仍然以白蛇、青蛇与许仙的故事为原型，只不过白蛇与青蛇的关系取代白蛇与许仙的关系成为了诗歌的言说重心。"蜕皮之时/请盘绕着我/让我感觉你的痛/痛中癫狂癫狂的悦乐/如此柔若无骨/爱，不全然需要进入/我将用涎液/涂满你全身/在这神圣的夜晚/我努力吐出的涎液/将是你晶亮透明的新衣/小青，然后我们回山里/回山里修行爱和欲/那相视的赞叹/触接的狂喜/让法海继续念他的经/教怯懦的许仙永镇雷峰塔底。"这里，白蛇与青蛇在历史文本中的精神上的相互依赖、相互支持关系已转变成了当前诗歌文本中的肉体上的相互"触接""盘绕"的关系。在传统道学家看来，这种同性之间肉体上的相互"触接""盘绕"的关系是卑俗的。然而，在许悔之看来，女人一旦超越男权文化的控制，成为自己身体的主宰者，自由地表达自己真实的身体欲望，那么，这种身体欲望就会因为真实之光的照射焕发着人性的光芒。

毫无疑义，许悔之、沈志方等诗人对传统文学经典中的故事的解读是在现代语境中发生的，它染着浓重的时代的、个人化的色彩。这种解读的合法性依据不在已经固定不变的传统文学经典，而在一种能够与现代相沟通的动态、发展的特殊的民族精神之上。正如马华诗人林幸谦所说："古老的残余记忆中，原乡神话保存了某些原始的讯息，让后代可以在稍纵即逝的历史中保有内心世界的秩序。然而，所有的神话终有重写的一日。任何惊天的变动，我们都不必讶异。"① 事实上，不论林幸谦、许悔之等跨区域华人诗人愿意不愿意，不论他们对传统文学经典有着多么深厚的感情，传统文学经典的现代化已是大势所趋。正是顺应着这种时代潮流，台湾诗人赵卫民的《夸父传》在保留了"夸父逐日"的故事原型的同时，也赋予了这个故事较为强烈的存在主义色彩。

　　个体生命存在，是西方存在主义哲学的一个根本问题。而生命的"烦"正是个体生命存在的基本规定。海德格尔认为，人从根本上说是一种时间性存在，人总是他所不是的东西，他总是离开自己向前滑行。而人每向前滑行一步，他就离死亡近了一步。就此看来，烦的根源就在于时间。② 在赵卫民的《夸父传》中，诗人就较为充分地展现了夸父的这种对时间的"烦"。在原来的神话中，夸父是一个为了理想和道义一往无前、勇于牺牲的英雄。这种存在之"有"的定在化，极大地遮蔽了存在之有的丰富性。但这种遮蔽并不是永久有效的。在诗人赵卫民的撞击下，定在的神话文本世界开始出现裂缝。从这些裂缝中漏出的是人们未曾发现的夸父的"烦"："如何一种快乐，转变成哀歌？／如何一种欣愉，转变成寂寞？／自空间里回首，找不到自影；／自时间中前瞻，照不见前尘。／我是谁，何处是灵魂的归宿？／谁是我，何处是诞生的源头？""究竟，该在水里度过平静的一生；／

---

① 林幸谦：《狂欢与破碎——原乡神话、我及其他》，载《马华文学大系：散文（二）》，彩虹出版有限公司2001年版，第287页。
② ［德］海德格尔：《存在与时间》，三联书店2006年版，第389页。

抑或，该迎向火，那幻影的前程？"夸父"烦"的显现过程，也就是他的悲剧意识的敞开过程。不过，在诗歌中，夸父的悲剧意识并不是作为一种消极性意义而出现，而是孕育着较大的积极性意义。既然生命的时间是如此短暂，那么，真正的勇者要做的就是用不满作向上的动力，与命运做不息的搏斗。于是，他大声喊道："'逐日！逐日！／走入美丽的象征！'／夸父立起，喊声崩落了岩石。""以我夸父的生命，／来消弭大地的永劫，／这就是神圣的精义！"表面上看，夸父这种不顾一切的超越精神与儒家的"知其不可为而为之"的精神相似，但实质上，两者有着较大区别，儒家的知其不可为而为之的精神中有着非常浓厚的功利色彩，知其不可为而为之的行动的意义在于具体的现实功利的实现上，而夸父的超越精神中却淡化了功利色彩。知其不可为而为之的行动过程中的价值和意义却得到了极大的张扬。这样看来，诗人对夸父的"烦"的揭示，其目的就在于消解神话文本对作为存在之"有"的夸父的肢解，以使被遮蔽的夸父还原其原始的本真面目。

一般而言，文学经典之所以被称为经典，就在于它能超越产生它的那个时代的限制，它的丰富的内蕴可以在不同时间中的不断理解、不断阐释中向我们渐次敞开。从这个意义上说，对具有独创性的内蕴丰富的文学经典的理解和阐释也应是一个不断开放和生成的过程。虽然对文学经典的重构是跨区域华人诗人确保民族文化身份不被外来文化湮没，确立文化主体性意识的需要，但在跨文化、跨民族的文学碰撞、交流极为频繁而又活跃的台港澳、东南亚、北美等地区，任何一个民族的文学，无论其独立性如何强，它都不可停止对外来文学的开放、交流，否则，它就会丧失新陈代谢的能力，将自身推向只有历史感而缺乏时代感的没有生机的死寂状态。因而，对文学经典的重构是中国文学经典保持充沛生机的必需条件，是它们可以不断以优化的结构方式和运动状态向前发展的动力机制。在对文学经典的重构中，跨区域华人诗人的自主性和需要性获得了极大的实现，他们在与其他民族的文学进行了广泛而深入的对话的基础上为文学经典注入了新的血液，形成了一种全新的现代化的视界，这一方面为中国文学经典带来了无限的再生力，另一方面，也为其他民族的读者与批评界带来了审美上的新鲜感和陌生感，激发了他们阅读与了解中国文学经典的热情，从而极大地促进了中国文学经典的现代化、国际化的步伐。

二、对历史人物的改铸

在很长的一段时间里，由于受到居住国先入为主的意识形态的影响，作为外来文化闯入者的中国人的历史一直处于东南亚、北美、大洋洲等地区主流文化中被强加或被忽略的地位，中国人被强行排挤于这些地区的主体民族文化共识之外，常以"他者"形象出现于这些地区的主流历史文化记载中，有关中国人缺乏个性或主体性的看法一直大行其道。更为可怕的是，这些地区的主体民族文化的认知逻辑与价值观对生活于其中乃至台港澳地区的许多华人思想的渗透远比人们想象的深远，许多华人将居住国主流文化对中国人的想象当作了他们的自我想象。就此而论，台港澳及东南亚、北美、大洋洲等不同区域的华人诗人对历史上的中国人形象的重构，一是意在拨开中国与其他国家的主流话语遮蔽在中国人之上的迷雾，将潜伏的中国人的丰富性和生动性揭露出来。二是在放大本真的历史和记录的历史之间的间隙的同时，重新激活人们对于历史上的中国人的浪漫想象，感受到作为一个华人的骄傲与自豪。

余光中的《诗人——和陈子昂抬抬杠》《水仙操——吊屈原》《念李白》，钟玲的《西施》，陈大为的《曹操》，罗智成的《荀子》，蓝海文的《范蠡》等诗作，就不再是对传统的历史人物的简单复写和改写，而是作为现实主体的余光中、陈大为、钟玲等人以现代精神与历史人物展开的一种互动性的对话。

受黑格尔等著名学者的影响，18世纪以来，有关中国人、中国文化中缺乏"主体性""个性"的看法一直在西方社会大行其道。许多西方人习惯于人云亦云，以此当成一种时髦，而根本没有对这种话语的真伪进行辨析与考证。而在罗智成、余光中、陈大为跨区域华人诗人看来,倘若我们不想成为有知识却不会思想的知识复读机,那么,我们就必须回到历史文化现场中去,对历史人物进行仔细的检索。在对历史人物的检索中,他们发现,中国人、中国文化不仅不缺乏主体性,而是具有非常强烈而又独特的"主体性"和"个性"。早在《神曲》《哈姆雷特》和《浮士德》之前,中国战国时期的思想家荀子就以大胆的怀疑和执着的探索精神反对天命、鬼神迷信之说,阐明了天道具有不因人的情感、意志而改变的客观规律。"荀子说/不要怕/这是罕有的夜/美丽骚动我们生疏的灵魂/不要怕/握紧知识/睁大眼睛/胸怀天明。"(罗智成《诸子篇·荀子》)这里,"天明代表着启蒙的意思,知识和启蒙是不可分开的,知识代表的是很多事情,它代表的是从一无所知或从所知有限的世界到有思绪与逻辑的过程"[①]。荀子的这种大胆的怀疑和执着探索真理的精神,难道不是一种独立、独忧、独问的人格特性表现吗?!余光中的《诗人——和陈子昂抬抬杠》则是对唐朝著名诗人陈子昂形象的重构。在诗中,历史上的那个因怀才不遇而感叹自我命运不济的诗人形象不见了,取而代之的是一个经过现代化置换变形了的富有创造精神、具有强烈主体意识的诗人形象。因为自我主体意识的弘扬,命运之神不仅不再能控制他,反而被他所控制:"你和一整匹夜赛跑/直到你猛踢黑暗一窟窿/成太阳。"这样一个掌握了命运之神的诗人,他当然不仅可以发现"前有古人,后有来者",而且也自然"何须怆然而涕下"了。马华诗人陈大为的《曹操》一诗,则改写了历史中的曹操形象。在诗人看来,历史中的曹操是"史官""裁剪"的产物,要了解真正的曹操,我们就必须中止对历史书写客观性的迷信,与历史中的曹操和他的诗歌对话。因为,作为"言志"和"缘情"的生成物,曹操的诗歌极大地表现了他的本真历史存在。"诗史写到建安就得爬一座大山/歌虽然

[①] 罗智成、翁文娴:《知识也是一种美感经验》,2006年10月28日台湾文学馆演讲厅。

短,/但没酒不行/朝露被逐尺的海拔逐尺驱散/听觉里全是呦呦的鹿鸣……/将军在山巅在海底沉吟/等待石土来归附和地层大折曲/河川或小雨都欢迎到此栖居/雄心具象成乌鹊与周公的比喻。"由此,陈大为就在貌似客观真实的历史中撕开了一道裂缝,使被主流话语侵蚀的飞舞着"那智慧的笔、莫敌的刀"建立了文治武功业绩的曹操的真实生命形象获得了极大的提升。

如果说余光中、陈大为对历史人物陈子昂、曹操的重构得力于在已有的阐释基础上对历史人物的精神内质的进一步开掘,那么,马华诗人碧澄的《吃粽子偶感》、台湾诗人钟玲的《西施》等对历史人物屈原、西施的改写则显得更为恣意。这两首诗,无论是叙事方式,还是思想情感,都表现出了非常强烈的颠覆既有历史人物书写模式的倾向。在这两首诗的叙事立场与叙事方式上,屈原、西施已不是历史学家全知全能型叙述中的被书写、被强加的对象,而是成为了自我历史的叙述主体,拥有对自我思想情感的主动阐释权力。而这种叙事方式与叙事立场的改变也自然带来了历史人物思想情感的变化。诗中的屈原、西施,不再是被历史学家们垄断的编年史中的一个个道德符号,而是一个个具有独立生命意识的个体,他们用自己的在场话语,表达和传递着他们被传统主流话语压抑着从未说出过的生命体验。在中国传统文化中,死亡被赋予了一种浓厚的道德意识。这种道德意识成为了判定死亡价值的先决性条件。也就是说,只有被这种道德意识予以肯定的死,才可能具有"重于泰山"的集体意义和社会价值,而被它加以否定的死,则属于一种"轻于鸿毛"的死。长期以来,屈原之所以一直被主流话语所肯定,就在于他为了实现死亡的社会性价值这一终极目标,心甘情愿地献出了自己的生命。而在碧澄看来,既定的历史书写中的那个不能控制自己的话语,而只能按照整体精神的要求去迎合他者的屈原的真实性值得怀疑,历史中真实的屈原远比历史学家们定型的屈原更为立体和鲜活。而诗人的任务,就在于要创造出属于现代人所认同的更为健全、更为人性的屈原。于是,诗人依据现代的意识与精神去重新想象历史中的屈原、重构历史中的屈原,这个充满着现代的个体意识的屈原对被历史学家们肯定的为整体精神而献身的屈原充满怀疑:"我才没那么傻/要鼓足那么大的勇气才跃下汨罗江/楚国的历史可就跟着改变?/如果跳了江就可上来/我们该不知跳了多少次/我才不会那么傻/浪费那些力气/那些泪水。"(碧澄《吃粽子偶感》)既然人的生命只有一次,"如果跳了江"就难以再上来,既然为整体精神而献身的社会性死亡并不能改变"楚国的历史",那么,历史上的屈原为整体精神而献身的社会性意义就已转化为荒诞,而历史重构中的屈原由对个体生命的尊重引出的对为整体精神而死的意义的怀疑和反抗的思想也就是顺理成章的事了。这样看来,诗中屈原的质疑是被诗人作为一种反抗的姿态来处理的,它的目的在于消解道德观、整体精神等存在之"有"对屈原个体生命的肢解和歪曲,消解它们纠缠在屈原个体生命之上种种理性的缰绳,以使屈原被遮蔽、被扭曲的存在还原其原始的本真面目。就此而言,这种揭示和怀疑,与其说最终是要将屈原的个体存在推向一种无意义的深渊,不如说是要戳穿传统道德观念与整体精神建构出来的神话的虚伪和拙劣。由此,这种质疑就不仅动摇了由道德观念与整体精神构成的既定历史书写中屈原形象的合理性基础,而且也为人们对整体精神与个体精神的关系提供了新的理解。

与屈原一样,在传统的主流话语中,西施也是一个为了国家的利益牺牲了自己个人情感的爱国者。在既定的历史书写中,她虽然天天生活在吴王夫差的身边,却心在越国。然而,在钟玲看来:"她与吴王相处多年,吴王也是雄霸一方的男子汉,唯独钟情于西施,西施对他能不生情吗?"(《西施》后记)于是,钟玲通过对一种在场语境的还原,将历史话语构造的作为西施受困的非存在性囚笼进行了拆解,使西施真实的生命欲望从历史强制赋予的必然性中解放了出来。诗歌一开始,就写到了在吴王即将毁灭,越王即将胜利的历史关节点上,西施不是为越王的胜利而高兴,而是为吴王的命运而担忧:"夫差,自从你困在姑苏山头/我登姑苏台望了三天三夜。"一般的历史学家常常将西施作为一个道德符号来认同,又有谁注意到这个道德符号下面是一具有血有肉的身体？这具有血有肉的身体与作为英雄的吴王生活了十年，又焉能不对爱她疼她痴迷她的吴王大动芳心？"那年你臣服了鲁和卫/我娇转于你铁青般的胸怀/'王啊，你降服了卫君和鲁君/也降服了浣纱的美人'。""当你挥剑进军中原/勾践压兵吴境如暗云/谁知道我心痛的原因？/你对我十年痴迷/夜深的呼唤缠绕我的精魂/我的心也系在你身上/那意气风发的你/我再创的你啊！/怎么舍得你步向灭亡？/我捧心的原因无人知悉。"西施就这样以自己真实的生命体验将历史话语中已经被习惯化为肯定性的存在，还原成了荒谬。这种还原，既是西施个体生命意志的自我解放，也是对既定历史书写的反叛与解构。它在中止了读者对既定历史书写的信任的同时，也为人们提供了一种更为合乎人性的对历史中的西施的解读与理解方式。

余光中、钟玲、陈大为等跨区域华人诗人对陈子昂、西施、曹操等历史人物的重构，使我们看到了长期以来被历史学家们所忽视或遮掩的历史人物本身的丰富性和复杂性。在这些诗人的笔下，历史不再是按照历史学家的认知逻辑运行的历史，而是个体生命存在、发展、演变的历史。历史人物也不再是历史学家笔下的"冷血动物"，而是一些能够与诗人进行对话的鲜活、灵动的主体，他们尽情地展现了他们在历史残片中的全部生命形式、活动的可能性。当诗人们以现代的自由和独立精神进入陈子昂、西施、曹操等历史人物的灵魂深处时，他们获得的不仅是对历史的一种新的认知，而且是对人的生命中那些具有普遍性意义的东西的发现。正如台湾诗人罗智成所说："为一个彷徨的社会追寻文化理想，对一个从事文学创作的人来说，最出得上力的，很可能就是对更实际人格的探索及理想人格的塑造。这是我深切体会但不曾明显强调的。现在，我将以《诸子篇》以及以后的作品来强调。"[①] 由此，这些历史人物就既是历史的又是现代的，他们是诗人们站在当代的文化立场上对一种超越历史时空的人文精神进行追

---

① 罗智成：《掷地无声书·出版序》，台北：天下文化出版公司2000年版，第7页。

寻的生成物。他们在给"中国人缺乏个性或主体性"的套话给予有力的反击的同时,也给世界上其他民族的人们带来了强烈的思想冲击。

三、对历史事件的追问

一个民族的历史既是由一系列历史人物构成的,也是由一系列历史事件构成的。与历史人物一样,作为一个民族的文化传统的历史事件,只有在面临另外一种文化系统的冲撞时,它的许多曾经似乎是天经地义、不容怀疑的意义层面才会面临一种被追问和拆解的境遇。从这个意义上说,较之中国内地的诗人,跨区域华人诗人对历史事件的传统意义的追问会更加尖锐。因为,较之中国内地的任何一个地区的中国人,无论是台港澳地区的中国人,还是东南亚、北美地区的华人,他们经受到的中外文化的碰撞、交流都要更为激荡、直接和广泛。可以说,没有这种跨文化的视野作为瓦解和建构的力量,历史事件的传统的意义层面的局限性就不会显露得如此突出,历史事件裂缝处隐藏着的异样的历史景观也就不会放射出如此夺目的光彩。

余光中的《水仙操——吊屈原》一诗以屈原投江自杀这一历史事件为写作背景,表达的意蕴却极具现代色彩。在中国,死亡一直是社会的一个传统的文化禁忌,重生轻死的心态一直存在于我们民族文化心理的深层结构之中。孔子就说过:"不知生,焉知死?"(《论语·先进》)受这种对死亡规避的民族文化心理的影响,历史上人们对屈原之死的描述,也重在表现这种死亡的悲剧性色彩。然而,在余光中诗中,屈原的死却不再是一个令人伤心的悲剧了。诗人写道:"美从烈士的胎里带来/水劫之后,从回荡的波底升起/犹佩青青的叶长似剑/灿灿的花开如冕/钵小如舟,山长水远是湘江。"这里,诗人为我们提供了迥然不同于我们既有文学规范的书写死亡的崭新模式。在这段文字中,我们看不到对死亡的悲剧性陈述和主题化言说,而是感到了一种幻灭的幻美。而在这种幻灭的幻美化和生与死的轮回的意蕴中，显然有着艾略特等西方现代主义诗人的生死循环观的影响。陈大为的《治洪前书》则通过对历史事件的改写完全颠覆了主流历史话语中的人物形象。当绝大多数华人的心理空间被史官撰写的"大禹治洪"的历史话语所侵占时，陈大为发现了这种历史话语的虚伪性和欺骗性。在诗的第一阕，他就开宗明义地写道："所以这回，可要从鲧的埋没讲起。"这意味着，诗人的写作既意在对既有的历史人物的颠覆，也志在还原被历史话语遮蔽的治洪英雄鲧的伟大功绩。在诗人看来，鲧的伟大功绩被遮蔽一方面来自于史官个人记忆的丧失，另一方面也来自于史官构筑的历史话语对读史者个人记忆的吞噬和消融："是思考的流域淤满了水草，所以/放任虾子不停复制单一口味的陋史/让螃蟹阉割新鲜担需冒险的轶事？/是被动的阅读习惯冷宫了鲧的血汗？/历史的芒鞋专心踏着/唯禹独尊的蹬音/或者基石本身就该湮埋/仿佛不曾扎实过任何工程？"与此相反，诗人个人记忆所要恢复的正是被史官和读史者所遗忘的历史真实。在诗人个人记忆的聚光灯的照射下，最为令人震撼的不是历史真实本身，而是历史当事人大禹、鲧对待历史与历史话语权力的不同态度。大禹将权力当成了为自己追求个人目的资源，他通过权力这条纽带既遮蔽了鲧的功劳，也将自己的意志强加给了史官与读史者："我伟大龙塑像的灵魂/怎会是前人肥沃智慧的承接？/衰败与平庸的早该淘汰/灯光只需锁定偶像而非舞台。"而鲧将权力当成了为公众服务的资源，权力一旦可以造福于民众，他就别无他求。因为，"拯救本身，岂非更崇高"。权力作为一柄锋利的双刃剑，就这样将它的正面和负面展现在了我们面前。只是正面凸显的不再是历史主流话语中肯定的大禹，而是被长期有意遗忘的鲧。

如果说余光中、陈大为是以强烈的现代意识对正史中的历史叙事进行正面反诘和拆解，那么，钟玲的《王昭君》则展示了被正史所忽略的历史事件的微波涟漪；如果说前者的聚焦中心是男性之间的政治斗争史，那么，后者关注的则是女性被遮没的生命体验史。

在以男权立场描述的历史中，"昭君出塞"的历史事件或作为汉匈交好的符号被肯定,或作为文化乡愁的象征被吟咏。通过这些隐喻手法,男性表述的历史将原本处于历史事件中心位置的昭君化为了被定义的对象,王昭君丧失了自我言说的话语权力。而钟玲的《王昭君》则带着女性诗人与生俱来的性别眼光,对男性历史叙事中的暴力性进行了质疑。她让王昭君在主流历史的碎片和缝隙中发出声音,恢复了被男性历史叙事剥夺的女性的主体性和话语权力,使王昭君从男权历史书写中的被书写者变为了当代女性文本中的自我书写者。在诗歌中,王昭君是整个历史事件的看的主体,而元帝、呼韩邪、禁卫等男性则成为了被王昭君所看的对象。在王昭君的眼光中,自己美丽的身体不再是被男性所看的被动对象,而成为了体现自己的尊严、价值的主体。她的肉体俘虏了禁卫,"我的容光炫惑了禁卫,/他把不稳手中的长戈"。她的肉体也震惊了元帝,"你的冕冠倏地一动,/白玉珠旒乱晃"。她的肉体同样震撼了呼韩邪,"呼韩邪拍案惊起,/风霜的脸满布欢喜"。这里,男性的身体不仅成为了王昭君所看的对象,而且被物质化了,成为了被王昭君美丽的身体所支配的存在。而王昭君身体的自主性发挥得越是充分,她精神上的自主性就越是体现得强烈。在诗歌中,王昭君不仅成为了自己身体的主人,而且也成为了自己情感的主人。王昭君有着迥异于元帝等男性的价值观和爱情观,这种爱情观体现了王昭君对男女关系与自由的独特理解。在王昭君看来,生命的自由既不是一种单纯的感官满足,又不是一种纯粹性的精神满足,而应该是一种身心一体的满足。而诗歌中的汉元帝,贵为天子,却并没有获得一种真正意义上的生命的自由,其症结就在于他没有成为自己欲望的主人,而是成为了自己欲望的奴隶。当他被王昭君美丽的身体刺激得"冕冠倏地一动,/白玉珠旒乱晃"时,他表现出的是一种极端自私的占有欲。正是源于这种极端自私的占有欲,他才没有将他与王昭君的关系看作一种相互拥有的爱欲性关系,而是将这种关系看作了一种他对王昭君的占有性关系。而王昭君的聪慧之处恰恰在于,她明白一旦自己被汉元帝当作玩物来看待,那么,她就会在满足于这种被占有的同时,也最终给自己埋下生命受困的祸根。因为,"纵使你爱我,以无尽温柔,/你的宠眷能多久"?这里,女诗人借王昭君之口表达了一种自我与异体彼此平等的拥有性的爱欲观。"拥有"意味着自我与异体是一种对话性关系,而这种对话性关系又是在确认双方的主体性的基础上建立起来的。因而拥有了主体性的异体不再只是作为一种被占有物而被动存在,而是具有一种较大的主动选择权。面对汉元帝表现出来的"深情",王昭君可以接受,也可以拒绝。这里,自我与异体的关系,不再是一种占有与被占有的关系,而是一种相互拥有的对话性关系。正是这样一种异体不受自我支配,而自我也不受异体控制的对话性关系,才是一种真正能被称为两性之间的爱情关系。由此,钟玲在将王昭君的爱情和主体性推向了诗歌文本隐型结构的核心时,也以女性的主体意识和独特的女性语言完成了对昭君出塞这一历史事件的重写。在对历史事件的重写中,诗人使男性历史叙事中被压抑的女性展现了被遮蔽的切身经历和自我感悟,向我们展现了淹没在黑暗历史空隙中的另一种完全不同的历史景观。

不得不指出,余光中、陈大为、钟玲等跨区域华人诗人对历史事件的重写与中国内地的许多诗人对历史事件的颠覆性书写是有较大区别的,在后现代主义文化的影响下,中国内地的许多诗人以个人记忆作为历史的本原和动力,完全否认历史事件的客观性和必然性,极力张扬历史事件的偶然性与不可知性,这使中国内地重写历史事件的诗歌出现了消解民族精神,淡化民族认同的倾向;然而,对于身处中外文化冲突更为直接、更为尖锐的台港澳、东南亚、北美等区域的余光中、陈大为、钟玲等华人诗人而言,对历史事件的回顾与重写,既源于在艰难重重的异质环境中抵制陌生感的一种自我防御本能,也是一种文化选择和身份定位的需要。正如马来西亚著名作家黄锦树所说,"华文文学最基本的矛盾之一如斯体现:它的存在本身即是文化的,论证了民族文化存在的事实。正是这种结构性的倾向性,使得往中国特性、古中国的回溯之路——那象征意义上的北返——向中文的回归——始终是华文文学最有创造力的面向之一"。① 因而，总体看来，与中国内地的许多诗人偏重于对历史事件的破坏性叙事不同，余光中、陈大为、钟玲等跨区域华人诗人偏重于对历史事件的建构性叙事。他们并不是否定历史事件的意义，而是否定历史事件的一成不变的结构和终极意义，他们对历史事件意义的确定性的质疑的目的则在于对历史事件意义的重新阐释和界定。尽管他们诗歌中对历史事件改写的外在表现形态多种多样，但它们都可以在一种林毓生所说的"借思想文化以解决问题"的深层结构中得到统一。② 由此看来，余光中、陈大为、钟玲等跨区域华人诗人的对历史事件的重构不过是传统文化和外国文化、文学的视界融合，是一种效果历史，作为一种传统的思维结构，实用理性对跨区域华文诗歌的历史事件的现代性重构依然有着强大的影响。只不过在跨区域华文诗歌中，这种思维结构并不是以原始的形态出现，而是被进行了创造性的置换和转化。在跨区域华文诗歌中，处于传统结构模式中心位置中的"圣人之道""贤人之道"被"民族之道""现代化之道"所代替了。这样的置换和修正，一方面保全了"借思想文化以解决问题"的思想模式，另一方面，又使这种思想模式内蕴的意义，通过一个重写过程与民族重建等现代性意义沟通起来，从而赋予这种原型结构一种较强的现代性色彩。

在文化日趋全球化的背景下，国家形象作为一个国家的"软实力"在国际竞争中的作用日益凸显，建构全面、真实的中国形象也便成为世界上所有华人作家理应自觉承担的时代使命。当代跨区域华人诗人的中国形象的建构便是在机遇与挑战并存的文化日趋全球化的背景下展开的并与变异式想象直接相关，因而，跨区域华人诗人诗中

---

① 黄锦树：《华文少数文学：离散现代性的未竟之旅》，载黄万华主编《多元文化语境中的华文文学——第十三届世界华文文学国际学术研讨会论文集》，山东文艺出版社2004年版，第283页。

② 林毓生：《中国意识的危机》，贵州人民出版社1986年版，第46页。

的中国形象就不能不表现出一种历史、现实和未来的对话性。这种对话性是中国文化走向现代化的必由之路，也是跨区域华人诗人们打造面向世界、面向未来的有竞争力的中国文学经典、中国历史人物、中国历史形象的必然选择。从这个意义上说，这种对话在扩大了所有华人的文化视野的同时，也为外国人更为全面、更为清楚地认识与理解中国文化提供了更为广阔的宣传平台。

当代台港澳新诗的现代性中国形象建构

作为中国曾经被异国殖民的地域,台港澳一直承载着不同性质、不同形态的主体性意识。一方面,英国、葡萄牙、日本等殖民者为了维持自己的殖民权,总是以一种西化的现代化意识削弱和消除人们的民族意识;而另一方面,为了保持自身的独立性与自主性,台港澳民众又总是以不同的形式、方式来表现和确证自身的民族身份。这种特殊的文化环境,使台港澳新诗的现代化历程一直充满着民族意识的表达与西化的现代化意识表现之间的根本性的矛盾。而正是这种矛盾生成的张力构成了台港澳新诗现代性演进的内在动力机制。一方面,台港澳新诗的现代性是以民族意识的独立性为基础的。如果没有民族意识的独立性,台港澳新诗作为一个有着自身质的规定性的文学系统就不复存在。另一方面,台港澳新诗现代性的建构又不是一个民族意识的线性上升过程,而是一个民族意识与其他国家、民族意识不断碰撞、交流、融合的非线性变迁过程。从台港澳新诗演变的轨迹上看,文化的现代化始终是一个民族意识与其他国家、民族意识共生的动态过程,也是一个集体与个人、理性与情感、理想与现实等对立统一元素相互影响、相互吸收、相互融合的杂生过程。

一、集体与个人

不可否认,现代性是台港澳文学发展的一种必然,一种不可逃避的命运。现代性中也确实涵纳着反传统的特质。从这个方面看,我们应当肯定台湾现代诗运动初期纪弦等人对传统所持的批判姿态。然而，现代性的内涵是相当复杂的，它除了有反传统性的一面外，又有对传统审美认同的一面。而对于现代性的这种全面的认识，正是促使余光中等台港澳诗人努力建构个体性与集体性相结合的现代性中国形象的重要动因所在。

从深层的精神资源上看，余光中、蓝海文、黄晓峰等当代台港澳诗人的这种对个体性与集体性相结合的现代性中国形象建构的视点，首先来自西方现代哲人的启迪。随着对西方现代主义文学，尤其是对艾略特的创作的接受的逐渐深入，余光中、洛夫等当代台港澳诗人对西方现代主义文学"反叛传统"又"并不忽视传统"的双重性特质有了更为深入的认识。在他们看来，既然西方"现代文艺的这些'师父'莫不了解，尊重且利用传统"，那么，作为"徒弟"的台湾现代诗诗人就没有理由不"利用传统、发挥传统，使与现代人的敏感结合而塑成新的传统"。①于是，余光中、蓝海文、黄晓峰等当代台港澳诗人开始了对中西文学进行平等对话的追求。而中西文学之间要想达到真正平等的对话，诗人们就必须采取"无所谓古今，无所谓中西，只视需要全为我所用"②的态度。一方面，诗人们要"顽强地突入中国艺术传统的各个文化层次，进行批判性的重新建构"③；"运用古典题材，并汇融前人的特殊技巧，"以表达自己的"现代精神与理念"④。另一方面，"中国新诗应该不是西洋诗的尾巴，更不是西洋诗的空洞的渺茫的回声，而是中国新时代的声音，真实的声

---

① 余光中：《幼稚的现代病》，载《余光中散文选集》第1辑，时代文艺出版社1997年版，第248页。

② 蓝海文：《新古典主义诗观》，载《诗刊》1993年第4期。

③ 黄晓峰：《澳门现代艺术和现代诗论评》，辽宁教育出版社1999年版，第5页。

④ 洛夫：《诗魔之歌》，花城出版社1990年版，第2页。

音"。①因而,"所有忠于中国新诗的诗人,应该把凝视欧美诗坛的目光,转回到中国土地上,让我们接受欧美现代诗的优点与技巧,而不为其诗风面貌所左右,所迷惑,让我们摆脱新的形式与技巧至上的谬误,让我们的新诗在中国的土地上扎下不可动摇的深根,来表现我们中国传统文化熏陶之下的现代思想与现代生活的特质,以建设中国风格的新诗"。② 基于这种认识,余光中、文晓村、蓝海文、黄晓峰等当代台港澳诗人便在一种与传统文学和西方现代主义文学的默契对话之中,开始了他们对个体性与集体性相结合的现代性中国形象的建构工作。

就价值观而言,中国以圆环整体为哲学基石,整体利益就是圆环的中心。这种价值观由于过分强调整体利益也造成了对个体独立和自由的限制。从这个方面看,中国价值观应向西方价值观趋近。但西方崇尚个体的自由观在超越了神道中心主义的同时,也使人类付出了惨重的代价。当人将自我置于唯我独尊的中心位置时,他在将他人和外在环境的敌视推向极端的同时也使自身丧失了安全栖居的处所。而在这一方面,中国传统价值观中蕴含着的明人伦、求致和的思想,又对于西方价值观导致的社会人际关系的改善大有裨益。由此可见,作为人类文明发展序列中的一个方面或侧面而存在的中国价值观或西方价值观,并不存在着优劣、先进与落后的分明界限。它们都既有自己存在的合理性,同时也都有不可避免的局限。

在台港澳新诗中,现代性中国形象的建构工作首先与民族认同紧密地联系在一起。我们知道,民族认同本身就是一个既涉及个体又涉及集体的事情。一方面,民族作为民族认同的前提主体,没有它的存在,民族认同就失去了依据,作为民族认同主体的个体的主体意识以及隐藏在其后的文化背景就无法体现。另一方面,没有民族认同主体

---

① 覃子豪:《新诗向何处去?》,载《蓝星诗选》1957年8月20日狮子星座号。

② 文晓村:《建设中国风格的新诗》,载《葡萄园》1970年第1期。

对认同对象的意向性选择，没有其对认同对象的理解与阐释，作为民族认同对象的民族在不同语言环境和文化背景中的主体身份、文化特性的不同层面就无法彰显，真正的民族认同活动也就无法展开。由此可见，民族认同活动的主体与对象主体的存在，是必须通过对话来实现的。而在社会学家英格尔看来，在三种情况下民族认同活动的主体与对象主体的对话会得到强化：一是当成员们普遍认为民族认同会使他们得到更大的群体共享利益和个人利益的时候；二是当传统文化的真实性和反映族民族起源的神话被人们强烈地感受到的时候；三是当族群中有相当数量的成员感到被权力中心疏远化的时候。① 以此观之，20世纪中国大陆民众的民族认同更多地属于第一种情况，而20世纪台港澳民众的民族认同更多地属于第三种情况。也就是说，正是因为近代以来的殖民地经历和近半个世纪的与大陆母体的分离，极大地强化了台港澳民众的民族自我意识，使他们更为深刻而又痛切地感受到了集体、国家对于个体的重要性。台湾诗人纪弦认为："一切文学是人生的批评；诗也不能例外。无论是传统诗或现代诗，都是为人生的。游离现实，藐视人生，出之以不严肃的态度，则不管你是何等的有才能，你写的东西轻飘飘的，那就毫无价值之可言了。"② 香港诗人蓝海文指出："中国的现代诗，无论什么主义，终归要脚踏实地地走向以诗为本位以民族为本位的新古典主义。愈是民族的，愈能走进世界，愈具艺术的价值，愈是屹立不倒。"③ 澳门诗人懿灵说："诗要和现代人同呼吸，而不是禁锢在象牙塔里的一只故弄玄虚会抓人的猫。"④ 民族与国家对于纪弦、文晓村、懿灵等台港澳诗人来说，不仅意味着一个安身立命的避风港，而且也意味着它能为他们的身份找

---

① 参见马戎《民族社会学》，北京大学出版社2004年版，第470页。
② 纪弦：《从自由诗的现代化到现代诗的古典化》，载《现代诗》1961年第35期。
③ 蓝海文：《新古典主义诗学》，载《诗刊》1993年第4期。
④ 懿灵：《90年代澳门诗坛发展勘探》，载李观鼎编《澳门文学评论选》上编，澳门基金会1998年版，第179页。

到意义上的确切地位和归宿。于是，在他们的诗歌中，个人话语与集体话语日趋紧密地结合在了一起。而这种结合最为突出的表现，就是家与民族的现代化同构。

杨堃教授认为，所谓民族，"即是一个有共同语言、共同地域、共同生活方式（即有共同的经济、社会和文化生活等的具体形式）和共同民族意识、民族情感的人们共同体"。① 近代以来，在中华民族发展的过程中，随着英国、葡萄牙、日本等国的入侵和近半个世纪的不同政权的对抗，中国大陆与台港澳在经济、社会和文化生活等方面都产生了不同程度的差异。然而，台港澳人民与大陆人民仍然拥有共同的血缘、共同的语言、共同的文字。而对于台港澳诗人而言，为了弥补同根同源的台港澳人民与大陆人民在经济、社会和文化生活等方面产生的差异，对中华民族这一族体的认同就显得尤其重要和迫切。

在余光中等台港澳诗人的诗中，对中华民族这一族体的认同往往是从个体的角度做出的。也就是说，他们对民族共同体的认同，可以使自己的身份得到确认。"我父亲是湖南人/我母亲是山地人/我是他们的儿女/我是中国人"；（台湾 詹澈《我是中国人》）也可以使自己孤寂的心灵得到慰藉。"日子的珠子在心田结出了红豆/万千相思在梦中/郁结成一块块女娲石/再没有甚么慰藉/可以代替我们民族的魂魄"；（澳门 谢小冰《海峡情》）还可以使自己区别于他人的差异性得到鼓励和保护。"将军/这里的人民，潜意识里/不愿意提起阁下的名字/也许是因为当年的你/曾以锋利的金属加诸他们祖先的身上/他们的祖先也就还你以金属的锋利/如今/为了记住这段忘不了的沉痛/他们选择了一个/金属的/名字/不属于你/却属于你胯下的/一匹走兽"（澳门苇鸣《铜马像下传自金属的历史感》）。"葡国就是文化/文化就是船就是抵达又出发/就是战争殖民与流亡就是伟大/当鼓声在戏院的橡梁走过时/诗人在狂歌大诗人的狂歌/现代和古代的交合/成了二次

---

① 杨堃：《民族学概论》，中国社会科学出版社1984年版，第389页。

方程文化/因为旅费因为要回葡国/而再告于观众的心坎/可惜我们也是傲慢的民族/不然我们也能明白海盗的歌海盗的语言/也当坐在其中分享没有界限的沟通。"（澳门懿灵《帷幕外》）"我始终挺立于红棉路/我是香岛的花王/以粗壮的枝干/撑向高空/以不屈的眼神/正视港府的皇冠/在我眼中/你的皇冠/不过是我花冠的仿制品/所以我站立在你的身旁/从不逊色/气宇轩昂。"（香港张诗剑《红棉路的木棉》）"是的，他的墓志是横行的/一刀一刀割在无罪的大理石上/我知道那就是我的祖国/啊我的祖国素净洁白的胸膛。"（香港黄襄《柴湾英军坟场》）这里，个体的自由是通过划分自我和他者的界限而形成的。通过民族的自我和民族的他者的区分和界定，个体的主体性意识得到了体现。而对于詹澈、张诗剑、懿灵等台港澳诗人来说，对"海盗""将军"、戴着"皇冠"的英王等民族他者的政治、文化话语权力的解构仅仅是民族共同体成员获得自由的第一步，民族共同体成员要想获得更大的自由，就必须以民族文化为土壤和庇荫。因为，相对于政治、经济的殖民，民族他者对台港澳文化的殖民更为持久、深刻，它既存在于台港澳社会的结构中，也内植于台港澳一些民众的个体心理结构当中。台湾诗人叶维廉指出，在香港"英语所代表的强势，除了实际上给予使用者一种社会上生存的优势之外，也造成了本土住民对本源文化和语言的自卑，而知识分子在这种强势的感染下无意中与殖民者的文化认同，亦即在求存中把殖民思想内在化"。[①] 由此，在许多时候，当詹澈、张诗剑、懿灵等台港澳诗人对民族共同体进行认同时，民族共同体在他们这里其实主要指涉的又是历史源头上的血缘关系和历史进程上的文化关系。台湾诗人杜十三在《皮肤》一诗中写道："脱去图案新潮，台湾制造的衣衫/蓦然发现/久违的身体上/是一层纹理清晰中国制造的皮——/平仄分明的/长满了唐诗宋词。"香港诗人王一桃在《我的诗宣言》中说："我是地道中国诗人 在香港/故

---

① 叶维廉：《殖民主义：文化工业与消费欲望》，载《叶维廉文集》第五卷，安徽教育出版社2003年版，第186页。

我离不开诗经的中国。"余光中也强调指出:"当我怀乡,我怀的是大陆的母体,啊,诗经中的北国,楚辞的南方!"① 余光中、王一桃、杜十三等台港澳诗人的这种发达的民族历史意识,使他们的文化心理总是连着民族的历史和文化。在余光中的《羿射九日》《刺秦王》《漂给屈原》,洛夫的《李白传奇》《赠东坡居士》,香港诗人蓝海文的《禹》《诸葛亮》《张飞》,澳门诗人高戈的《追求》、陶里的《草堆街》等诗中,余光中、洛夫、蓝海文、高戈等台港澳诗人为我们展现了一幅幅光辉灿烂的中华历史文化的图景,从射落九日的后羿到治理洪水的大禹,从视死如归的刺秦壮士荆轲到勇猛过人的三国英雄张飞,从对天发问的屈原到恃才傲物的李白……五千年积淀、发展起来的中华文化,虽历经风风雨雨却元气充沛、博大精深,它是台港澳诗人安身立命的根本,是他们引以为荣的精神骨架和经脉:"台风季巴士峡的水族很拥挤/我的血系中有一条黄河的支流……我的怒中有燧人氏,泪中有大禹/我的耳中有涿鹿的鼓声/传说祖父射落了九只太阳/有位叔叔的名字吓退单于。"(余光中《五陵少年》)在余光中、洛夫、蓝海文等台港澳诗人反复的吟诵、传唱、想象中,后羿、大禹、屈原、荆轲、诸葛亮、李白、苏东坡等天南地北、众多分散的民族共同体历史上的"我"被逐渐聚合起来,成为具有血缘共性的"我们"的光荣与辉煌的历史文化形象。这种历史文化形象放射出的强大光芒穿透了殖民者遮蔽在中华历史文化上的帷幕,激活了余光中、洛夫、蓝海文等台港澳诗人的民族自尊心和自信心。澳门诗人冯倾城吟唱道:"当我穿梭于时空的叶陌/请交给我一章肖邦的琴谱/因为/我要向你弹奏我赤子的心曲。"(《希望的呐喊——请延续祖国的希望》)香港诗人黄国彬坦承:"中国历史上,叫我佩服的人物极多,其中包括李世民、诸葛亮、张良、司马迁。游华夏、上三峡、走蜀道、登峨眉,一方面因为自己的确向往中国的河山;一方面也因为太

---

① 余光中:《逍遥游》,载《余光中散文》,花城出版社1989年版,第17页。

史公、谢灵运、李白、杜甫、徐霞客……在自述和作品中树立了好榜样，叫我见贤思齐。"① 台湾诗人余光中写道："在他的心中。他是中国的。这一点比一切都重要。他吸的既是中国的芬芳，在异国的山城里，亦必吐露那样的芬芳，不是科罗拉多的积雪所能封锁……他以中国的名字为荣。"② 台湾新生代诗人杨平也强调指出："你越缅怀它的过去，便越感动它的生命力！风发它的多彩多姿！唏嘘它的兴亡苦难！骄傲它的绵远豪宕、磊落壮阔！'我真高兴自己是中国人！'"③ 即使是张让等曾经"不愿做中国人"，"向往在一个没有国家或文化效忠，也没有历史传统束缚的大环境里，重新塑造自己"的作家，在他们经历了漂泊异国他乡的痛苦之后，也不得不发自肺腑地说："我没法不做中国人，这不是我的土地。我的乡愁是文化的，美国的明月散发着中国诗词的光辉。"④ 张让等之所以由"不愿做中国人"到"没法不做中国人"，是因为任何个体成员都无法脱离民族共同体而获得他的主体性身份。民族共同体不仅可以为个体成员的生存与发展提供肥沃的土壤，而且可以为个体成员的自由与解放提供强有力的支撑。从个体自决角度转向对民族文化的认同，再由对民族文化的认同转向对民族国家的认同，这既显示了台港澳新诗对民族共同体认同的一种递进性关系，也展现了台港澳新诗对民族共同体认同的一种内在逻辑。一方面，个体成员的自由与解放必须建构在独立的民族文化土壤之上，另一方面，独立的民族文化的存在与发展又需要独立、自主的民族国家的支持、保护。独立、自主的民族国家既可以保护个体成员的独立与自主，使其免于遭受殖民者以及其他民族共同体成员的伤害，也可以有效地储备、整理、开发民族文化资源，使其获得更为有

---

① 王良和、黄国彬：《瑰丽的圣光——与黄国彬谈他的诗》，载《城市文艺》2008年7月总第30期。
② 余光中《蒲公英的岁月》，载余光中《左手的掌纹》，江苏文艺出版社2003年版，第47页。
③ 杨平：《空山灵雨》，人民文学出版社1990年版，第129页。
④ 张让：《当风吹过想象的平原》，台北：尔雅出版社1991年6月版。

序、广泛、深刻、持久的传播。张让、杨平等台港澳诗人对民族共同体的认同轨迹和逻辑说明，尽管在台港澳，尤其在台湾，一些分离主义者殚精竭虑想消除民族共同体成员拥有的共同的集体历史记忆，然而，台港澳民众与中国大陆民众拥有共同的血缘关系和历史，共享光辉灿烂的民族文化记忆，这是任何分离主义者都无法改变的事实。

不过，正如我们民族的历史发展不是一帆风顺的一样，台港澳诗人对民族共同体的认同形式也不是单一的。如果说上述的台港澳诗人侧重于从民族过去的历史文化中拣选、重构共享资源来生成一种自豪性情感认同逻辑，那么，台港澳诗人在检索、梳理近代至当代海峡两岸政治对峙时期的民族历史资源时则建构了一种应激型的认同逻辑。前一种认同往往表现为一种肯定性的形式，而后一种认同则常常表现为一种反思、批判的形式。余光中说："爱的表示，有时是'我爱你'，有时是'我不知道'，有时却是'我恨你''我气你'。"① 洛夫说："一个现代中国诗人必须站在纵的（传统）和横的（世界）坐标点上，去感受，去体验，去思考近百年来中国人泅过血泪的时空，在历史中承受无穷尽的捶击与磨难所激发的悲剧精神，以及由悲剧精神所衍生的批判精神，并进而去探索整个人类在现代社会中的存在意义，然后通过现代美学规范下的语言形式，以展现个人风格和地方风格的特殊性，表现大中华文化心理结构下的民族性，和以人道主义为依归的世界性。"② 毋庸置疑，洛夫、余光中等台港澳诗人与民族国家、民族历史文化都有着天然的、血缘的关联，他们对民族国家、民族历史文化的肯定，也是情不自禁、发自内心的。然而，台港澳近代以来的殖民地经历和近半个世纪的与大陆母体的分离，极大地激发了

---

① 余光中：《余光中诗歌选集》第2辑，时代文艺出版社1997年版，第71页。

② 洛夫：《建立大中国诗观的沉思》，载《创世纪》1988年第73、74期合刊号。

他们"天下兴亡、匹夫有责"的应激型的认同情感。

当台港澳分离主义分子将异族殖民者对台港澳的殖民史美化为台港澳的现代化历史时,洛夫、余光中等台港澳诗人则既将这段历史视为了民族、国家遭受磨难、屈辱的历史,也将这段历史视为了个体成员生命遭受侵害、摧毁的历史。台湾诗人叶维廉就一针见血地指出:"原住民历史的无意识、民族文化记忆的丧失是殖民者必须设法厉行的文化方向。"① 由此,洛夫、余光中等台港澳诗人像鲁迅等"五四"先驱一样,自觉将民族、国家的痛苦担当起来:"一切国难等于自身受难,一切国耻等于自身蒙羞。"② 在他们看来,由于国家的贫弱,我们的民族"数百年来/失去的当然不仅仅是/线装的传统一帮老人和/两三条老祖母们的缠脚布"。(澳门陶里《何东图书馆》) 我们的国土曾被"皮鞋踩过,马蹄踩过/重吨战车的履带踩过"。(余光中《白玉苦瓜》) 我们的国民"从前是/东亚病夫/鸦片仙!/皱皮包瘦骨/咳、喘、佝偻"。(犁青《中国反对吸二道烟》) 我们的城市"街头上,/是饥饿者的悲鸣!/码头上,/是劳动者的哀号!/工厂里,/还充斥着,/卖力者的呻吟"。(澳门诗人一申《劳动者》) 这里值得我们关注的是,余光中、犁青、陶里等台港澳诗人的民族国家的认同危机既来自于侵略者对民族国家现代性进程的破坏,也来自于侵略者对民族个体成员肉体与精神的伤害。相对而言,后者更值得我们关注。这是因为,现代性的一个重要的标志就是"人的全面发展"。而显而易见,侵略者对民族个体成员肉体与精神的伤害不是促进了民族个体成员的现代性,而是延宕和破坏了民族个体成员的现代性。至此,余光中、犁青、陶里等台港澳诗人对民族国家的认同的多重现代性意义就愈加凸显出来:一是对个体成员的独立与自主身份的确证;二是反思这种身份遭遇外来力量侵害所导致的各种危

---

① 叶维廉:《殖民主义:文化工业与消费欲望》,载《叶维廉文集》第五卷,安徽教育出版社2003年版,第181页。

② 余光中:《敲打乐》,台北:九歌出版社1989年版,第12页。

机。但它们的终极指向却是相似的，那就是：个人在民族国家中的自由以及全面发展。

那么，在海峡两岸由对峙日趋走向交流、对话的时期，台港澳民众和大陆民众在面对民族国家时是否仍然应该将应激型的认同逻辑作为一种常态来处理呢？民族共同体成员又应该以何种认同逻辑来促进民族国家和个人的现代性进程呢？余光中、犁青、陶里等台港澳诗人认为，在一种相对和平的环境中，民族共同体成员不应该再坚守应激型的认同逻辑，而应该运用理性型认同逻辑来聚合社会成员。在《从母亲到外遇》一文中，余光中说，"政治使人分裂而文化使人相亲，我们只听说过有文化，却没听说过武化……我只有一个天真的希望""莫为五十年的政治，抛弃五千年的文化"。如果说自豪、应激型的认同主要重视共同体成员之间的情感信任，那么，理性型认同则更为强调共同体成员之间的认知型信任。从这种认知型信任的要求出发，余光中、犁青等台港澳诗人对民族共同体成员为了个人利益而损害其他成员和民族国家利益的行为进行了无情的揭露。在大陆的工厂里，"你：曾下乡插过队的姑娘／你看管的机车走得时快时慢／你扭错了电钮，你迟开了电掣！／成堆的废品堆满车间"。（犁青《在纺织厂里》）在澳门的大学里，"很学术的人 不很有地位／不很学术的人 很有地位"。（齐思《澳门大学现状初探》）在台湾的社交场上，"送礼／原来是一种敬爱的象征／今天／却泛滥成社会的灾难／不信／你可以去看看官家的后门"。（文晓村《送礼》）在文晓村、犁青、齐思等台港诗人看来，共同体成员之间的认知型信任的形成，必然要求各地的政府官员、大学老师、企业职工等个体成员都能从一味利己的狭隘的立场中跳出来，不断修正和超越自己原有的视野，在与其他成员的相互理解中达到相互信任，进而形成一个更大的"互利互惠、合作共赢"的视域。此时，正如伽达默尔所言，"既不是一个个性移入另一个个性中，也不是使另一个人受制于我们自己的标准，而总是意味着向一个更高的普遍性的提升，这种普遍性不仅克服了我们自己的个别性，而且也克服了那个他人的个别性"。①

如果说自豪、应激型的认同中常常更多地表现为一种共同体成员之间的防范型信任，那么，理性型认同则更多地表现为一种共同体成员之间的理解型信任。近代以来外国殖民者的统治和近半个世纪不同政权的对抗以及冷战结束后分离主义分子的兴风作浪，一方面使台港澳民众对中华文化的记忆呈现出逐步淡漠的趋势，另一方面也使台港澳民众对大陆民众充满着防范意识。这种防范意识不是自然生成的，而是台港澳民众接受了殖民者、分离主义分子等掌握权力者的主体性叙述的结果。这种主体性叙述肆意夸大同一民族共同体中不同族群因不同的地理环境、生活境遇而形成的一些差异，企图通过同一民族共同体中不同族群的对立的预设，为台港澳与大陆的分离提供合法化说明。然而，在民族的诸多特征中，尽管一些特征会随着时间的改变而改变，但血缘关系是不会因为任何外在条件的变化而变化的，它一旦形成，就内化在每个民族成员的生命体之内。倘若一些台港澳民众想要改变他们与大陆民众同一血统的始祖观念，那么，他们的族体身份就将丧失，他们在所生活的世界中就无法找到准确的自我定位。相反，台港澳民众与大陆民众倘若能够明白上述的道理，他们就能在相互了解的基础上逐步消除因政治、文化之间的对立和差异，在整合差异的基础上去维护民族的团结，共同努力建构一个和而不同的现代化的民族国家。由此，香港诗人孙重贵将血统看成超越所有障碍的纽带，并以之将不同立场、不同观点的华人联结成一个整体。"手和手连接/心和心连接/母亲和儿女连接/祖国和香港连接//根和根连接/叶和叶连接/牡丹和紫荆连接/太阳和月亮连接//血和血连接/脉和脉连接/屈辱和光荣连接/历史和未来连接。"（孙重贵《连接》）而香港诗人犁青，台湾诗人文晓村、范光陵，澳门诗人陶里等更是在《踏浪归来》《桥》《美丽明天》《莲峰吐艳庆回归》等诗中直接地表达了他

---

① ［德］伽达默尔：《真理与方法》（上），洪汉鼎译，译文出版社1999年版，第391页。

们对一个超越地域上的政治对立的完整、强大的现代化民族国家的期待:"我攀登上扯旗山的顶巅/我看到美丽的宝岛台湾/海峡两方的半屏山在相互偎靠!"(犁青《踏浪归来》)"来吧朋友/不要谈扭断/不要说阻绝/让我们把现代筑成一座/每个中华儿女都感荣耀的大桥/让我们源远流长的大河/哼着自由快乐的老歌/自我们生活的桥下流过/流向壮丽的未来/而我们就站在桥上/站在现代站成永恒。"(文晓村《桥》)"从卫星我们看见勇敢的人们在天之火炬中竞赛,从历史新页我们看见爱的种子在笑容中发芽,合作起来,让我们搭起心灵桥梁来分享创新与和谐,不要问我们的差异,朋友,要寻求进步!不要再忧伤,能快乐拥抱同一梦,要酿造同一个世界的美丽明天!不要问我们差异,朋友,要寻求和平!不要再忧伤,一定能拥抱同一梦!一定酿造同一个世界的美丽明天!"(范光陵《美丽明天》)"滚滚珠江,浩瀚太平洋/在我们周围汇合,奔流远方,//我们寄托满怀希望,/让我们的理想驰骋飞翔!"(陶里《莲峰吐艳庆回归》)事实上,一个完整、强大的现代化民族国家的出现,不仅不会压制、束缚每个民族成员的个体自由,反而能满足他们的安全、情感和归属的需求,使他们在"回到"民族国家的"怀抱里"时可以"享受一个世界上最愉快的/飘着淡淡的槐花香的季节";(纪弦《一片槐树叶》)也能满足他们的自我实现的需求,使他们"苏醒向永恒"。(胡燕青《惊蛰》)此时的个体在完整、强大的现代化民族国家中真正达到了多元化状态,实现了生命形态与本质的全方位敞开。

不过,我们也要看到,尽管在台港澳新诗中存在着较为普遍、较为突出的认同民族国家的倾向,但这并不意味着台港澳的民族认同是一元化的。也就是说,在台港澳,民族认同的话语并不是没有矛盾、冲突的。而究其根底,这种民族国家认同话语的矛盾、冲突又与台港澳的殖民地遭遇有着深刻的联系。为了削弱、淡化殖民地人民的民族记忆,殖民者总是通过一种新的时间的建构解构着民族的连续性时间,并采用一种福柯所谓的"非连续的再现模式"打破了台港澳与大陆文化地理结构上的统一性,使得原本没有矛盾、没有罅隙的统

一、连续的传统民族话语充满着冲突、裂缝和空白。殖民主义对台港澳的民族认同的这种影响,在殖民者的政治殖民结束以后,仍然以文化殖民的形式在台港澳继续存在着。相对而言,在这些殖民者中,以日本殖民者对被殖民者的主体性的破坏最为严重、惨烈。台湾著名的本土作家陈映真指出:"50年的殖民地统治,40年代的皇民化运动,使一些殖民地精英妄以为自己在殖民地中现代化、蜕变成文明开化的人种,妄以为台湾的文化生活因殖民统治而高于中国,从而必欲抛却自己的祖国,企图独立。"① 在这样的语境下,无论是"解严"以前的纪弦、余光中、洛夫、文晓村等老一代诗人的地理怀乡诗,还是"解严"后詹澈、罗智成、杨泽、杜十三、陈黎等中青年诗人的文化怀乡诗,它们对民族国家的认同在总体上就呈现出一种较为强烈的百折不挠的悲壮色彩。英国殖民者虽然没有像日本殖民者一样以暴力对被殖民者的政治认同进行极为惨烈的压制,但对被殖民者的语言和文化记忆的剥夺却是极为粗暴的。叶维廉认为,在香港"英语所代表的强势,除了实际上给予使用者一种社会上生存的优势之外,也造成了本土住民对本源文化和语言的自卑,而知识分子在这种强势的感染下无意中与殖民者的文化认同,亦即在求存中把殖民思想内在化"。② 在这样的语境下,无论是"回归"以前还是"回归"以后,犁青、蓝海文、张诗剑、王一桃等爱国爱港的诗人主要面临的是西化的民主派政治精英的挑战,因而,他们的诗歌对民族国家的认同在总体上就充满着一种慷慨激昂的壮烈之气。与日本、英国殖民者相比,葡萄牙殖民者是较为温和的。即使是对被殖民者的语言和文化认同,他们也采取了较为宽容的态度。"在澳门,葡语虽然是唯一与殖民行政沟通

---

① 陈映真:《西川满与台湾文学》,台湾《文季》1984年3月第6期。
② 叶维廉:《殖民主义:文化工业与消费欲望》,载《叶维廉文集》第5卷,安徽教育出版社2003年版,第186页。

的语言,但只是少数人所使用,在其日常生活中亦是以中文为主。"①"如果说中葡文化在澳门交融,也不过是表面上的景观,葡国文化只是在澳门本土文化表层贴上标签而已,精神文化特质并没有交融。"②因而,在澳门并没有出现像台湾、香港那样较为严重的民族意识的淡化和民族文化记忆丧失的问题,更没有出现像台湾那样的"必欲抛却自己的祖国,企图独立"的政党和像香港那样认同殖民者的史观、世界观的政治派别。在这样的语境下,与台湾、香港诗歌相比,澳门诗歌对民族国家的认同更为普遍、广泛、统一。

二、理性与感性

自启蒙运动以来,西方思想家们便一直在思考和寻找推动社会不断向前发展的新支点。而人的自我完善、自我发展则被他们看成了这个新支点。这一思考和寻找的过程被哈贝马斯称为"现代性的自我确证"的过程。哈贝马斯说:"现代性即使能够,也不能再从另一时代所提供的模式中借鉴行为的标准,它必须从自己中创造自己的规范。"③ 在哈贝马斯等西方思想家这里,人的自我完善、自我发展既是现代性自我确证的原点,也是现代性伦理学确认道德作为满足主体精神需求的价值观念的基点。而人的自我完善、自我发展绝对不是一个简单的问题,而是一个极为复杂的问题。它既与人的个体性与社会性协调发展有关,也与人的理性与感性的协调发展相联系。正因为如此,台港澳新诗对现代性中国形象的建构在深入到人的生存的内在结

---

① 利高素:《广东话与普通话之间:葡人不参与选择》,载程祥徽主编《澳门语言论集——过渡期语言发展路向国际学术研讨会》,澳门社会科学学会1992年出版,第116页。

② 庄文永:《二十世纪八十年代澳门文学评论集》,澳门五月诗社1994年出版,第29页。

③ 汪行福:《走出时代的困境——哈贝马斯对现代性的反思》,上海社会科学院出版社2000年版,第32页。

构和生命的深层质地时,就既要考察人的个体性与社会性协调发展,也要考察人的理性生命意识与感性生命意识发生的一种相互碰撞、相互对立又相互影响、相互促进的关系。

20世纪五六十年代,工业化的加速一方面使台港澳社会的物质生活变得日益丰富,另一方面也在严重破坏大自然和人类的生存环境。台港澳民众生活在这种人类与自然、人与人的关系变得日趋疏离、对立的环境中,生命力日趋枯竭。有鉴于此,余光中等台港澳诗人认为,台港澳民众要想从被工业生产扭曲了的人类与自然、人与人关系中解脱出来,使人与人的关系获得健康、自由的发展,就必须尊重自然、回归自然。因为,自然是神圣的,是人类生命的根源和归宿。人类只有融入自然,皈依自然,回归人的自然本性,才能获得生命所需的血性与活力。张默强调指出:"性为生命之源,古今中外很多优秀的文学家均不避讳。诗人以它作题材写诗,透过高度的技巧,作最精美的呈现,我是赞同的。"① 洛夫认为,个体的解放与自由,是离不开潜意识的释放的,因为,"弗洛伊德的心灵剖析,发现人的潜意识是一切行为的主宰,而使人转而去追求历来视为恶之源的自然本能"。② 由此,"性之成为诗之题材,自弗洛伊德发现人类潜意识对现代文学之影响后,已毫不为怪"。③ 在痖弦看来,超现实主义的独创性,就在于他们发现了"一种无意识心理世界"。这个无意识心理世界的发现,使人们认识到人"具有两种面貌",而"旧时诗人所吟咏的常是两个面貌中完全明确可见的一面,而忽略了另一面的较大部分的潜藏,亦即流动、飘忽、游离、非具象与无法确定的一面,且后者较前者有着真实的存在"。④ 台湾60后诗人陈克华说:"生活原是

---

① 张默语,引自金风《诗人张默访问记》,载《幼狮文艺》,1975年12月第264期。
② 洛夫:《诗人之镜》,载《创世纪》,1964年第21期。
③ 洛夫:《诗人之镜》,载《创世纪》,1964年第21期。
④ 痖弦:《诗人手札》,载《创世纪》,1960年第14期。

一种态度，态度一失人生自此进退失据。文学不过白纸上的黑字，绘画不过平面上的一点线面。一群人整天忙于拥颂一堆垃圾，再忙于指责另外一堆垃圾。人生至此，愈发突显猥亵之必要。"①张默、洛夫、痖弦、陈克华等台港澳诗人的聪慧之处在于，他们在超越了像弗洛伊德那样夸大性本能的功能和作用的局限时，也肯定了性本能作为构成全面、整体的人的重要性。既然性欲不是人的罪恶，而是人的生命之源，那么，要表现生命，就不能不表现性本能。于是，洛夫、痖弦等台港澳诗人超越了传统叙述方法和模式，极大地发掘了语言张力的内蕴与外延，以精彩纷呈、诡谲多变的叙事技巧，展示了超越道德判断之上的生命的本能与冲动。

在中国历史上的一个较长时期内，人们不敢正视作为人的一切生命活动的物质前提的肉身性的存在。"克己复礼""存天理、灭人欲"等理性哲学在将人的肉身性的存在赶出人的领地的同时，也将身体设定为了罪恶和欲望的发源地。它的直接后果是，许多中国人身体中正常的欲求得不到释放，而身体的阴暗特性却获得了畸形、变态的发展。从这个意义上讲，台港澳诗人生命意识的觉醒在很大的程度上就是自身身体意识的觉醒。他们将长期被排除在人的主体意识之外的身体纳入到审美视野之中，使身体重新成为充满原始生命活力的欲望主体。

如果说父权制社会铸就的伦理道德导致了古代诗歌对身体的描写总是悬浮、表面的，这种描写的具体化总是体现在人的头部；那么，台港澳新诗对身体的描写就是直接、深入的，这种描写总是集中在人的性特征突出的各个部位。"我打开立可白/她横躺——/坚挺的乳头渗出丰沛的乳汁/或是，尖硬的阴唇/泌流黏状的润滑液——//正准备涂抹在摊开男体/修正那一身阳性的弧线——"（江文瑜《立可白修正液》）"是谁将苹果/种在我的体内？/每月每月，/它成熟着果实/

---

① 陈克华：《猥亵之必要》，陈克华《欠砍头诗》代序，台北：九歌出版社1996年，第16页。

沉沉落底在子宫中，/而我感觉滞重、晕眩/仿佛有什么即将发生。//是谁赋予我敏锐的/生理天秤？那苹果熟致腐烂/化为稠汁，/并且愤怒地、快速地/向下坠落 /离开我的身体。"（颜艾琳《瓶中苹果》）"如爆发前的火山/子宫硬要挤出灼热的熔岩石/阵痛谁能替代/两条生命只靠女人的性。"（李政乃《初产》）人在原始社会时，就是赤身裸体的。赤身裸体是人最初的一种日常生活形态，也是古希腊人认为的人最完美的形态。既然如此，台港澳诗人，尤其是台港澳女诗人就将自己的身体作为逻辑起点，对身体内蕴藏着的各种矿藏进行疯狂的开采和展览。"奶子""乳头""阴唇""子宫"等在中国传统文学中长期沉睡的各种身体器官被诗人们的语言全部激活了，构成了一幅幅活跃沸腾的动态的身体景观。

当"奶子""乳头""阴唇""子宫"等长期被遮蔽的隐秘的身体器官突破道德的袈裟喷薄而出时，它们便放射出一道道奇异而又强烈的光芒，使异性大脑皮层的每个细胞都感受到强大的冲击，诱使他们接近、触摸、亲吻这些身体器官。由此，当台港澳诗人大胆、直接地凸显隐秘的身体部位时，他们就不得不正视这种身体表层部位的自由与解放带来的身体内在的冲动与欲望。他们将个人的性焦渴心理融入到对天气的描绘中去，以土地的焦渴隐喻人的性焦渴心理："每逢下雨天/我就有一种感受/想要交配繁殖/子嗣遍布/于世上各随各的/方言/宗族/立国。"（夏宇《姜嫄》）他们将个人的性饥渴心理融入到对自然万物的表现中去，以黑暗温泉的波涛汹涌隐喻女性隐秘部位的水波荡漾："如果生活很累/道德很轻，/那么，/卸下一切/投入黑暗吧！//黑暗的底层/是我在等待。/为了引诱你的到来……//让你来汲取我的温润吧！/即使再深的疲倦/都将在黑暗温泉里，/洗褪。"（颜艾琳《黑暗温泉》）他们写女性感官触角的任意延伸与飞舞，写这些延伸与飞舞的感官触角对男性的抚摸、触碰的焦灼与渴望："不必撩我拨我/锦城来的郎君/只须轻轻一拂/无论触及哪一根弦/我都忍不住吟哦/忍不住颤/颤成清香阵阵的花蕊/琴心的深空/往日只有风经过/只有黑暗经过/如今音浪一波又一波/锦城来的郎君/是你斟满了/一瓯春。"(钟玲《卓文君》)他们写女性性器敞开的感觉,写女性身体渴望被充实的炽热欲火与不羁的生命活力:"旗袍叉从某种小腿间摆荡,且渴望人去读她,/去进入她体内工作。而除了死与这个,/没有什么是一定的。"(痖弦《深渊》)"给我勇气/给我微微的醉意/用来击破虚伪的墙/让真实俘虏我的灵魂/给我用肉体歌唱不朽的诗/给我厚实坚强的肩膀/我需要灌满一夜的爱。"(利玉芳《活的滋味》)这里,台港澳诗人,尤其是夏宇、钟玲等台港澳女诗人通过"吟哦""花蕊""琴心""音浪""繁殖""灌满""温润"等颇具性的象征性意义的意象,向传统的父权制文化的身体规范发出了挑战,全方位地改写了父权制文化中顺从、羞涩、被动的身体书写模式,无所掩饰地表达了强烈的生命原欲。

与无所拘束地展现人的柔美、圆润、性感的身体和放纵不羁的欲望相一致,台港澳新诗对性经验、性快感的表现也是惊世骇俗的。如果说父权制社会铸就的伦理道德导致了古代诗歌只注重抽象的人性,对个体生命的性体验采取回避、隐讳的态度,那么,在台港澳诗人的诗歌中,诗人们则将笔墨集中到肉身的具体可感性上,坦率地表达和性相关的隐秘的、独有的种种体验。"台风肆虐这狭小的山谷/我们翻腾在小楼上/雨打屋瓦的急促/狂风卷叶的纠缠/形体的风暴止息后/心底的风暴扬起/你潜伏的猜疑/我绽开的隐痛/行雷的闪光/电线裂口的火焰/激射而出/卷我入你的风暴圈/旋你入我的台风眼/在愤怒的呼啸中/我们触及彼此的核心/透视云封的自己。"(钟玲《七夕的风暴》)"匆忙地吻她的耳垂与胸脯/在凌乱的道具间做爱/踢翻一口新造的井/意志屈服于/节奏放大为/肉体。"(夏宇《蜉蝣》)"有时/他像疲惫于觅食的独行兽/回到久违的地盘/钻进我的被窝/浓重的鼻息像地雷探测器/沿着我的颈项、胸脯、胯下/寻找并引爆我肉体中的诱饵//有时/像被安详的衣缕所激怒/他会剥脱我的睡袍/把我推出阳台/把我/温热脂白的胸脯/压在冰冷带露的/铸铁栏杆花纹上/面对着楼下一部黑车/刚转进来的明亮巷弄/狂乱推挤甩动/我半熄半醒的肉体焰火。"(罗智成《梦中情人》)"我之内/藏匿一座绝美的峡谷/向我更深刻的坠落/最深渊/你将获得飞行的翅膀/低低穿掠初霞的涌生。"（曾淑美《缠绵贴》）诗人们在这里写的是一次次具体的做爱过程，在这一次次具体的做爱过程中，诗人们关注的重心不再是它合不合乎伦理道德的问题，而是性动作的时间、方向、速度、力度及快感的强弱的问题。因为，性活动中的行为主体倘若在这一过程中关注伦理道德，他们就会增加自己的压力和紧张的情绪，减低性活动的质量；而他们倘若能够像艺术家创造美好的作品一样，既善于选择制作的对象和目标，也精通制作的技巧，以"雨打屋瓦的急促/狂风卷叶的纠缠""踢翻一口新造的井"等方式乐此不倦地努力锤炼做爱艺术，那么，他们的心理就会感受到"触及彼此的核心/透视云封的自己"的前所未有的生理刺激和心灵震撼，他们的生命就会获得"飞行的翅膀/低低穿掠初霞的涌生"一样的快乐、欢愉和自由。此时，在场的肉体已经不是简单的肉体，而是诗人对其性生活具有自主决定的能力的象征性显现。由此，诗中的性快感就既与诗人的生理有关，也与诗人的创作有关。这在台港澳女诗人，尤其是颜艾琳等台湾女诗人那里表现得特别突出。颜艾琳说："因为很想了解自己、认识女人，于是写下这样一本可以暴露的成长记录，可以认识我所书写出来的'我'以及部分的'你'。"[①] 江文瑜说："写诗的过程好像是跟异性在做爱。"[②] 在江文瑜、颜艾琳等台湾女诗人这里，一方面，肉体在场是对菲勒斯的象征暴力的对抗和颠覆，是重建被菲勒斯的象征暴力所阉割的女性自我意识的重要途径和方法。肉体在场，诗歌就在场；肉体在场感的显现，就是诗歌在场感的显现。而另一方面，经由写作，江文瑜、颜艾琳等台湾女诗人凸显了被传统伦理道德所遮蔽、压抑的快感，女性在性活动中的主体性地位获得了确证。

---

① 颜艾琳：《骨皮肉》自序，台北：时报文化出版事业有限公司1997年版，第25页。

② 江文瑜：《男人的乳头》，台北：元尊文化企业股份有限公司1998年版，第145页。

身体的解放是现代性运动的重要一环,也是现代性叙事话语中的核心范畴。它显示了人的生命由他控向自控的转型,为人走向本然、自然的生活敞开了一条无限开阔的大道。然而,正如理性不是现代性运动的唯一一环一样,身体的解放同样也不是现代性运动的唯一一环。身体、性的解放固然给个人带来了从传统道德控制中解脱出来的自由,但实际上,单纯的身体、性的解放只传递了一种生命形式上的低级形态的自由,却不能传递生命内心体验上的自由。因而,这种自由其实质就只是短期性的,它不可能最终完善生命的形式和实现生命完全、彻底的解放。对此,余光中、洛夫等台港澳诗人有非常清醒的认识。台湾现代诗社领袖纪弦对现代诗中"纵欲的倾向"就大为不满,他指出:"他们自以为是弗洛伊德的私淑弟子,戴上了一副'唯性主义'的有色眼镜看一切,以为一切皆性,于是在作品里,强调性的饥渴,甚至描写性交与生殖器,作一种文字上的'意淫',而自鸣得意。这实在是大大地要不得,我反对!……现代诗不是'感觉'的诗,而是'思维'的诗。不是'物'的刺激与反应,而是'心'的观照与默示。不是'肉'的展览,而是'灵'的辐射。是'神性'的追求,而非'兽性'的满足。所以纵欲,绝对不可。"[①] 台湾诗人罗门强调指出:"当都市不断将人放逐在腰下的物欲世界,不太容许人到腰上的空灵世界来,形成人的生命与内心趋向'灵空'的状态,导致物欲与性欲的泛滥,确是可虑的。"[②] 人一旦沦为欲望的奴隶,再聪明的人也会变得愚蠢、疯狂。洛夫《长恨歌》中的唐玄宗,贵为天子,却并没有获得一种真正意义上生命的自由,其症结就在于他没有成为自己欲望的主人,而是成为了自己欲望的奴隶。石崇是西晋的巨富,人们一般认为他被孙秀所杀的症结在于他的宠伎绿珠,孙秀

[①] 纪弦:《现代诗的创作与欣赏》,载《中国现代诗论选》,大业书店1969年版,第239页。
[②] 罗门:《都市你要到哪里去·附记》,载《在诗中飞行》,文史哲出版社1999年版,第224页。

索要绿珠，而石崇断然拒绝，于是，悲剧接着就发生了。然而，在钟玲的《绿珠》中，石崇的悲剧的根源不是绿珠，而是他的放纵的欲望。在欲望的驱使下，石崇从来没有将他与绿珠等美女的关系看成相互拥有的爱的关系，而是看成了占有和被占有的关系，因而，他在一味地满足于对绿珠等美女肉体的占有的同时，也给自己埋下了生命毁灭的祸根。于是，诗人借绿珠之口无情地揭示出了历史的事实："——主公，你获罪不在绿珠，/没有我，你一样结党结怨，/没有我，你一样沦为囚虏。"（《绿珠》）唐玄宗、石崇等人的问题不在于他们有着性欲，而在于他们完全被性欲所控制，一味地追求没有边界的自由，却不知道这将他们导向了极端不自由的困境。结果，他们不仅损害了自己生命的完整性，也伤害了被他们当作万物看待的女人。正如黑格尔所说："通常的人当他可以为所欲为时就信以为自己是自由的，但他的不自由恰好就在任性中。即某一个人当他任性时，恰好表明他是不自由的。"① 任性的人表面上看是自由的，但这种任性决定了他们仅仅作为自然的存在而存在，他们的生命也必然完全受到自然界法则的规定，缺乏对自己的欲望、要求的反思和省察，因而难以获得真正的自由。

那么，真正、完全的生命自由又是什么呢？在洛夫、钟玲等台港澳诗人看来，这种真正、完全的生命自由既不可能是个体生命的任性而为，也不可能是个体生命被伦理道德所制约，而是个体生命灵与肉、理性与感性的平衡和协调。人类之所以与动物相区别，是因为人类的肉体中蕴含着精神，而人类之所以与上帝不一样，又是因为人类的精神是寄寓在鲜活的肉体之上的。由此可见，在个体生命之中，精神与肉体是一种相互依存、相互贯通的关系。我们既不能像唯灵论者那样以精神排斥肉体，也不能像唯欲论者那样以肉体排斥精神，而是应该寻求这两者的协调、平衡的发展。痖弦一方面对潜意识的发掘对

---

① ［德］黑格尔：《法哲学原理》，范杨、张企泰译，商务印书馆1983年版，第27页。

于本真存在敞开的贡献大为赞赏:"一种较之任何前辈诗人所发现或表现过的更原始的真实,存在于达达主义与超现实主义(surrealism)者的诗中,一种无意识心理世界(the world of unconscious mind)的独创表现,使他们底艺术成为令人惊悚(有时也令人愉悦)的灵魂探险的速记。"①另一方面,痖弦又强调指出,写诗的目的,在于"要说出自下而上期间的一切,世界终极学"。②在《关于〈石室之死亡〉——跋》中,洛夫强调指出:"我一直相信,人与神共为一体,没有神,事事孤独而残忍的,与兽无异,没有人,神性无法彰显,神根本就不存在。"在他们的诗歌中,个体生命灵与肉、理性与感性的平衡和协调总是意味着把个体引向与他人生命的共在,使个体与对方在平常的生活中能够相互理解、相互欣赏。情感的基础是理解,理解源于人向善的本性,它的关键在于能换位思考、由己推人。钟玲的《李清照》、罗智成的《妳》中的李清照与赵明诚、"我"与"你"就十分注重"心有灵犀"式的感情沟通和相互之间的欣赏:"相守的岁月如花似烟/你携我漫步钟鼓肃穆的庙堂/我带你穿入花影幽深的词境……但你我的相得/只有两颗心洞悉。"(《李清照》)"'妳'永远是最靠近我的/只要我有话想说/'妳'总是第一个知道/或第一个不知道/正如此刻/一个被湿冷的寒流所宵禁的夜晚/一张被疲惫盘踞的计算机桌前/我尚未启齿/而'妳'/已经在句中守望/不管知道或不知道。"(《妳》)澳门诗人林玉凤的《想你》中的主人公,在表达自己的爱欲时,时时关注对方的感受,处处为对方着想:"魂牵我步向你的心/吻你我不惊醒你。"(《想你》)这里,肉体的亲近是以情感的相通来平衡和相配的,因而,主人公在与爱人的亲昵中体验到的是一种相亲相爱、密不可分的温馨之情。由此,在个体与对方的相互理解、相互欣赏之中,个体生命获得了展开的空间,自身的存在价值和意义得到了确证。在他们的诗歌中,个体生命灵与肉、理性与感

---

① 痖弦:《诗人手札》,载《创世纪》1960年第14期。
② 痖弦:《诗人手札》,载《创世纪》1960年第14期。

性的平衡和协调也意味着把个体塑造为具有责任感的道德主体，使个体与对方在非常时期能够共患难、同生死。从一定程度上来说，现代性道德就是一种道德生成论，现代性的道德主体也应该是具有责任感的主体。这个具有责任感的道德主体将责任既指向自己也指向他者。在对方处于人生困境时，他具有牺牲个人利益、为他人做奉献的强烈的道德责任感。他可以在困难时让相爱的人既找到彼此身体的依赖也找到精神上的依靠，就如澳门诗人郭颂阳所写的那样："把你的手给我／共握岁月疼痛的演变吧／细听横风斜雨淋不凉的／情怀。"（《把你的手给我》）他也可以是为爱而生，为爱而死，就如钟玲的《唐琬》中的唐琬爱陆游那样，既然生不能再与陆游身心和谐地在一起，那么，就让死亡之神将自己带入另外一个世界，在另外一个世界中与陆游身心一体化地融合在一起："我的精魂在沈园等你／我的身影浮在绿波上／莺眼映照相见的喜悦／风柳飘送我的柔情／花姿是我的嫣然／用整个春天／等你重临。"（《唐琬》）这使我们极易想起海明威《丧钟为谁而鸣》的扉页所引的英国十七世纪玄学派诗人约翰·堂恩的一段话："谁都不是一座岛屿，自成一体；每个人都是广袤大陆的一部分。如果海浪冲刷掉一个土块，欧洲就少了一点；如果一个海角，如果你朋友或你的庄园被冲掉，也是如此。任何人的死亡都使我受到损失，因为我包孕在人类之中。所以别去打听丧钟为谁而鸣，它为你敲响。"由此可见，钟玲、郭颂阳等台港澳诗人诗中的道德主体并非预定或既定，而是具有动态性的特点。也就是说，他们诗中的道德主体的现代性品格是通过自主选择而生成的。这种选择固然受到外在伦理道德的影响，但更为重要的则在于道德主体的自我意向、认同和反思。在此意义上，这种道德主体体现出了较为强烈的内在的人格价值和外在的社会价值相互契合的特点。正如亚当·斯密所说，"完美的人性正是这种同情别人胜过同情自己的精神，正是这种抑制自私和乐善好施的感情；这样的人性中间包含了人类的全部情理和礼貌，协调了人与人之间的情感和激情,使之和谐一致。"①

不过,个体生命要想达到灵与肉、理性与感性的平衡和协调,绝非易事,他除了要具有向善的性情和强烈的道德责任感以外,还应该具备平等意识。

人的自由是现代社会的理想,而理想的现代社会的标志之一是,可以给予每个个体实现自我的欲求提供最大可能的机会。不过,任何个体又是社会中的个体,因而,任何个体在实现自我欲求的过程中,又应该遵循一种平等的原则。正如澳门女诗人懿灵所写的那样:"一切可能依附的东西都有缺裂的可能/关系并不代表什么定律。"(《爱情时间论》)任何个体都是独立的个体,都具有人格上不容忽视的价值与尊严,将自我意志强加于他人意志之上,其结果只能是在损害他人的自由的同时使自己生命的自由受到限制。

在余光中的《双人床》中,虽然床内与床外进行的同是人与人的"肉搏"之战,但诗人却更为看重与欣赏前者。之所以如此,是因为床上支配人的是一种"拥有"的欲望,床外支配人的是一种占有的欲望。"占有"作为一种支配关系的体现,不仅意味着将他人当作物看待,更为严重的是,它还意味着一种杀戮和仇恨,它导致了个体与他人的冲突和疏离。而在澳门女诗人谢小冰看来,现代女性要使自己的生命避免受到伤害,就应该对男性的这种过分强烈的占有性私欲进行排斥,并强化一种自我与对方彼此平等的"拥有性"意念与态度:"不要谎说不委屈就是温柔/不要妄辩驯服是贤惠。"(《我们女人》)"拥有"意味着自我与对方是一种交流关系,而这种交流关系又是在确认双方的主体性的基础上建立起来的。因而拥有了主体性的对方不再只是作为一种被占有物而被动存在,而是具有一种较大的主动选择权。

在《烟之外》一诗中,洛夫就表现出了一种极具开放性的"拥

---

① [英]亚当·斯密:《道德情操论》,王秀莉等译,上海三联书店2008年版,第21页。

有"意识。诗中拥有了主体性的对方不再只是作为一种被占有物而被动存在,而是具有一种较大的主动选择权,面对我表现出来的爱,她可以接受,也可以拒绝:"在涛声中唤你的名字而你的名字/已在千帆之外……你依然凝视/那人眼中展示的一片纯白/他跪向你向昨日/向那朵美了整个下午的云/海哟,为何在众灯之中/独点亮那一盏茫然。"这里,自我与对方的关系,不再是一种占有与被占有的关系,而是一种相互拥有的平等性关系。两者在平等的基础上曾经相爱相聚,又在平等的基础上劳燕分飞。同是写自我与对方的分离,这种在平等基础上的分离与那种在占有性基础上的分离造成的结果却不同,它不仅不会使对方生命受到伤害,而且也在某种程度上成全了自我,使自我更加深刻地认识到,爱欲是一种情感需求,而情感是不能勉强的,一旦对方的情感发生了变化,那么,给对方自由,也就同时给予了自我生命以自由。显然,真正的爱正是这样一种双向的拥有、相互的尊重。这种双向的拥有、相互的尊重反映了爱的关系的本质,那就是,爱是一种感情,它不可能为任何一方面所独占,而只能被双方所共享,它需要双方情感全方位的投入。无论是男方还是女方,要获得爱,就要学会坚持,坚持能化解双方心灵与心灵之间的隔膜。就如洛夫的《我在水中等你》中的"我"那样,"紧抱桥墩/我在千寻之下等你/水来我在水中等你/火来/我在灰烬中等你"。又如香港诗人钟玲笔下的西施对吴王夫差所说的那样,虽然"我奉勾践的密旨/迷惑你的心智/煽动你的狂妄",然而,"你对我十年痴迷/夜深的呼唤缠绕我的精魂/我的心也系在你身上"。(《西施》)本是内心隔膜的个体生命在相互交流的关系中得到了充实,伟大的爱以感情的温暖把无限的力量引入自身时,也使自我从困境中超脱出来。坚持也能化解空间的阻隔、人为的距离。就如钟玲笔下的花蕊夫人一样,虽然身体被宋太祖强占,但在内心的深处,她的爱却插上翅膀飞越壁垒森严的皇宫大院,飞入她与孟昶相亲相爱的记忆世界,在这个世界中,她与孟昶的肉体与精神都获得了极大的满足:"醒来,自你怀中/悄然窥视你/睡梦中嘴角的笑意/明月也在帘外偷窥/你我在梦和醒的两岸/痴痴相对展颜。"(《花蕊夫人》)此时,个体生命飞出了封闭的时间死谷,心灵中充满着全新的时间之感,他像香港女诗人夏斐笔下的人物一样,成为了令人心旌动摇的传说,成为了动人心魄的飞翔的神话:"你是逐日的夸父/我是奔月的嫦娥/竟在日夜交替的/刹那/重叠。"(《叠影》)在"你中有我/我中有你"(张诗剑《乾坤》)的双向拥有之中,融为一体的你我在共同创造美与美感时,也共同开拓出一种超越自恋面向世界的自由的爱的境界。于是,通过爱,诗人敞开了人类的生命之门,开启了一条从有限向无限的宽阔大道,它在把生命带到原始相互拥有的世界的运动中,将生命掷入了永恒之流,在对现实的狭隘的、分裂的生命的拒斥中,达到了对平等自由的灵肉和谐生命的肯定。

从爱自己到爱对方,这是个体情感由感性向理性的升华。从单方占有到相互拥有,这是传统的男女关系向现代的男女关系的转换。当恋爱中的男女不以自己的意志强加给对方时,这体现了他们的理性对占有欲的控制,当恋爱中的男女能以爱自己之心去爱对方时,这体现了他们的理性将"有限"的感性情感推广成了具有"无限"意义的情感。

由上可见,个体生命的理性与感性的平衡和协调在余光中、洛夫、钟玲等台港澳诗人的诗中不仅以一种现实存在的形态出现,而且也以一种应该有的形式出现。相对而言,台湾诗人,尤其是台湾新生代女诗人所追求的理性与感性的平衡和协调主要集中在性上面,而香港、澳门诗人所追求的理性与感性的平衡和协调则与更广阔意义上的个体生命的精神与肉体的完整统一有关。这一方面是因为台湾新生代女诗人对西方女性主义的身体写作的理论与实践有着更为强烈的认同,另一方面也因为深受中国、日本重男轻女文化的双重压迫的中国台湾女性对传统的性道德伦理的痛恨、反抗的欲望更为强烈。而无论是台湾新生代女诗人对男女性交融状态的渴望还是香港、澳门诗人对两性在更广阔意义上的精神与肉体的和谐相处的热切呼唤,都既展现了性爱的现实应该是怎样的事实,也昭示了性爱的将来应该是怎样的前景。从这个程度而言,余光中等台港澳诗人对个体生命的灵与肉、理性与感性的平衡和协调的展现既包含着对现实的性爱形态进行调整、提升的要求,也反映了性爱发展的未来方向。

人之所以是人,就在于他既有理性,又有情感。在个体生命中,它们相互依存、相互渗透、相互影响,是构成健全人的重要组成部分。无论是单纯从生物学方位还是单纯从社会学方位去认识人,都是无法真正全面理解和把握人的本质。失去情感的理性化生命,不过是一具没有血肉的木乃伊,而失去理性规范的情感化生命,又与一只低级蒙昧的动物无异。在一个健全的个体生命中,理性的运行需要情感的灌注以变得更为人性化,情感的表达需要理性的导引以变得更为明智、聪慧。因而,真正的诗人是可以秉承以人为本的核心理念,在他们的诗中最大限度地实现理性与情感之间的共融的。正如海德格尔所说的那样,在贫困的时代只有诗和诗人才能拯救失去精神家园的现代人。因为诗人们"吟唱着去摸索远逝诸神之踪迹""能在世界黑夜的时代里道说神圣"①。因而,在诗歌中实现理性与人性的结合,这不仅是当代哲学克服危机的需要,更是台港澳新诗继续发展的需要。一旦诗人实现了对理性与情感世界的真正亲近与拥抱,就在事实上回到了世界与生命神秘的源头,就可以在唤醒人对自身自觉的同时使人"诗意地栖居"在这世界上。

三、理想与现实

无论人们对现代性的认识有多么大的差异,但对其指涉一种新的时代意识的看法是基本一致的。波德莱尔指出:"现代性就是过渡、短暂、偶然,就是艺术的一半,另一半是永恒和不变。"②哈贝马斯在

---

① [德]海德格尔:《形而上学导论》,商务印书馆1996年版,第26页。
② [法]波德莱尔:《波德莱尔美学论文选》,人民文学出版社1987年版,第485页。

《现代性——一个尚未完成的谋划》一文中也将现代性视为"一种新的时代意识"。不过,与启蒙运动以来的激进的现代性意识论者的看法不同,哈贝马斯并不将当下与过去、未来看成完全断裂的,而是像黑格尔一样,更强调当下与过去、未来的连续性。在黑格尔、哈贝马斯等人这里,现代性的正当性与合理性正是因为它对当下与过去、未来时间的这种"更新了的关系"的强调。对于他们而言,时间是一个绵延之流,现代性的自我确证活动必然是个体立足于现实又走向未来的活动,是个体在现实的生活实践中积极寻求一种主动的生存方式。而在这一点上,台港澳诗人与黑格尔、哈贝马斯达成了高度的一致性。洛夫指出:"对一个广义的超现实主义诗人来说,他不仅要能向上飞翔,向下沉潜,更须拥抱现实,介入生活。"① 痖弦说:"扎根在艺术中而非扎根在生活中的作品是垂死的,虽然也可能完美但却是颓废的。"② 杨牧说得更为清楚:"历史意识是我们对时间永恒保有的意识,也是对短暂现世保有的意识,同时它更是一种将永恒和现世结合看待的意识——这历史意识使得一个创作者变得传统起来,同时更使他恳切地了解他在时代中所占的位置,了解他与他们的时代的归属关系。"③ 当然,这不是说洛夫等台港澳诗人一开始对诗的现代性的认识就都是辩证的,而是说这种认识与追求是在他们建构现代性自我和中国形象过程中的一个非常突出的现象。

20世纪五六十年代以来,工商业的高速发展,在带给台港澳民众以往想都没有想到的物质利益的同时,也使他们中的许多人的物质欲望急速地膨胀。这些人的眼光局限在一个以自我为中心的狭窄的圆圈之中,关注的重心是世俗的物质欲望的满足,却对彼岸世界的存在

---

① 洛夫:《超现实主义与中国现代诗》,载《幼狮文艺》1969年诗专号。
② 痖弦:《现代诗短札》,载《中国新诗研究》,台北:洪范书店有限公司1982年版,第52页。
③ 杨牧:《一首诗的完成》,台北:洪范书店有限公司1991年版,第56页。

和生命意义的探寻丧失了兴趣。物质对人的精神的残酷的强暴和掠夺使台港澳民众面临着灵魂丧失栖息之地的危险。面对着这种物的价值和人的价值的分裂的人生困境，余光中等台港澳诗人的心开始战栗，"余光中对于台湾的态度正如当年的叶芝。一方面憎恶现代化，不齿和那些'无耻的'的中产阶级认同，一方面却积极参与社会"。[①] 纪弦则认为，"一个现代诗的作者倘若采取了唯美的、高蹈的、纵欲的、享乐的态度，那他就不可能成为一个真正二十世纪的诗选手了"。[②] 他们悲哀地环顾这坍塌的废墟，思考着将现代人从分裂状态中拯救出来的途径与方法。而在他们看来，最为科学的解决方法，就是对理想价值目标与现实价值目标的整合。

纵观余光中等台港澳诗人的创作，我们可以发现他们探询理想价值目标与现实价值目标整合的方式主要有两种：一为批判性的，着眼于对物化的人的否定。一为肯定性的，着眼于对寻求理想的生命境界的存在的认同。

首先，是对物化的人的否定。余光中等台港澳诗人认识到，资本主义市场经济社会空间作为一种以追求金钱、物质等现实利益为核心的相对自律的空间，它是以肯定和保护私人化经济关系的面目出现的。在这个特定的社会空间中，台港澳民众确实可以感受到经济独立带来的前所未有的私人性的生存自由。然而，金钱作为商品的等价物，它只能保证人的低层次的基本需要，而不能满足人的更高层次的需要。对金钱和物质的片面追求和强调，造成的恶果是个体生命的意志衰竭症、思想的平庸化、精神的无根症。

在余光中等台港澳诗人的诗中，现代文明在给人们带来极大物质利益的同时，也使自然世界遭受了毁灭性的打击。"一星细小的烟

---

① 简政珍：《余光中：放逐的现象世界》，载《中外文学》1992年第20卷第8期。
② 纪弦：《现代诗的创作与欣赏》，载《中国现代诗论选》，大业书店1969年版，第233页。

苗/把一片森林烧秃了！/把一排塑胶厂、化纤厂烧焦了！"（犁青《中国反对吸二手烟》）"月亮"，已"被工厂以及火车、轮船的煤烟熏黑"。（纪弦《诗的复活》）"草堆街没有草 没有了/孙逸仙医局的镂金招牌/林则徐的脚步轻轻没有/留下丝毫痕迹。"（陶里《草堆街》）在浪漫主义诗人那里被一再吟咏的"星星""河流"，也已经今不如昔，"星星的脸颊惨烈/河流的嗓子喑哑"。（陈家带《在我们的时代里》）丧失了自然家园的个体，四顾茫然，无所适从："记忆的琴弦早已暗症结涩/长夜中是一种荒芜的孤寂/灵魂在黑暗的袭击下抖索。"（高戈《一个梦和四个月亮》）这样一个失去记忆的"流浪汉"，当然没有耶稣"救世主"似的俯视人世的胸襟，也没有尼采"超人"似的卓绝飞扬的气概。在沮丧、绝望之中，"只有床与餐具是唯一的浮木"，而食色只能满足他们的生理需要，却无法将他们从精神的绝境中解救出来："挣扎的手臂是一串呼叫的钥匙/喊着门喊着打不开的死锁。"（罗门《都市之死》）事实上，倘若个体生命只重视床与餐具等物质利益，那么，他们就不仅会像罗门诗歌中的主人公那样囿于现实而无法超越，也会像香港诗人舒巷城的《某明星之死》中的某明星一样，由于没有理想之光的照耀，只有将自己的生活在无历史的瞬间中化成一次又一次追求名声与物质利益的游戏，最终在成为了名声与物质的奴隶的同时也葬送了自我："她很忙/忙于博取名声//她把全部的时间用尽了/她再也没有喝茶的时间//这是她的悲剧/空虚，和她的空药瓶//她赚钱，而且把钱/购买了许多自由//房子有了，珠宝有了/而她也死了//于是她和她的自由/躺在不自由的铜棺里。"而他们的死亡，由于被抽空了理想等精神性内容，悲剧就转化为一种极具观赏性的欲望化场景，它使人感到可悲，却难以使人同情。

余光中等台港澳诗人认为，现代社会的个体已沦为一种被奴役的非存在，他忘却了自己的主动能力，被异己的因素任意左右。痖弦指出："在电子媒体夜以继日的按摩下，城市人的心智活动早已被宰制，脑袋空空，他们除了对眼前的事感兴趣，几乎中断探触表象以外的世界，每个人不思不想地活着。"① 在这个物化世界中，许多城市人已经异化成为了"闹轰轰的／见钱就扑上去／见粪便就扑上去的一群群苍蝇"。（犁青《我咒骂你——838》）他们整天"充满幻想／幻想金价回升／幻想楼花有主／幻想前事倒序"。（懿灵《澳门街19896》）这里，"金钱"作为一种他者权力的化身，具有无所不在、主宰一切的神秘力量，而这些拜金者则已沦为金钱的奴隶。在这种他者权威的操纵下，个体离真切的生活和存在体验越来越远，以至于在这种他者的权威的高压下，他要么去依附权威，"我们再也懒于知道，我们是谁。／工作，散步，向坏人致敬，微笑和不朽"；（痖弦《深渊》）要么随波逐流，"你送条烟，他点点头／抽起烟来／外面炊烟弯弯／肚里密云弯弯／声音缓慢／双眼迷茫"；（犁青《中国反对吸二手烟》）要么以失语的形象违心地保持着缄默，"我被笼罩于阴影下，／而肥皂泡必破灭——没有谁去戳他一戳，碰他一碰，他就会完结的。我想喊；但我咽了一口唾沫。我沉默在一个无边的噩梦里，只是静待那必将轮到我来扮演的一枪打不死的自杀和一声哭不出的痛哭而已"。（纪弦《阴影·悲剧·噩梦》）于是，作为主体性存在的个体，而今却异化成了个体存在的"影"。而"影"跟随他者权威或另外之影的结果，是发现在极具束缚性的社会权力之网中，自己在日常生活中的作用趋向于零。他既无法生存于黑暗，又无法生存于光明，只能在异己者的挤压下变得日趋焦虑，正如香港诗人迅清所写的那样："你所追随的也许／是比路灯更混乱的指标了／你睡在你制造的／工作和生命／你所关心／大概是一切价值的上升和下降／而你把持的／究竟是／哪一种的方向／哪一种的方向。"（迅清《一九七七·城市之歌》）这里，个体被金钱欲与物欲等他者权威任意地抛掷着，自由、个性、人格统统都被剥去，被投进一张深不见底的他者之网中，看不到一丝希望的亮光，只能恐惧而绝望地看着"青春""在复杂的理化公式里"成为"退了镀色"

---

① 痖弦：《城市灵魂的居所——序陈家带诗选〈城市的灵魂〉》，载《城市的灵魂》，台北：书林出版有限公司1999年版，第9—10页。

的""戒指"，"爱情""在庞大的金权机器里"被"绞碎，绞碎"，（陈家带《城市的灵魂》）自我成为金钱与物质等他者权力之网中一条"被生活压扁了的""放在火上烤"的"干鱿鱼的同类"。（纪弦《四行诗》）

台港澳社会中的许多诗人，都是从大陆流离到台港澳的"文化孤儿"，对于他们来说，"放逐既是来自政治，也出自心态的感受"①。放逐可能缘于外在环境的压力，但也不排除"离开家以求解开精神上的束缚"②，但它们对心灵造成的共同阴影则是孤寂。"我不是归人，是个过客"的流浪的"异乡人"背影在台湾的余光中的《流浪人》《毛玻璃外》，向明的《异乡人》《狼烟》，方莘的《夜的变奏》，香港的马觉的《黑夜街车》，澳门的流星子《你不要问我》，陶里的《失调的冬韵》、黄文辉的《时刻如此安静》等诗中随处可见。这里有异乡人有家难回的咏叹："太阳有家而我没有//我甚至于不知道故乡/陌生的关于祖先们/可敬而我却不认识他们。"（方莘《夜的变奏》）"冬日寒流浮起心的荒漠/我在季节之中流浪。"（陶里《失调的冬韵》）"是谁敲响急骤的钟声/催我匆匆地走/你不要问我/世界多深多宽风浪有多大/不要问我为何急急苦苦地走/不要问我是归人还是过客。"（流星子《你不要问我》）这里也有"我总有无根的感觉，有异乡人的痛苦"的倾诉。（黄文辉《时刻如此安静》）在纪弦笔下，都市是什么？是一个有无数的人而又无人与你相关的地方。在这里，个人的心灵都被尘封，在精神上陷入形影相吊的状态中。"你，我，距离着。而在你我之间，是他的生存地带。他的鼻子上，抹着白粉。他向我鞠了个躬，说了你许多的坏话；他向你鞠了个躬，说了我许多的坏话。于是，你我之间，有了距离……这可怕的距离，现在是，愈拉

---

① 简政珍：《放逐诗学——台湾放逐文学初探》，载《中外文学》1991年第20卷第6期。

② 简政珍：《放逐诗学——台湾放逐文学初探》，载《中外文学》1991年第20卷第6期。

愈长了。从算术级数到几何级数，迅速地发展着。"(《距离》）而在澳门诗人马觉的《黑夜街车》一诗中，都市就是沉默、冰冷、黑暗的夜车，它的冷漠与残酷的环境使个体生命几乎无法用语言去与周围人们交流："坐着站着扶着拉着靠着/吊着挂着/醒着睡着/有人合上眼/有人露出敌视恶意的目光/但大多数流露出/似乎是极端平静的/歇斯底里的/漠不关心//沉默/孤寂的极端个人主义的/沉默/在黑夜里一车厢的沉默/香港式的沉默/极具耐性而使一切梦想成为空白/的沉默……"在这样一个人与人相隔的世界里，个体生命就像纪弦笔下"张着苍白枯槁，修长的两臂"的"死树"（《死树》）。绝望就如同那死树上被虫类蛀蚀过的剥落的树皮，它以其无可置疑的确定性取缔了存在的确定性。存在者在这种剥落中成为了物质上和精神上丧失了家园的无根者。台港澳社会的现代化发展本来是用来满足台港澳民众不断增长的各种需求和促进人的全面发展，然而，人们却将这种现代化发展的物质成果当作了自己生活的唯一目标。于是，随着社会现代化进程的不断推进，现代人也日趋滑入了一个灵魂无所寄托的万劫不复的现代化的泥潭之中。

体验到个体存在沦为机器的附属物和资本增值的工具的荒谬性，将个体存在由于丧失灵魂的栖息地而成为无家可归的漂泊者的困境进行无情地揭示，这并不意味着纪弦、余光中、陶里等台港澳诗人探询理想价值目标与现实价值目标整合方式的终止，而恰恰意味着他们反荒谬思想的出发。既然被隐没在汹涌的物质大潮之中的个体存在是荒谬的，那么，个体倘要确证自身的存在，他就不能不正视个体动物性的本能将人连根拔起的这种荒谬性，并通过自我选择的行动去创造意义。而这，恰恰又是他们探询理想价值目标与现实价值目标整合的另外一种方式。

理想价值目标与现实价值目标分属不同价值取向的两极，看似相互背离实际上则是同根异体的关联物。因此，海德格尔非常欣赏赫贝尔的这句话："无论我们是否愿意承认，我们都是些植物，我们这些植物必须扎根于大地,以便向上生成、在天空中开花结果。"① 事实上,个体对存在和世界荒谬性的感受越痛切,他对自我本质追求的自然冲动就会越强烈。个体对存在和世界荒谬性的反抗越坚决,他对生命存在的意义和价值的理解就会越深刻。尽管纪弦、余光中等台港澳诗人深知理想价值目标与现实价值目标的纠葛是生命中永远的困惑,他们也明白荒谬性与反抗荒谬性、虚无与超越虚无是内在于个体生命中无法释解的矛盾。然而,纪弦、余光中等台港澳诗人的超常之处在于,他们并不像西方的波德莱尔等诗人一样,由困惑、苦闷走向消沉,由矛盾、失望坠入更深的虚无。他们拒绝外在的救赎,坚持现世的存在。纪弦指出:"我是不能死的,我必须歌唱。我必须借歌声以证实我的存在和我的愤怒。"② 痖弦认为:"诗人的全部工作似乎就在于'搜集不幸'的努力上。当自己真实地感觉自己的不幸,紧紧地握住自己的不幸,于是便得到了存在。"③ 纪弦、痖弦等台港澳诗人深知,理想蕴涵在现实中,永恒包含在有限内,如果说人生是个人通过一系列的选择创造的,那么,这其中最为重要的选择就是选择活着。澳门诗人辛心所写的《小贩》中的小贩,尽管遭遇了种种生活的磨难,然而,却没有气馁、没有沉沦,而是坚强地抬起头来前进:"他没有低头/因为;生活告诉他,/生活的担子比它还重/……/迎着那朦胧小雨/向前迈步/嘴里不停地、高声地喊着、喊着……"(《小贩》)。正如纪弦在他的诗中所写的那样,"在这里,/活着,/噢,/便是宣言"。(《奋斗》)这种对活着生命的坚持,意味着纪弦、辛心等台港澳诗人对个体存在的思考,是围绕着绝对在场的不脱离时间的生命展开的。事实上,个体存在只有珍视当下,以求真、求美的态度

---

① [德]海德格尔:《赫贝尔——家之友》,载《海德格尔诗学文集》,成穷等译,华中师范大学出版社1992年版,第262页
② 纪弦语:转引自李瑞腾《新诗学》,香港:骆驼出版社1997年版,第116页
③ 痖弦:《现代诗短札》,载《中国新诗研究》,台北:洪范书店1981年版,第49页。

直接地与当下相依存，他才能在此时此地与世界发生着真切的联系，并在这种联系中把生命已经存在这个事实承担起来，独自承担命运。因为，活在当下是个体作为一种存在的显现。个体只有存在着，他才能通过存在来体现生命的最基本的价值。如果人们都能够像纪弦、辛心等台港澳诗人诗中的个体那样不忧不惧地面对现实中的自我与世界，他们就会惊讶地发现，他们活在当下的勇气有多大，他们在当下中对生命存在的最基本价值的理解的空间就有多大。

不仅如此，对生命存在的尊重只能是台港澳新诗现代性自我确证的起点，更重要的是，个体在意识到当下存在的荒谬性时，应当更多地激励生命，让个体生命在当下的时空里体验到希望；个体应当更多地阐扬生命，让个体生命由历史给定的非存在状态向存在应该是的状态提升。在这里，意识既是一种反思，又是一种觉醒，它将纪弦、余光中等台港澳诗人的存在从历史给定的非自我本质中抽拔出来，将自我存在还原为一个具有自由意志的本体。

细加考察，我们就会发现，台港澳诗人将自我存在还原为一个具有自由意志的本体的方式主要有两种：一是对自然化生命的追求，二是对生命宇宙化境界的追求。

当个体从物化的生存状态中抽拔出来时，个体开始成为一种有意识的存在。这时，个体"把自己的生命活动本身变成自己的意志和意识的对象。他的生命活动是有意识的。……有意识的生命活动直接把人跟动物的生命活动区别开来"。① 在纪弦、余光中等台港澳诗人的诗中，随着个体意识的不断拓展，个体日趋觉察到被理性和机械主义所切割的自身生命与自然世界的种种关联，并在与自然世界积极、主动的交往中建构人的精神自我，确证人的本质。这一方面说明意识对他们诗歌中的生命本质具有重要的建构作用，另一方面也说明他们诗歌中的生命存在不仅仅是纯然的个体意识的对象，而且是个体介入

---

① ［德］马克思：《1844年经济学哲学手稿》，人民出版社1979年版，第50页。

世界的实践主体。在与世界的广泛交往中，纪弦、余光中等台港澳诗人日趋深刻地认识到，要将自我存在还原为一个具有自由意志的本体，就必须使个体摆脱物欲对存在本质的先行预设，积极表现自我生命的自由个性。因为，个体总是在不断突破种种外在与内在的束缚过程之中成长、变化和发展的，对个体自由个性的坚持和弘扬体现着人的合目的性的本性。成为一个人，在某种程度上说，就是成为一个个性和自由获得极大肯定和实现的自由的人。

台湾诗人纪弦的《狼之独步》《过程》《海豹》《号角》《生之喜悦》，张默的《攀》《哲人之海》《期向》《横过夜》《树啊，请静静地攀升》，香港诗人古苍梧的《昙花》、钟伟民的《捕鲸人》、蔡丽双的《牡丹》，澳门诗人梅仲明的《反潮流者》、江思扬的《品茗》、吴国昌的《火车轮》等诗，都大大地张扬了一种原始粗犷的自然野性的生命。在这些诗中，诗人们将个体置于个性弘扬的时空中，既探寻这种自由个性之生成，也观照这种个性的自由发挥带来的功能和作用。

我们看到，在纪弦、余光中等台港澳诗人的诗中，自然生命的张扬，既源于对一种现实社会的忧虑："何其料峭的台北啊！／就连久违了的阳光，／都被那些寒风／吹成淡淡的了。"（纪弦《生之喜悦》）又源于对现实生命的"号角""被尘封于／一排古老的仓库里，／始终也没有谁／走进去／把它拿起来／吹响"的不满。（纪弦《号角》）而更为重要的，自然生命的张扬的终极根源在于对自然神力的仰慕。自然，只有自然才能为纪弦等台港澳诗人的这些近乎尼采的"超人"提供取之不竭的能量。凭借着自然神力的支撑，个体生命可以摆脱现实性的梦魇："让我们的眼膜不再履及／那些破铜烂铁，那些苍白的鱼腥味／及与没有甲骨的波纹。"（张默《哲人之海》）"避开浊世／在追求铜臭的都市／借紫砂壶的古雅／神游风光如画的武夷／让它的朝暾、晚霞、灵气／进入我们心灵的天地。"（江思扬《品茗》）凭借着自然神力的支撑，这些超人才能在人生中如痴如醉，以气吞万象、挟雷掣电的气势出场，"奋然举起生命的荧荧星火／不分头等次等贫等富等／滚动吧,手拉手,声连声/滚成火热的星球驰骋/轰隆隆冲破黑暗中隆隆炮火/在默默蠕行众天体间/坚持刚直顽强钢轨/带动时钟滴嗒声"。(吴国昌《火车轮》)他们在与外在异己力量的搏斗中,永不畏惧,永不满足,陶醉在一次次的生命的狂歌狂舞中:"舞起来吧!你的那些榕树。/舞起来吧!你的那些油利加和木麻黄。/还有槟榔、椰子、蒲葵与凤凰木,……要唱!要大声地唱!/要哗啦啦地嘶喊!/要轰隆隆地吼叫!/给我以千军万马之大交响!/给我以狂飙和狂飙和狂飙!/给我以粗野!"(纪弦《海之歌》)这种生命的燃烧,这种生命的律动,带来的是生命的腾升,生命的陶醉。如此,纪弦、张默、吴国昌等台港澳诗人就以个体生命的自然化为情感倾向,使他们诗中的个体生命自动幻化,飞腾如自然的精灵。

在纪弦、洛夫等台港澳诗人看来,个体除了应该通过对自然化生命的追求与坚持去寻求生命的自由以外,还应该通过对生命宇宙化境界的追求去获取更大的自由。洛夫指出:"诗人不但要走向内心,深入生命的底层,同时也须敞开心窗,使触觉探向外界的现实而求得主体与客体的融合。"[①] 罗门认为:"诗绝非是第一层次现实的复写,而是将之透过联想力,导入潜在的精神世界,予以关照、交感与转化为内心中和第二层次的现实,使其获得更为富足的内涵,而存在于更为庞大且永恒的生命结构与形态之中。"[②] 澳门诗人高戈认为,"出色的诗人"应该"擅长于营造阳春白雪似的纯净的崇高语境,在没遮拦的语义空间寻找心灵与客观对应物直接对话的形式,甚至把神思提升到灵魂出窍的迷狂状态,让自我精神透过隐喻的表象直接与上帝对话。"[③] 相较于个体的个性自由,生命宇宙化是个体自由达到的更高

---

① 洛夫:《我的诗观与诗法》,载《诗的探险》,黎明文化公司1979年版,第154页。
② 罗门:《在诗中飞行:罗门诗选半世纪》,文史哲出版社1999年版,第7页。
③ 黄晓峰:《镜海妙思·代序》,载《澳门现代艺术和现代诗论评》,辽宁教育出版社1999年版,第220页。

境界。达到这个境界的个体，他对生命、宇宙都有极高明的觉解，他的自主性能力会得到淋漓尽致的发挥。

那么，个体怎样才能使自己的生命宇宙化呢？换句话说，个体生命如何与宇宙万物融合呢？洛夫等台港澳诗人认为，个体要使自己的生命宇宙化，就必须改变那种将人和世界都放在对象的位置上分门别类地给以概念化、逻辑化的认知方式，转而"以心眼去透视"人与世界。① 这意味着，个体在面对宇宙万物时，应该"无听之以耳而听之于心"，进入一种"倾听"的状态，用自己的心去倾听宇宙万物的"无声之乐"。一方面，经由倾听，作家的想象灌入宇宙万物之中，宇宙万物具有了人的灵性。"净化官能的热情，升华为灵，而灵于感应"。（覃子豪《瓶之存在》）瓶是物不是人，属于物的瓶竟然具有人的"灵性"，这是因为诗人将自我的意识灌输进瓶的缘故。另一方面，经由倾听，个体生命超越了现实时空的种种限制，获得了宇宙万物的自在性的精神特性。他可以"听到我们寻常听不到的声音"，"看到我们寻常看不见的活动和境界"，② 拥有我们寻常无法拥有的力量。"猛力一推 双手如流／总是千山万水／总是回不来的眼睛／遥望里／你被望成千翼之鸟／弃天空而去 你已不在翅膀上／聆听里／你被听成千孔之笛。"（罗门《窗》）"整个寂静在那一握里／伸开来江河便沿掌纹而流／满目都是水声／山连着山走出来走来你的形体。"（罗门《海》）"我将化身为一超光速太空船，／从一个星云到一个星云，／二十四小时周游全宇宙。"（纪弦《无题之飞》）双手猛力一推，竟然有流水一样的力量和气势；遥望的眼神，竟然可以化成"千翼之鸟"在天空自由翱翔，又可以演变为奇异的"千孔之笛"；伸开的手掌，一条条掌纹竟然化为了浩浩荡荡的"江河"；"我"竟然可以"化身为一超光速太空船"。这些不可思议的事情的发生都是纪弦、罗门等台港澳

---

① 洛夫：《诗人之镜》，载《创世纪》1964年第21期。
② 叶维廉：《中国现代诗的语言问题》，载《现代诗导读·理论史料篇》，故乡出版社1979年版，第185页。

诗人以心倾听外物的缘故。经由倾听，纪弦、罗门等台港澳诗人得以能够以自然的本性来面对自然万物，而流水、千山、"千翼之鸟"等自然万物也赋予了他们生命神秘的力量和灵性，使他们通过自然清晰地认识自身的本质特性。于是，纪弦、罗门等台港澳诗人在与自然同击着一个节奏的同时，进入了人与自然万物融合的无限舒展与自由的境界。

至此，纪弦、罗门等台港澳诗人经由想象，以他们的诗建构了一个充满生命奥秘的世界，在这个艺术世界里，生命的艺术形式作为情感的本质获得了有机、和谐的发展，它将宇宙中的万事万物从变化无常的偶然性中抽取出来，用生动的形式使之恒久长存，于是，情感不再是单一的激情喷泻，形式也不是孤立、空洞的符号，情感是有生命形式的情感，形式是有生命内容的形式，它使欣赏者感受到的是形式美与生命美的统一。

事实上，纪弦等台港澳诗人的这种万物与人契合的思想，可以说是中国传统天人合一思想和西方泛神论思想的结合物。认为万事万物，都是由气化生而成，物与人在宇宙中相容相通，这是中国天人合一论的精髓所在，也是纪弦、余光中等台港澳诗人生命宇宙化论与天人合一论的重合处。但如果从现代的视野来审视，我们也可以发现中国传统的天人合一论存在着较大的局限。无论是道家的"虚静无为"，还是佛家的"妙悟"，它们对天人合一图式的获取，都是以个体生命对自然的顺应和服从为前提的，这就不能不使中国传统的天人合一的图式结构带有较为浓厚的静态性和封闭性色彩。纪弦、余光中等台港澳诗人的生命宇宙化论并未重蹈古代天人合一论的覆辙，对"自我"的强调，使纪弦、余光中等台港澳诗人的个体与自然万物融合的图式远较中国传统的天人合一图式更趋开放、更趋积极。

循着纪弦、洛夫、余光中等台港澳诗人的作品，我们总会与一个不断寻求生命的拓展与自由的行者相遇。他在这些台港澳诗人诗中不断反复着向彼岸出发的乐此不疲以及诗人们对这一原型意象反复描绘的乐此不疲，已经非常明白地告诉我们，这是一个现代化的寻求理想的生命境界的中国人形象。

在纪弦、洛夫、余光中等台港澳诗人这里,人之伟大,人之超出动物之处就在于人不再是被动的存在,而已成了自己行动目标的主人,永恒超越和不断行动已经成了人固有的内在本性。洛夫虽然不满于超现实主义文学"有我无物"之诗境,但同时也不赞同"诗中'无我'的说法"。① 余光中也对天人合一的开放性结构极为推崇。他指出:"一端是有限,一端是无垠。一端是微小的个人,另一端,是整个宇宙,整个太空的广阔与自由。你将风筝,不,自己的灵魂放上去,放上去,上去,更上去,去很冷很透明的空间,鸟的青衢云的千叠蜃楼和海市,最后,你的感觉是和天使在通电话,和风在拔河,和迷迷茫茫的一切在心神交驰。这真是最最快意的逍遥游了。而这一切一切神秘感和超自然的经验,和你仅有一线相通,一瞬间,分不清是风云攫去了你的心,还是你掳获了长长的风云,而风云团仍在天上,你仍然立在地上。你把自己放出去,你把自己收回来,你是诗人。"② 一方面,作为个体的"你"与风云相互感应、相互融合,"分不清是风云攫去了你的心,还是你掳获了长长的风云";另一方面,"你"与风云融合的图式并不是静态的,而是动态的。这个合一的图式中的"你"仍然有着强烈的主体意识,你既可以"把自己放出去",又可以"把自己收回来",因为,"你是诗人"。

事实上,在茫茫的宇宙之中,虽然个体生命无法和无限的宇宙相抗衡,然而,和宇宙中的其他生命相比,人的价值与高贵正在于他具有与生命同在的思想。"纵使宇宙毁灭了他,人却仍然要比致他于死命的东西要高贵得多;因为他知道自己要死亡,以及宇宙对他所具有的优势,而宇宙对此却是一无所知。因而,我们的全部尊严就在于思想。正是由于它而不是由于我们所无法填充的空间和时间,我们才必

---

① 洛夫:《超现实主义与中国现代诗》,载《幼狮文艺》1969年诗专号。
② 余光中:《焚鹤人》,纯文学出版社1972年版,第23页。

须提高自己。因此我们要好好地思想；这就是道德的原则。"① 人存在着，他就在思想着。正是人的思想使他不可能满足于以自我意识的内敛达到的天人合一境界。有鉴于此，余光中、洛夫等台港澳诗人在追求着一种主客体融合诗境的过程中，又是自始至终都将"自我"摆在较为重要的位置上的。在洛夫看来，自我是主客体融合诗境中一个重要的组成部分，因为，"诗人必须通过'自我'才能进入自然之中，并与它合一"。② 香港诗人钟伟民说："人，总得跟自己内在的劣根性和外在的逆境对抗，得不断对抗。"③ 真正自由的生命是具有主体意识的生命，这种具有主体意识的生命不满足于纯然被自然给予的事实，而是在不断地追求着存在的可能性向现实性的转换。正是源于这种对自我主体性的重视，洛夫、覃子豪、王良和等台港澳诗人在《巨石之变》《裸奔》《夜在呢喃》《树根三颂》等诗中，才没有像中国古代诗人那样，将天人合一看作一个静止的状态，而是将其视为一个不断发展的形态。在这些诗中，自我生命的最大自由并不是在自我与自然初次结合中就获得完满的实现，而是在与自然的不断融合、分离、融合中才获得。洛夫的《巨石之变》中，尽管"我是火成岩，我焚自己取乐"，但我并没有领悟到人生的真谛。这时，"你们说无疑/我选择了未知"。因而，"我必须重新溶入于一切事物中"。香港诗人王良和的《树根三颂》中，尽管"我"在对大树的注视和体察中与大树合二为一，并"感到一股强大的力度"，但"我"的主体意识并没有在融合中消失。随着"我的意识里突然刮起暴风"，"我"再一次与大树拉开距离，对大树进行新的注视和体察，以求看透大树的"宽广与深邃"，并进而"化成雨水/溶入泥土走到你的根"。覃子豪的《夜

---

① ［法］帕斯卡尔：《思想录》，商务印书馆1995年版，第158页。
② 叶维廉：《洛夫论》，载《中华现代文学大系·评论卷》，台北：九歌出版社1989年版，第1211页。
③ 钟伟民：《访谈录：与王良和博士谈新诗》，载王良和《打开诗窗——香港诗人对谈》，香港：汇智出版公司2008年版。

在呢喃》中,"我"在"子夜的绝顶"上放弃了理性与意志,通过"瞑目"想象着"太空"。经由想象,"太空"和"我"中间的帷幕被揭开,"我"看到了人们寻常看不见的太空景观:"太空似青青的针叶";闻到了人们寻常闻不到的太空气味:"有松脂的香味"。然而,为了不让这种凝固的人与太空融合的形式阻碍生命的进一步解放,"我"从这种融合状态中分离出来,企求在"清空凝视我/我观照夜"的不断对话、交流的动态过程中达到更趋完满的人与自然融合的境界。对于洛夫、覃子豪、王良和等台港澳诗人而言,个体生命的发展是一个动态的过程,个体与自然万物的关系也不可能停留在一种特定的格局之上,而只能呈现出分离—融合—分离—融合的形态。

洛夫、余光中等台港澳诗人相信,个体生命只有在与自然世界的分离—融合—分离—融合的不断演进中,才能获得无限丰富的形态,自由也才能得到不断的扩展。勇者之所以是勇者,就在于"纵然墓地外的风浪滔天/但我厌恶船底黏着浅礁的腐藻/况且渔人真正的噩梦/是船舶骤然变成画的/永远停在画的海上头",所以,"我要将船远远的航出去/航出珊瑚虫森黑的墓地"。(香港钟伟民《捕鲸人》)勇者之所以是勇者,就在于他能"在最深沉的黑夜/ 绽开最灿烂的嫣红/哪怕就只有那么/ 一晚/ 哪怕没有什么人会/知道"。(香港 古苍梧《昙花》)勇者之所以是勇者,就在于"我知道/既渡的我将异于/未渡的我,我知道/彼岸的我不能复原为/彼岸的我。/但命运自神秘的一点伸过来/一千条欢迎的臂,我必须渡河"。(余光中《西螺大桥》)这种尽管知道前程风险重重,甚至肉体生存的机会比死的机会还少,但仍驱使着生命不惮前行的勇气,这种尽管知道目标遥远,也许走到底仍是海市蜃楼却上下求索、无怨无悔的精神,这种追求生命不朽的执着的信念和为着理想勇往直前的气势,使洛夫、余光中、钟伟民等台港澳诗人的作品中洋溢着一股不惜一切的理想主义情怀。表面上看,这种理想主义情怀与儒家的"知其不可为而为之"的精神相似,但实质上,两者有着较大区别,儒家的知其不可为而为之的精神中的功利色彩大于理想色彩,余光中等台港澳诗人的这种情怀却将理想价值与现实价值有机地结合在了一起。正如罗门所说:"'现代感'所含有的'前卫性',正是使诗人在创作中机敏地站在靠近'未来'的最前端,去确实地预感新的一切之'来向',而成为所谓的'未知者',去迎接与创造一切进入新境与其活动的新的美感形态与秩序。"① 在罗门等台港澳诗人这里,生命不断奋斗、不断超越的意义既在于目的的实现,又在于不懈的追求过程当中。就像余光中的《火浴》、钟伟民的《捕鲸人》,香港诗人古苍梧的《昙花》等诗中所写的那样,人生如捕鲸、火浴和昙花开花,你如果总是将眼光盯住具体的现实的功利目的,那么,目的没有达到时的漫长过程是难熬的痛苦,相反,如果你像钟伟民诗中的捕鲸人、余光中诗中的火浴的凤凰、古苍梧诗中的昙花一样,将对目的的重视转向过程,那么,情形就会大不一样。因为,注重过程精彩的生命是不能被真正剥夺的。对于他而言,生命的过程本来就是不断遭遇坏运与不断反抗坏运的过程,就像向明所写的那样,"无非是锤击/无非是作用力与反作用力/无非是我铁质的尖锐/对抗彼木石之齑粉/无非是奋不顾身地挺进,挺进/作为一种钢铁的生命/唯深入始可生根"。(向明《钉》)于是,绝境在这种"铁质的尖锐"的力量和"奋不顾身的挺进"的精神面前溃败了。"海洋也不能/把我包容和淹没的生存/我只有更高傲地航行于其上/在无止的上升中/在最后的咽气里,战斗/我知道我战死而不是战败/战死的渔夫,会重临到海上/像云散后,再重临到天空。"(香港钟伟民《捕鲸人》)"火啊,永生之门,用死亡拱成//用死亡拱成,一座弧形的挑战/说,未拥抱死的,不能诞生/是鸦族是凤裔决定在一瞬/一瞬间,咽火的那种意志/千杖交笞,接受那样的极刑/向交诟的千舌坦然大呼/我无罪!我无罪!我无罪!/黥面,文身,我仍是我,仍是/清醒的我,灵魂啊,醒者何幸/张扬燃烧的双臂,似闻远方/时间的飓风在啸呼我的翅膀/毛发悲泣,骨骸呻吟,用自己的血液

---

① 罗门:《打开我创作世界的五扇门》,载《罗门论文集》,中国社会科学出版社1995年4月版,第17页。

/煎熬自己，飞，凤雏，你的新生！"。（余光中《火浴》）高明的捕鲸人、火浴的凤凰立于绝境却用"无止的上升"精神将绝境送上了不归之路，他们在充满活力的"航行""燃烧"、飞翔过程之中实现了生命的骄傲和壮美。他们使我们明白，理想不仅是将来时态的、也是现在进行时态的；理想的彼岸世界虽然离我们较为遥远，但我们可以通过当下的奋斗向它无穷地逼近。当我们能够像钟伟民诗中的捕鲸人、余光中诗中的火浴的凤凰那样将生命的每一个过程的瞬间的"风浪""噩梦""煎熬"都转化为生命的趣味和快乐，都变成了生命的最大的精神享受时，我们就真正获得了一种超越眼前人、事的羁绊和时空制约的自由。

总的看来，台港澳新诗中的彼岸世界已大大超出了中国传统文人想象能达到的领域。它不是静态、稳定的，而是不断生成、不断发展的。正是它的这一特性，造成了台港澳新诗中的个体与自然在进行着不断的分离—融合—分离—融合的运动。不过，即使在以王良和、钟伟民、黄国彬等为代表的一些香港、澳门诗人的受到基督教影响较深的诗中，"彼岸"与其说在导引人们走向宗教，不如说在导引人们亲近一种对现实困境无畏进军的宗教精神。也就是说，以王良和、钟伟民、黄国彬等为代表的一些香港、澳门诗人是立足于现实人生去设计人生理想，而不是像西方诗歌那样以神灵代替人去思考和行动。他们化用了基督教的悲天悯人的思想，对物质化、金钱化社会导致人的异化现象深恶痛绝，关注的是如何将人从丧失了主体性在场的非存在状态中拯救出来，强调的是人在与外在异己力量的不断冲突中对生命有限性的不断突破和对生命价值的不断提升。与之不同，纪弦、罗门等台湾诗人沟通理想世界与现实世界的中介一般不是基督教，而是乡愁。乡愁，既推动了这些失落了乡土和文化家园的诗人们对生命个体在时代变迁中命运的思考，又触发了他们对于终极价值的寻找。因而，这些诗人对理想的追寻，对生命价值的拷问，就始终与他们对自己身份的追问相联系，充满着浓厚的乡愁色彩。

在工业化不断加速的今天，人类物质文明在极大发展的同时，也使人与人、人与自然、人与社会的矛盾日趋尖锐。寻求个体性与整体性、理性与情感、理想与现实的结合成为了现代人的理想目标。而当代台港澳诗人的诗歌创作则是这种探寻和追求的具体显现。在反思现代性的过程中，台港澳新诗建构了一个由个体性与整体性、理性与情感、理想与现实相结合的现代性中国形象。在形象内部，个体性与整体性、理性与情感、理想与现实的主体性地位都获得了承认与重视。这就意味着，经由台港澳诗人的创造，现代的中国人的健全的生命存在不再是平面的，而是立体的、丰富的，一方面，现代的中国人的全面发展不能脱离个体性、情感性、物质性等价值目标，因为，脱离了这些价值目标的人只能是虚浮、不切实际的人，另一方面，现代中国人的全面发展也不能脱离整体性、理性、理想等价值目标，因为，脱离了这些价值目标的人只能是眼光短浅、自私自利的人。而毫无疑义，这种创造性建构，不仅将对现代文明社会的科技至上的现代性发展思路的反思推向了一个新的高度，而且也可以启发人们超越惯有的非此即彼的二元对立的思维模式，在综合性的思维中实现人性的完善和人的生命的全面发展。当然，我们也要看到，台港澳的现代性与它们作为殖民地的经历有着较为重要的关系，这种语境的复杂性带来了台港澳新诗现代性中国形象内涵的丰富性与独特性，台港澳新诗中的中国形象既不同于西方文学中的他塑性的中国形象，也不等同于内地诗歌中的中国形象，它与内地诗歌的中国形象既有同一性又有差异性。正如香港诗人也斯所说："岛跟大陆有不同的构成、有不同的历史和地理，自然有很大的差距。我倒不是想列出简单的二元对立来：比方个人和集体、对外接触和继承传统、幻想和现实、现代主义和现实主义……当我们不断移换观察的角度，我们就会发觉：其实是有许多许多的岛，也有许多许多的大陆，大陆里面有岛的属性、岛里面也有大陆的属性。"[①] 在个体性与整体性的维度上，如果说大陆诗歌中

---

① 也斯：《古怪的大榕树》，载《岛和大陆》，香港：牛津大学出版社2002年版，第205页。

个体对民族国家的认同在总体上体现出非常强烈的自豪性情感认同逻辑,那么,台港澳新诗中个体对民族国家的认同在总体上则呈现出一种较为强烈的应激型的认同逻辑。在理性与情感的维度上,如果说大陆诗歌更为强调性爱的平等,那么,台港澳新诗则更为强调性爱的自由。在理想与现实的维度上,较之大陆,台港澳社会工业化进程开始得更早,持续的时间也更长,因而,台港澳新诗对工业化导致的人与自然、人与社会、人与人对立的现象的否定更为坚决、强烈;另一方面,由于近代以来的殖民地经历和近半个世纪的与大陆母体的分离,因而,较之大陆诗歌,台港澳新诗对理想和个体生命意义的探寻更多地源自于诗人失去内在依据的恐慌与焦虑。而显而易见,台港澳新诗在建构现代性中国形象上体现出的这种独特性,既可以帮助我们全面认识与理解包括台港澳在内的整个中国的政治、经济、文化的现代化进程,也极大地拓展了20世纪中国诗歌的现代性中国形象的内涵和外延,增强了世界对中国大陆、台湾、香港、澳门等构成的中华大空间的深入了解和理解。

第二辑 批评与理论的宏观探寻

普实克与夏志清中国现代诗学权力关系论

历史地看，关于普实克与夏志清的论争的看法主要有三种：第一种从"文学／政治""文学／非文学"二元对立的思维方式出发，将普实克与夏志清的诗学看成了权力颠覆与被颠覆的关系。这种研究认为普实克充当了为主流的政治话语立法、辩护的角色，他的中国现代诗学是在意识形态规范的约束下生成的，对中国现代诗学一体化的形成起到了推波助澜的作用；与之相反，这种研究将夏志清视为了依据西方的审美标准去发现被主流的政治话语所遮蔽的文学事实的开拓者，他的中国现代诗学是在西方的审美标准指导下生成的，极大地推动了中国现代诗学审美潮流的发生。这种研究将权力关系视为了单向性的颠覆与被颠覆的关系，而事实上，普实克与夏志清的论争中的权力关系比这要复杂得多，正如福柯所说："权力以网络的形式运作，在这个网上，个人不仅在流动，而且他们总是既处于服从的地位又同时运用权力。"① 在论争中，无论是普实克还是夏志清都不可避免地被意识形态所操控，他们的诗学观念、诗学研究的视角、诗学的表达话语都受到了他们所属的文化、机构和理念的制约。第二种从中心化的思维出发，认为普实克与夏志清的论争实际上与具体的中国现代文学现象无关，其实质是他们的诗学观念、诗学研究的视角、诗学的表达话语背后的意识形态在冲突与交锋。这种研究将复杂的权力关系做了过于简化和片面化的处理，未能使普实克与夏志清的中国现代诗学

---

① ［法］福柯：《必须保卫社会》，上海人民出版社1999年版，第28页。

的知识生产的体系中的权力关系获得应有的重视。而在福柯那里,权力是一种相互交错的网,它无所不在,不仅指涉政治意识形态,也与知识体系有关。第三种虽然注意到了普实克与夏志清的知识体系对他们的中国现代诗学的影响,但总是在他们的知识体系与政治意识形态和权力之间划定一条明显的界限,将象征着真理和自由的知识领域与政治意识形态分割开来进行论述。这种研究忽视了知识与权力的关系以及普实克与夏志清的知识体系本身的复杂性。正如福柯所说:"哲学家,甚至知识分子们总是努力划一条不可逾越的界限把象征着真理和自由的知识领域与权力运作的领域分割开来,以此来确立和抬高自己的身份。可是我惊讶地发现,在人文科学里,所有门类的知识的发展都与权力的实施密不可分。"① 可以说,普实克与夏志清的知识体系的复杂性,对他们的中国现代诗学的复杂性带来了极大的影响。而在我们看来,要超越上述几种非此即彼二元对立论述的拘囿,我们就必须将对普实克与夏志清的中国现代诗学的抽象概括还原到具体的历史语境中,以整体性的视野重建被上述三种论述强行拆解、撕裂的文学与权力、知识与权力的历史联系,展现作为普实克与夏志清的中国现代诗学的理论基础的结构主义与新批评理论的矛盾性对他们建构的中国现代诗学的矛盾性的影响。

一、真理的两个层次与权力关系

考察普实克与夏志清中国现代诗学的具体内容和形式,我们可以发现,他们对中国现代文学的界定与辨析,都是由两种认识所支配的,即事实认识和价值认识。事实认识是普实克与夏志清对中国现代文学自身内部固有属性的认识,价值认识是他们对中国现代文学的价值判断。这两种认识,从不同方面反映了中国现代文学的不同侧面和特性。与之相联系,普实克与夏志清对中国现代文学的真理性认识

---

① [法]福柯:《权力的眼睛》,上海人民出版社1997年版,第31页。

中，也区分为事实真理和价值真理两种。对独立于研究主体之外的纯粹的中国现代文学自身内部固有属性和发展的内在规律的真实反映就是事实真理；对中国现代文学的价值属性及其与主体需要的关系的反映就是价值真理。前者往往以反映、符合中国现代文学自身固有的性质属性为标准，是一种偏重客观的真理；后者往往由社会共同体、文化共同体的价值信念、价值评价等所决定，是一种偏重情感的真理。

一般认为，由于受意识形态的影响，普实克的中国现代诗学观念偏重于"价值真理"，他建构的中国现代诗学形象具有非常浓厚的主观性色彩。应该说，普实克的中国现代诗学观念确实有偏重于"价值真理"的一面。这种偏重有时表现在他对中国现代文学的整体的认识上，有时也表现在他对中国现代著名作家作品的判断上。"到五四运动时，现代工业无产阶级加入了革命的行列、工人阶级在共产党领导下把革命的领导权从1905年以来孙中山的革命民主党领导的资产阶级和小资产阶级手中夺取过来。"①"即使是《野草》中记录的幻想和梦境也不是为了表现鲁迅的个人欲望和经验，正像B. 克列特素娃在她的著作《鲁迅，他的生平和创作》（Praha 1953）中所明确指出的那样，它们的唯一主题是反抗，是中国人民的革命和整个中国社会的解放。"② 在这里，普实克追求的与其说是认知意义上的事实真理，不如说是一种价值论意义上的价值真理。从他谈论的对象和内容来看，它们不是独立于主体之外的纯粹的客观实在，而是与主体情感紧密相联的。从评价的标准来看，他更多地依据的不是客体的尺度而是主体自身的尺度。评价的标准与他的价值观念有着极为密切的关系。像"革命的行列""共产党领导""夺取过来""反抗""中国人民的革命""中国社会的解放"等语词与其说更多地涉及对象属性与

---

① ［捷克］普实克：《中国现代文学研究》引言，载《普实克中国现代文学论文集》，湖南文艺出版社1987年版，第35页。
② ［捷克］普实克：《中国现代文学中的主观主义和个人主义》，载《普实克中国现代文学论文集》，湖南文艺出版社1987年版，第6页。

规律的判断问题，不如说更多地涉及特定的社会共同体、文化共同体对事物的价值评价问题。

在许多研究者看来，与普实克的中国现代诗学观念偏重于"价值真理"相反，深受新批评理论影响的美籍华人学者夏志清的中国现代诗学观念偏重于"事实真理"。"夏志清深受英美新批评和李维斯'大传统'的影响，故而在小说撰写中注重文本的细读，较少政治和意识形态的干扰而注重艺术标准。"① 应该说，无论是在与普实克的争论中，还是在对中国现代诗学的建构中，夏志清都在一定程度上表现出了对"事实真理"的偏重。夏志清认为，普实克对于"文学的历史使命和文学的社会功能"的偏爱，使得他在进行中国现代诗学的建构工作时"看起来像是一个特别说教的批评家"。② 而这种从"文学的历史使命和文学的社会功能"的角度去认识中国现代文学的方法与其说是建设性的，不如说是掠夺性的，因为它不以反映、符合现代文学自身固有的性质属性和发展的客观规律为标准，而是以现代文学能否满足意识形态的需要为标准。在夏志清看来，中国现代文学是一个独立的艺术世界，有自己独特的性质属性和发展的客观规律，与外在于文学作品的政治、社会等因素无关。因而，中国现代文学文本本身的存在既是中国现代诗学的研究对象，也是中国现代诗学的研究的出发点和归宿。在《中国现代小说史》初版序言中，他强调指出："本书当然无意成为政治、经济、社会学研究的附庸。文学史家的首要任务是发掘、品评杰作。如果他仅视文学为一个时代文化、政治的反映，他其实已放弃了对文学及其他领域的学者的义务。"从这种探寻中国现代文学的"事实真理"的文学观念出发，夏志清对普实克的那种将作者的意图当作评价中国现代文学作品成功与

---

① 李昌云：《论夏志清与普实克之笔战》，载《西华大学学报》2008年第2期。

② 夏志清：《论对中国现代文学的"科学"研究》，载《中国现代小说史》，复旦大学出版社2005年版，第333页。

否的标准的方法不以为然，称其为"意图性的错误"。他说："一位作家的意图，不管它能否给作品以价值，都不能用作'判断文学艺术成败的标准'。"①夏志清在这里强调的是，中国现代诗学不是对中国现代文学的价值真理的主观传输，而是对中国现代文学的事实真理的展现。因为，价值真理总是与作为客体的中国现代文学作品对创作主体、研究主体的有用性相联系，反映着创作主体、研究主体的某种文化意图和利益需要。而事实真理真实地反映了独立于创作主体、研究主体之外的纯粹本体论意义上的中国现代文学自身固有的特性，即中国现代文学自身内部的本质及发展的客观规律。夏志清的这种对中国现代文学的事实真理偏重的文学观提示我们，中国现代文学的属性不应从外在于文学的历史、政治、经济、社会学中去获得，而应该从具体的中国现代文学作品中去寻找。

如果我们的论述仅仅停留在此，我们当然可以得出普实克的中国现代诗学观念重"价值真理"而夏志清的中国现代诗学观念重"事实真理"的结论。然而，一切影响深远的诗学家的诗学观念都不是简单的，而是极为复杂的。普实克与夏志清的中国现代诗学观同样如此。普实克的中国现代诗学观念确实有偏重于"价值真理"的一面，夏志清的中国现代诗学观念也确实有偏重于"事实真理"的一面。然而，普实克与夏志清的诗学观既会受政治意识形态的影响，也会受他们的知识结构的制约。因而，我们如果从政治意识形态和哲学观的双重视角去审视普实克与夏志清建构的中国现代诗学形象，就会发现既相互联系又相互矛盾的较为复杂的形态。

普实克在建构中国现代诗学形象时，既是一个马克思主义者，也是结构主义语言学的主要流派之一的布拉格学派的重要成员。因而，他的中国现代诗学观念在受到马克思主义理论影响的同时，也打上了非常深刻的结构主义理论的烙印。而众所周知，结构主义理论最为显

---

① 夏志清：《论对中国现代文学的"科学"研究》，载《中国现代小说史》，复旦大学出版社2005年版，第331页。

著的特点之一就是强调"客观性""科学性",排斥主观的价值判断。为了摆脱将文学视为由政治、社会、经济所决定的旧有的研究模式,结构主义主张按照科学化的模式和标准来研究文学。结构主义的代表人物托多洛夫强调指出:"要从文学研究中除去任何价值判断。"①

结构主义的这种重视事实真理,排斥主观的价值判断的理论在普实克的中国现代诗学观念中主要体现为两点。首先,在认知态度上,普实克反对研究者的"价值判断",主张研究者的中立化。结构主义既然认为认识的核心体现在对客观真相、客观真理的揭示上,那么,它就要求认识主体尽可能还原客观事物的本质和规律。由此,普实克主张研究者在认识中国现代文学的本质和规律时要采取价值中立的立场。他强调指出:"如果一位研究人员不是旨在发现客观真理,不去努力克服自己的个人倾向性和偏见,反而利用科学工作之机放纵这种褊狭,那么所有科学研究都将是毫无意义的。"② 在他看来,夏志清的中国现代诗学观念之所以常常给人以"非科学""非客观"的印象,就是因为夏志清没有依据客观、科学的标准,总是根据自己的主观意图去评说中国现代文学作品。"不幸的是,正如我们将以一系列实例来表明的,夏志清此书的绝大部分内容恰恰是在满足外在的政治标准。只要读一下此书的章节标题,什么'左翼和独立派''共产主义小说''遵从、违抗、成就'等等,就足以看出,夏志清用以评价和划分作者的标准首先是政治性的而不是基于艺术标准。"③ 夏志清的这种根据自己的政治立场去评价中国现代文学作品的研究,使得他的中国现代诗学观念中充满着主观随意的判断,极大地影响了他对中国现代文学的事实真理的发现。这从另一个方面证明了研究者在中国

---

① [法]托多洛夫:《论幻想作品》,康奈尔大学出版社1975年版,第9页。
② [捷克]普实克:《中国现代文学史的根本问题》,载《普实克中国现代文学论文集》,湖南文艺出版社1987年版,第211页。
③ [捷克]普实克:《中国现代文学史的根本问题》,载《普实克中国现代文学论文集》,湖南文艺出版社1987年版,第212页。

现代文学研究中保持价值中立立场的重要性。

其次，在认知结果上，普实克肯定精确性、普遍性的结论，反对不确定性、偶然性的结论。结构主义既然认为文学研究是一种科学、客观的研究，那么，它就要求认识主体的认知结果合乎科学规范，具有精确性、普遍性的特点。在中国现代文学研究中，这种精确性、普遍性的认知结果意味着研究者在认知过程中能够排除、摆脱主观意识的干预与影响，遵循科学的程序与规范对中国现代文学的内在特性与发展规律予以绝对而精确地把握，并使认知结果普遍且精确地解释与说明中国现代文学的事实真理。普实克指出，研究者在进行中国文学研究时，不要"把自己局限于非本质的枝节问题"，而是要对作家的"文学作品进行系统的分析，不是只看到他个性中孤立和偶然的事物，而是把它们看作由作家艺术性格融合起来的艺术整体中的组成部分"。① 倘若能这样做，研究者的认知结论就将具有精确性、普遍性的意义。而夏志清的中国现代诗学中的一些认知结果之所以带有不确定性、偶然性的色彩，就是因为"夏在进行他的论证时，强调某些事实而隐瞒或闭口不谈其他事实，或者给某些事物加上它们莫须有的意义"。② 在夏志清的《中国现代小说史》中，无论是对鲁迅的认知过程，还是对茅盾、丁玲等作家的认知过程，都具有一定的不确定性与偶然性，这导致夏志清对鲁迅、茅盾、丁玲等作家的一些作品的内在特性的把握是相对的和不准确的。

那么，为什么夏志清一方面标榜自己对中国现代文学事实真理的偏爱，另一方面自己的中国现代诗学观念在许多时候又偏重价值真理呢？造成夏志清中国现代诗学观念的这种矛盾性与复杂性的原因仅仅是普实克所说的政治意识形态的影响吗？事实上，我们如果将探寻的

---

① ［捷克］普实克：《中国现代文学史的根本问题》，载《普实克中国现代文学论文集》，湖南文艺出版社1987年版，第228页。

② ［捷克］普实克：《中国现代文学史的根本问题》，载《普实克中国现代文学论文集》，湖南文艺出版社1987年版，第229页。

视野延伸到作为夏志清中国现代诗学观念的哲学基础的新批评理论，就会发现新批评理论的矛盾性与复杂性也是造成夏志清中国现代诗学观念的矛盾性与复杂性的重要原因。

新批评理论是以重视文学的事实真理而闻名于世的。新批评派认为文学研究的出发点和归宿是作品本身，反对政治、经济、社会等外在因素对文学研究的干扰。这使人们很少想到新批评理论与意识形态的联系。当然，这并不意味着没有人发现新批评理论的复杂性。美国著名的文艺理论家杰拉尔德·格拉夫就极为敏锐地指出："因为新批评在反击两种相反立场的论辩中举棋不定，他们就经常由于自相矛盾的谬误而受到攻击。"① 新批评派虽然和形式主义派一样将研究重心设定于文学语言形式研究，但新批评派自理查兹开始，就非常重视文学语言的现实的指称功能，强调批评家在注重文学审美特性的同时应具有人道主义精神。第一代新批评派的代表人物 T. S. 艾略特说："宗教规定人的伦理、判断以及行为，小说影响人的行为与人品，文学描写与判断人的行为，这都必然关乎道德，因此文学自始至终要用道德的标准来判断。"② 夏志清的中国现代诗学观念与新批评理论有着非常明显的承传关系。夏志清说："到了五十年代初期，'新批评'派的小说评论已经很有成绩。1952 年出版阿尔德立基（John W. Aldridge）编纂的那部《现代小说评论选》（*Critiques and Essays on Modern Fiction*，1920—1951），录选了不少名文（不尽是'新批评'派的），对我很有用。"③ 另一方面，新批评虽然像形式主义派一样将拒绝政治、社会、因素对文学和文学研究的干涉，但新批评派又主张在对文学作品进行描述和说明之外，还要进行价值判断。当普实克指

---

① ［美］詹姆逊：《政治无意识》，中国社会科学出版社1998年版，第48页。

② ［英］T. S. 艾略特：《宗教与文学》，载《艾略特诗学文集》，国际文化出版公司1989年版，第163页。

③ 夏志清：《中国现代小说史》中译本序，复旦大学出版社2005年版，第7页。

责夏志清在他的《中国现代小说史》中使文学标准屈从于政治偏见时,夏志清就引述新批评派代表人物韦勒克的话回击道:"韦勒克(René Wellek)教授对文学研究和史学研究之间的区别做过很好的区分:'文学研究不同于历史研究之处在于它不是研究历史文件而是研究有永久价值的作品……简单说,他为了成为一个历史学家必须先是一个批评家。……人们做过多次尝试来摆脱从这种深刻见解得出的必然的推论,不仅避免做出选择而且也避免做出判断,但是所有这些尝试都失败了,而且我认为必然会失败,除非我们想把文学研究简化为列举著作,写成编年史或纪事。'"① 在文学研究中选择、解释、判断文学作品,其本身就是非常明显的价值判断。这就使得,尽管夏志清也承认普实克提倡的科学、客观的态度对于中国现代文学研究具有较为重要的作用:"正如普实克所认为的,理清文学传统间的影响或渊源关系,客观地比较作者的文学技巧,都是很重要的工作。"② 然而,当夏志清将文学史家更多地等同于批评家而不是科学家,当夏志清在认知态度上更为偏重判断而不是叙述时,那么,他作为一个偏重判断的批评家对中国现代文学作品的判断就不能不带有强烈的意识形态色彩。

尽管普实克与夏志清都极力强调自己是中国现代文学的事实真理的追求者,指责对方是中国现代文学的价值真理的守护者,但是,二者的文学观念实际上异中有同。那就是,他们在强调中国现代诗学是中国现代文学自身内部固有属性和发展的内在规律的真实反映的同时,又常常根据某种哲学观和文化意图对中国现代文学进行充满意识形态色彩的判断。这说明,对中国现代文学的完整的认识,必然是对中国现代文学的事实属性和价值属性的统一的反映。因为中国现代文

---

① 夏志清:《论对中国现代文学的"科学"研究——答普实克教授》,载《中国现代小说史》,复旦大学出版社2005年版,第329—330页
② 夏志清:《论对中国现代文学的"科学"研究——答普实克教授》,载《中国现代小说史》,复旦大学出版社2005年版,第326页。

学本身是由事实层次和价值层次两个基本的层次构成的,二者共同生成了中国现代文学的质的规定性。因而,研究者无论将事实层次还是价值层次作为中国现代文学的全部内容,都会将作为诸多属性的整体的中国现代文学抽象地、机械地割裂开来,都不能获得对中国现代文学的完整认识。

二、诗学空间叙事与权力关系

福柯指出:"在人文学科里,所有门类的知识的发展都与权力的实施密不可分。当然,你总是能发现某些独立于权力之外的心理学理论或社会学理论。但是,总的来说,当社会变成科学研究的对象,人类行为变成供人分析和解决的问题,我认为,这一切都与权力的机制有关,所以,人文学科是伴随着权力的机制一道产生的。"① 以此观之,说普实克和夏志清的论争主要是政治意识形态之争在文学史撰写中的表现肯定失之偏颇,但普实克和夏志清的所属的那个群体的政治意识形态和哲学观的确渗透于他们建构的中国现代诗学形象中却是事实。这种渗透,一是表现在他们的中国现代诗学观念上,二是表现在他们界定的中国现代诗学空间上。

如上所述,普实克和夏志清的中国现代诗学观念是存在着差异的。而这种诗学观念的差异,又会导致他们组织、划分的中国现代文学空间的权力尺度不同。

那么,普实克和夏志清又是依据何种价值尺度组织、划分中国现代文学空间的呢?他们对中国现代文学空间的组织、划分的贡献与局限何在?这是需要我们回到他们建构的中国现代诗学的现场,对其进行历史性还原以后才能回答的。

新批评派在诗学上做出的一个突出的贡献,就是建构了以文学文本为本体的原则。在新批评派看来,无论是社会—历史批评,还是精

---

① [法]福柯:《权力的眼睛》,上海人民出版社1997年版,第31页。

神分析理论，都将文学看成了其他社会科学的奴婢，忽视了文学独特的地位和审美价值。与之相反，新批评派认为，文学的本体是作品，文学研究必须将文学文本作为批评的本体对象。韦勒克·沃伦指出："文学研究应该是绝对'文学'的。"① 新批评派的这种以文本为中心的诗学本体观和批评方法，使新批评诗学深入到长期被以作家为中心的社会—历史批评和以读者为中心的印象式批评忽略的文本本体，极大地拓展了诗学的发展空间。

夏志清说："我早年专攻英诗，很早就佩服后来极盛一时的新批评的这些批评家。"② 因而，与新批评派一样，在他撰写的《中国现代小说史》中，他将"优美作品之发现和品评"视为自己的首要工作。

那么，什么样的作品才是"优美"的呢？夏志清认为，"写出人间永恒的矛盾和冲突"的作品就是优美的作品。这是因为，文学的审美价值是由作家在创作中"借用人与人间的冲突来衬托出永远耐人寻味的道德问题"来实现的。③ "道德""人性"这两个具有对立性质的概念的对立或综合竟然能体现出审美价值，这意味着，夏志清并非一些学者所想象的那样不讲功利，只不过，他有着自己独特的兼顾文学的艺术性与人生性的超现实的功利观。那就是，作家应当用艺术的方法，表现他对于他人的道德关怀。这种道德关怀主要表现为情感倾向。这种情感倾向虽然带有功利色彩，但它既不指向个人物质欲望的满足，也"超越了作者个人的见解与信仰"，④ 而与大众的利益相联系，体现出了作家的审美理想。张爱玲、沈从文、钱钟书、师陀

---

① ［美］韦勒克·沃伦：《文学理论》，刘象愚等译，江苏教育出版社2005年版，第2页。
② 季进：《对优美作品的发现与批评永远是我的首要工作——夏志清访谈录》，载《当代作家评论》2005年第4期。
③ 夏志清：《中国现代小说史》中译本序，复旦大学出版社2005年版，第12页。
④ 夏志清：《中国现代小说史》中译本序，复旦大学出版社2005年版，第12页。

等长期被遮蔽的作家之所以在他撰写的《中国现代小说史》中获得了极为重要的位置，就是因为这些作家在他们的作品中将"道德""人性"这两个具有对立性质的东西进行了包容和综合。在夏志清看来，张爱玲的《金锁记》具有很高的审美价值，那是因为其"道德意义和心理描写，极尽深刻"。① 沈从文的小说具有很高的审美价值，那是因为其"对人类纯真的情感与完整人格的肯定"。② 钱钟书的小说也具有很高的审美价值，那是因为其总是"表现陷于绝境下的普通人，徒劳于找寻解脱或依附的永恒戏剧"。③ 由此，借助"人性"与"道德"的双重视角，夏志清拨开了主流话语操纵的中国现代诗学遮蔽在这些作家作品之上的迷雾，独具慧眼地以长篇专章的形式将潜伏的这些作家作品的独特的审美价值揭示出来，使我们感受到了这些作家努力以综合和调和具有对立性质的东西的方式建构理想化生命形态的诗性气质。

如果说作为夏志清的中国现代诗学的哲学基础的新批评的文本具体分析就是要把长期被社会、历史等批评所摧残的文学的特殊性、个别性和感性还原出来，那么，作为普实克的中国现代诗学的哲学基础的结构主义则以普遍性、共同性、整体性为特点。正因如此，一般认为，夏志清依据特殊性、具体性、个别性的价值尺度从现有的中国现代文学事实中进行提取和整合的方法扩大了中国现代文学的空间，而普实克依据普遍性、共同性、整体性的价值尺度从现有的中国现代文学事实中进行提取和整合的方法则削减、压缩了中国现代文学的空间。

应该说，普实克确实是依据普遍性、共同性、整体性的价值尺度从现有的中国现代文学事实中进行提取和整合的，这种提取和整合的

---

① 夏志清：《中国现代小说史》，刘绍铭等译，复旦大学出版社2005年版，第261页。

② 夏志清：《中国现代小说史》，刘绍铭等译，复旦大学出版社2005年版，第145页。

③ 夏志清：《中国现代小说史》，刘绍铭等译，复旦大学出版社2005年版，第279页。

方法也确实对不符合普实克的中国现代诗学本质观的异质文学空间进行了压缩。一方面，普实克在重视中国现代文学发展的系统性的同时，忽视了它的特殊性。与新批评强调细读，注重对单篇作品中的字、词、句的解读不同，结构主义总是将文学史视为一个整体，认为文学作品不过是某一抽象的文学系统和文化系统的表现。在建构中国现代诗学空间时，普实克就极为强调文学系统和文化系统对解读具体的中国现代文学史作品的重要性。而事实上，这种寻找文学系统和文化系统的结构主义方法虽然有利于发现中国现代社会发展的普遍性规律，却也不时以语言学、政治学、经济学的术语淹没了中国现代文学自身发展的特殊性。夏志清在回应普实克的批评时说："意图主义方法也影响着他对整个中国现代文学的理解。在普实克的观念中，文学不过是历史的婢女。"[1] 说法虽然有些夸张，但也指出了普实克建构中国现代诗学空间的方法存在的一些问题。

另一方面，普实克在重视中国现代文学发展的普遍性、整体性的同时，也存在着忽视它的具体性与个别性的问题。如果说新批评总是从文学作品最细微处的字、词入手，对它们的声音层面、意义层面、象征层面等进行精细的分析，结构主义则往往把某一个作家的许多作品和许多作家的同一类型的作品看作一个整体，强调的是一个作家的许多作品和许多作家的同一类型的作品之间的共性，而不是个性。由此，普实克在建构中国现代诗学空间时，有时并没有像夏志清那样对单一作家的单一作品中的语词表意的丰富性、运用的技巧性以及语词与语词构成的纵向与横向的关系进行极为细致的考察，而是将个体性的作家、个别性的作品作为普遍性的结构关系整体的一部分、一个环节而加以审视。对这种普遍性、整体性原则与方法的追求，反映了20世纪人文科学研究科学化的趋势。它的意图之一，就是想通过把握稳定的文学系统的普遍性的结构关系从而使文学研究更为科学、准

---

[1] 夏志清：《中国现代小说史》，刘绍铭等译，复旦大学出版社2005年版，第332页。

确、有效。应该说，普实克这种对中国现代文学系统的普遍性的结构分析，对我们了解中国现代文学系统以及某一作家的同类作品和许多作家的同类作品中的结构形态确实很有帮助，但有时又疏于对单一作家、单一作品的个体性的实质细致入微的阐明。

那么，我们接着要追问的是，重整体性、普遍性的结构主义理论、方法难道对中国现代诗学空间的组织、划分只具有消极性的影响？它对其有积极性的影响吗？重个体性、具体性的新批评理论、方法难道对中国现代诗学空间的组织、划分只具有积极性的影响？它对其有消极性的影响吗？要回答这些问题，我们须要回到结构主义和新批评理论、方法的本身以及普实克和夏志清建构的中国现代诗学空间的现场才能应答。

众所周知，新批评非常强调对个别性的作品的微观分析，但是，离开整体谈个体性，将会导致只见树木不见森林的问题的出现；新批评拒绝在社会历史背景中对个别性的作品进行细读，这将使被解读的作品成为静态、孤立的文本。与之相反，结构主义中的个体，既是作为文学系统中一个不可分割的部分，也是整个社会系统中一个不可分割的部分。因而，结构主义认为，要阐明个别性文本的丰富的意义，既要观察文学系统中树木与树木之间的共时性关系，也要探究树木在整个社会系统中发展、演变的历时性过程。

结构主义理论、方法的这种优长和新批评理论、方法的这种褊狭自然影响到普实克和夏志清建构的中国现代诗学空间。具体而言，这种影响主要表现在两个方面。

第一，中国文学系统与其他系统的关系。结构主义虽然不赞同将文学与政治、经济、社会的关系看成决定与被决定的关系，但却认为它们之间存在着相互作用、相互影响的关系。著名结构主义文学理论家罗兰·巴尔特指出："结构主义并不是把历史从世界撤走，它企图把历史不仅与某些内容联系起来（这个已经做过上千次了），而且与某些形式联系起来，不仅与材料而且与理论联系起来，不仅与意识形态而且与美学联系起来。"① 在罗兰·巴尔特等结构主义文学理论家看来，一定时代的文学、政治、历史等都属于某一个大的系统，并居于这个大的系统中的一定关系中，这种关系是不以人的主观意志为转移的客观存在，对作为子系统的文学、政治、历史具有重大影响。因而，人们在研究文学作品时必须从系统出发，对文学系统与其他系统彼此间的影响和作用进行系统考察，从而达到对文学系统的整体性的把握，揭示所研究的文学作品在大系统里的特质与功能。在这一点上，作为结构主义中最为重视文学系统与其他系统关系布拉格学派的一员的普实克的观点较之罗兰·巴尔特等结构主义文学理论家的看法更为深刻、具体。在普实克看来，中国现代文学史是文学系统与其他系统交互影响和作用的一个复杂而开放的结构系统。一个作家的作品、一个社团、流派作家的作品的意义并不取决于现代文学现象本身，而是取决于文学系统与其他系统之间的关系。"文学的发展是一个内在过程，还是由社会力量所决定的。"② 因而，研究者要完整地认识与理解中国现代文学的事实属性，就必须揭示中国现代作家"之所以选择这条道路的必然性，并描绘出决定中国现代文学之特征的历史背景"。③ 在普实克的中国现代诗学中，结构被理解为文学系统与其他系统的关系或确定了的社会力量与历史秩序。而这种各子系统的性质生成大系统的性质，大系统的性质又制约各子系统的性质的关系论和结构论，无疑为中国现代诗学发现并确定中国现代作家、社团、流派、思潮的作品的新意义，提供了一种极具启示性的理论视角和方法。从某种程度上说，这种淡化单一作家、文学事件，以说明、

---

① ［法］罗兰·巴尔特：《结构主义——一种活动》，载《文艺理论研究》1980年第2期。

② ［捷克］普实克：《〈中国现代文学研究〉导言》，李欧梵编《抒情与史诗——现代中国文学论集》，上海三联书店2010年版，第31页，第32页。

③ ［捷克］普实克：《普实克中国现代文学论文集》，湖南文艺出版社1987年版，第97页。

解释的方法而不是个体化的批评方法，注重在中国现代文学史发展的宏观态势、文化背景上探索单一作家作品、文学事件产生的动力机制，旨在把握文学系统与其他系统的整体性的联系的理论，赋予了普实克的中国现代诗学空间一种多元动态的框架，一种宏阔深远的诗学家的思维、眼光和视界。

普实克这种以文学系统与其他系统关系为其内容，强调相互关系而不是脱离特定文化环境和具体社会历史背景去讨论单一作家作品意义的理论与方法，击中的正是夏志清和英美新批评理论和方法将现代作家作品孤立起来进行研究的软肋。与结构主义理论不同，新批评一般不承认文学系统与其他系统的关系，认为文学系统作为自足、自主的整体与政治、社会、历史等系统是分离无涉的。他们只重视对单一作家作品进行封闭、绝缘、孤立的细读，而忽视社会历史大系统的结构规律对文学作品内在结构的重要影响。

而事实上，一方面，文学固然有其独特的地位与价值，另一方面，文学又不能脱离政治、社会、历史的土壤进行悬空式的发展。至于发生在民族矛盾、阶级矛盾极为尖锐、复杂的社会、历史环境中的中国现代文学更是如此。在这种社会、历史环境中，作家时时感受到社会现实的急迫要求。"正是这种不受阻碍的直面现实的要求，使艺术家们不得不一再地面对如何在艺术层面上表达和贴近现实生活的问题。"[①] 正因如此，普实克认为，夏志清设置的单纯的审美价值标准是无法有效地应对中国现代文学历史事实的复杂性的。长在中国、生活在美国、操持着西方式的话语的夏志清与其说不理解中国现代内忧外患的社会形势，不如说他是故意漠视中国现代社会与中国现代文学的这种紧密的联系。他"为了成就他的议论，故意强调某些事物而抑制或隐瞒另一些，又或者给事物增添了非原有的意义"。这种"抑制"表现在，"由于缺乏对于文学社会作用的理解，夏志清居然连那些他本人都完全承认其价值的中国理论家们都要加以责难，说他们过

[①] [捷克]普实克：《抒情与史诗》，上海三联书店2010年版，第87页。

分关注社会问题。例如，他声称胡适已申明自己忠实于'现实主义'，指责他持有'把文学作为社会批评工具的狭隘观点'"。① 这种"隐瞒"表现在，他"把文学创作的成品看作超脱历史时空自身具足的存在物。如影响过他的'新批评'一样，他从所谓具有普遍性的一套美学假定出发；凡合乎西方伟大作品的准据亦合乎中国的作品"。② 在叶维廉看来，由于中国现代作家与西方作家所处的时代、历史、社会环境不同，因而，夏志清这种将文学作品从具体的时代、历史、社会环境中抽离出来，用西方模子中的美学假定去审视中国现代文学的方法，是不能够系统地把握中国现代文学的整体性特征的。

第二，中国文学系统内部各子系统之间的关系。结构主义系统论的整体性原则，既要求研究者在研究文学作品时必须从系统出发，对文学系统与其他系统彼此间的影响和作用进行系统分析，也要求研究者对文学系统内部整体与部分、部分与部分之间的相互联系进行系统分析，从而达到对处于共时性和历时性坐标上的文学系统的完整、全面的认识与了解。正缘于此，普实克在建构中国现代诗学空间版图时将触角伸向了中国文学系统的各个组成部分。只不过，与一般结构主义主要从语言和原型的角度考察文学系统内部各部分之间的关系有所不同，普实克主要是用结构要素来分析中国文学系统内部各部分之间的关系的。

一般的中国现代诗学著作，都将中国现代文学视为对中国古代文学进行革命的产物，然而，普实克在考察中国现代抒情文学与中国古代文学的结构性联系时，借助于对"主观主义、个人主义"两个结构要素的分析，独具慧眼地发现中国现代文学与中国古代文学的关系不仅不是断裂的，而且具有统一的结构性联系。他强调指出："主观

---

① ［捷克］普实克：《普实克中国现代文学论文集》，湖南文艺出版社1987年版，第216页。
② 叶维廉：《历史整体性与中国现代文学研究之省思》，载《叶维廉文集》第二卷，安徽教育出版社2003年版，第226页。

主义,个人主义,对传统观念和束缚的轻视,对生活悲剧性的意识……是表现清代文学和革命文学之间密切联系的最值得注意的。"① 在考察中国现代不同作家作品的结构性联系时,他则极为注重"作家创作个性"与"艺术特性"两个方面的结构要素。在他看来,一个研究者应该"准确地描述和区分不同作家的作品并找出他们的主要特点……对他们的创作个性和艺术特性阐述得更多些……对他们的创作个性做一系统阐述"。② 在考察中国现代同一作家的不同作品的结构性联系时,普实克强调的则是作者的"艺术性格"和"艺术整体"两个方面的要素。一个诗学家研究一个作家,不要"把自己局限于非本质的枝节问题",而是应该对这个作家的"文学作品进行系统的分析,不是只看到他个性中孤立和偶然的事物,而是把它们看作由作家艺术性格融合起来的艺术整体中的组成部分"。③ 由此可见,系统性和结构要素,是普实克界定中国现代诗学空间时非常重视的关键词,也是他组织、分配中国现代诗学空间的一个极为重要的标准。正是依据这一标准,普实克既在纵向上梳理了中国现代文学的渊源、产生以及发展过程,又在横向上拓展了中国现代文学与西方文学以及中国现代文学子系统内部不同时期、不同作家乃至同一作家不同作品之间的联系,并在这种广泛的联系中凸显了作为大系统的中国现代文学和作为小系统的不同时期、不同作家乃至同一作家不同作品的独特性和现代性意义,从而在一定程度上扩充了中国现代诗学的内在空间。

与结构主义理论不同,新批评既不承认文学系统与其他系统的关系,也不重视文学系统内部各子系统之间的关系,而是主张对于单一作家作品予以深入研究。这种从单一作品出发,而不是将它放在文学

---

① [捷克]普实克:《普实克中国现代文学论文集》,湖南文艺出版社1987年版,第28页。
② [捷克]普实克:《中国现代文学史的根本问题》,载《普实克中国现代文学论文集》,湖南文艺出版社1987年版,第224页。
③ [捷克]普实克:《中国现代文学史的根本问题》,载《普实克中国现代文学论文集》,湖南文艺出版社1987年版,第228页。

系统内部各子系统之间的对话关系中进行分析的研究，常常会陷入以孤立的文本为中心的旋涡，导致诗学空间的褊狭。这种问题在夏志清的中国现代小说史研究中并不少见。

我们知道，由不同时段构成的文学整体一旦形成，整体内部的结构就会具有一定的稳定性。在不同的时候，新时段的文学可能以不同方式对整体外在的结构进行一定的调整、修正，但由不同时段构成的文学整体的内部结构并不会发生巨大的质变。然而，夏志清在考察中国现代文学的动力机制时，却将中国现代文学从中国文学系统中抽离出来，将它的发生视为在西方文化影响下的结果，没有发现中国现代文学与中国古代文学之间深刻的内在精神血脉的承继关系。因而，普实克批评夏志清道："更仔细地研究一下夏志清对中国文学在这一革命时期的发展的描述我们就可以看出，他未能把他在研究的文学现象正确地同当时的历史客观相联系，未能将这些现象同在其之前发生的事件相联系或最终同世界文学相联系。"① 在不同作家作品的关系方面，普实克批评夏志清道："同样由于缺乏对材料进行系统和科学的研究，夏志清未能发现这一时期作家的相互关系，以及他们创作方法上的相似之处，而这些至少可以为系统地划分作家提供依据。"② 夏志清忽视不同作家作品的关系导致的后果是，他采纳了他所推崇的利瓦伊斯在《伟大的传统》中所运用的"排除法"来建构中国现代诗学的"新的传统"，在将张爱玲、钱钟书、沈从文、师陀等合乎他审美价值观的作家纳入中国现代诗学"新的传统"空间版图的同时，将许多不合乎他审美价值观的作家驱除出了他的中国现代诗学"新的传统"空间版图。在中国现代作家中，"左翼作家当时占多数，他们在日本侵占时期背离沿海的家乡，撤退到内地去支援抗战。对他们

---

① ［捷克］普实克：《中国现代文学史的根本问题》，载《普实克中国现代文学论文集》，湖南文艺出版社1987年版，第220页。
② ［捷克］普实克：《中国现代文学史的根本问题》，载《普实克中国现代文学论文集》，湖南文艺出版社1987年版，第221页。

的英雄主义精神,夏志清不但未能给予一个合理的评价,反而试图予以抹杀"。① 郁达夫"在创造社这一相当重要的团体中,他是夏志清给予了评价的唯一作家"。② "对于解放区产生出的优美短篇小说,夏志清也只字未提,尽管韦君宜、王林和康濯的短篇,以及华山和刘白羽的报告文学作品都保持了战争前中国短篇小说所达到的高水平。"③ 此外,"有一些奇异的作家如废名等也未进入其视野,赵树理、孙犁也远离着视线。夏志清的研究显然有精英的态度,作为王瑶先生的对立面,他是不是故意校正流行的观念,以此引人注意呢"?④ 我们认为,夏志清之所以这样做,除了政治意识形态的原因外,在方法论上,夏志清没有将不同的中国现代作家作品放在中国现代文学这个系统中加以评估,迷醉于"审美中心论"而导致了认识上的片面性,也是一个非常重要的原因。

在同一作家不同作品之间的联系方面,普实克批评夏志清道:"他不能对一位作家的作品做系统的分析,而只满足于将自己局限于主观的观察。"⑤ 鲁迅、丁玲等中国现代作家的作品系统,都是由不同时期的作品构成的,都具有某种相对稳定、统一的结构方式,得力于这一稳定、统一的内在结构,鲁迅、丁玲等中国现代作家不同时期的作品在一种关系网络之中发生着内在的联系,成为无法分离、割裂的关系整体。然而,夏志清在对鲁迅、丁玲等中国现代作家的作品进

---

① [捷克]普实克:《普实克中国现代文学论文集》,湖南文艺出版社1987年版,第213页。
② [捷克]普实克:《中国现代文学史的根本问题》,载《普实克中国现代文学论文集》,湖南文艺出版社1987年版,第247页。
③ [捷克]普实克:《中国现代文学史的根本问题》,载《普实克中国现代文学论文集》,湖南文艺出版社1987年版,第249页。
④ 孙郁:《文学史的深与浅——兼评夏志清〈中国现代小说史〉》,载《中国图书评论》2006年第3期。
⑤ [捷克]普实克:《中国现代文学史的根本问题——评夏志清的〈中国现代小说史〉》,载《普实克中国现代文学论文集》,湖南文艺出版社1987年版,第228页。

行研究时，就偏偏将他们由不同时期的作品构成的关系整体强行分割。夏志清在评论鲁迅时说道："1929年他信仰共产主义以后，成为文坛领袖，得到广大读者群的拥戴。他很难保持他写最佳小说所必需的那种诚实态度。"① 这说明，"他全然看不到鲁迅贯穿一生的批判民族集体无意识（即'国民性'）的深广内涵，也完全看不到这一内涵并没有受到他加入左联一事的影响。"② 他"在《中国现代小说史》中尽管对丁玲的早期作品有所肯定，但它又以1931年丁玲加入共产党为界限，把这之后的小说全说成是'宣传上的滥调'，根本无视《我在霞村的时候》等优秀作品的存在"。③ 而事实上，虽然鲁迅、丁玲等中国现代作家在认识社会、世界的过程中，受主客观条件的限制，不同时期的具体认识角度、水平有差异，但任何后一时期的认识都是在前一时期的基础上进行的，它与前一时期的认识构成了一种认识上的时间持续性整体。这种认识上的时间持续性整体是不容分割的，夏志清要将这种整体切割成彼此孤立、互不相关的几个部分，获得的就只能是对鲁迅、丁玲以及他们的作品的一种片面的认识，而不是对他们不同时期作品构成的整体性的系统把握。

韦勒克指出："在文学史中，简直就没有完全属于中性事实的材料。材料的取舍，更显示对价值的判断；初步简单地从一般著作中选出文学作品，分配不同的篇幅去讨论这个或那个作家，都是一种取舍与判断。甚至在确定一个年份或一个书名时都表现了某种已经形成的判断，这就是在千百万本书或事件之中何以要选取这一本书或这一事

---

① 夏志清：《中国现代小说史》，复旦大学出版社2005年版，第34、35页。

② 刘再复：《张爱玲的小说与夏志清的〈中国现代小说史〉》，载《视界》2002年总第7期。

③ 刘再复：《张爱玲的小说与夏志清的〈中国现代小说史〉》，载《视界》2002年总第7期。

件来论述的判断。"① 就此而论，无论是普实克还是夏志清，他们对鲁迅、丁玲等中国现代作家作品的选择与判断都是一种接受与排斥、彰显与遮蔽的权力形式的体现。只不过，与政治、经济权力相比较，这种在他们哲学观影响下的中国现代诗学中的权力更为隐蔽，它往往隐含在他们的中国现代诗学观念、诗学空间之中。换句话说，由普实克与夏志清中国现代诗学观念的差异所带来的中国现代诗学空间的框架和范围的差异，其实不过是隐含在他们的中国现代诗学话语中的权力的差异性的表现。正是这种权力差异性的存在，生成了普实克与夏志清建构的中国现代诗学形象的差异。夏志清建构的中国现代诗学形象是他"拿富有宗教意义的西方文学名著尺度来衡量中国现代文学"的生成物。② 他试图以西方特有的基督教观念与精神等文化模式作为解释世界发展的普遍法则，构筑起一个中国现代文学的西方化模式。在这一原则下，他轻率地排除了中国现代文学自身发展中一些独特而又重要的经验，将中国现代文学的发展史诠释为"维护人的尊严"和寻求现代性的自我的西方化的历程。与之不同，普实克虽然是一个捷克人，却以超凡的理解力与同情心建构了一个富有自主性和能动性的中国现代诗学形象。他将中国现代文学的历史诠释为建立现代化国家和寻求个人、民族的现代性的历程，强调了中国现代文学的现代性发展的动因主要在于自我社会的发展而不是单纯接受西方文化冲击的结果。在他这里，中国内部的社会和文化传统不仅不再被简单地视为中国现代文学的现代性发展的阻力，而是被看作中国现代文学的现代性发生、发展的渊源。由此，普实克创造出了一个既积极回应外部的西方文化的冲击，也具有内在的自我创新能力并不断向现代性积极迈进的中国现代诗学形象。

---

① ［美］韦勒克·沃伦：《文学理论》，刘象愚等译，江苏教育出版社2005年版，第33页。

② 夏志清：《中国现代小说史》中译本序，复旦大学出版社2005年版，第14页。

当代台湾小说在大陆传播的动力机制

文学传播与接受的动力是传播与接受行为发生和持续的重要条件之一。当代台湾小说在祖国大陆传播与接受的动力系统中，主要由既各自独立、又相互联系的补偿、同情、过滤机制生成一个较为稳定的接受动力结构。它们相互扭结、渗透，形成一个总的合力，共同推动当代台湾小说在祖国大陆传播与接受行为的发生和持续。在传播与接受发生的不同阶段上，这些机制在动力系统结构内部所处的位置不同，发挥的功能与作用也有所不同。大致来说，这个动力系统结构是以补偿机制为基石，以同情机制为中心，以过滤机制为调节的。

一、补偿机制

当代台湾小说在祖国大陆传播与接受的动力系统结构中，补偿机制具有特殊的作用。这是因为，文学的传播与接受总是植根于人们生存和发展的需要，而需要又包含着两层涵义，其一是人因缺乏生成的不足感，其二是由缺乏生成的需求感。从发生学角度看，当代台湾小说在祖国大陆传播与接受的动力系统的心理结构，首先正是围绕着生理满足缺乏和功名满足缺乏而形成的。"文化大革命"败坏了精神和信仰的声誉，人们在对"假大空"深恶痛绝的同时，转而寻求生理与功名上的满足，以此填补物质上和精神上的双重空虚，并从这种补偿中获得心理平衡。当代台湾小说在祖国大陆的传播与接受就是在满足这种需要的背景下发生并持续发展的。

①生理补偿。虽然文学是人类高级的精神活动,但不可讳言,这种高级的精神活动中是潜藏着极为丰富的生理需要能量的。从某种程度上说,生理需要既是人类生存的基本需要,又是文学接受的衍生和发展的前提。因为,文学接受虽不能像绘画、音乐等艺术接受那样直接以视觉或听觉刺激人的感官,但语言文字的组合或运动构成的图像世界,仍然能作用于人的感官,并使人在接受中获得生理上的满足感。对于在"文革"中生理欲望长期被压抑的大陆人来说,最大和最为迫切的需要就在于对生理欲望满足的追求。随着大陆经济建设中心地位的确立,人们久被阻遏的生理欲望犹如蓄积的山洪奔泻而下。这种社会心理改变了长期被主流话语规范了的接受主体的思维和兴趣,对政治性文学的推崇让位于对展示生理欲望满足文学的迷恋。然而,在20世纪80年代初期的祖国大陆,并没有充足的满足人们的这种生理欲望的文学资源,在这种接受者的期待视野与文学生产严重脱节的情况下,台湾以琼瑶等为代表的言情小说趁机而入,催生了大陆对以琼瑶为代表的作家的言情小说的接受热潮。一时间"琼瑶的言情几乎直逼金庸的武侠小说,成为仅次于金庸武侠小说而在中国大陆广为流行和畅销的作品"。①

琼瑶、玄小佛、姬小苔、席绢等人的言情小说带有很大的传奇性,它遵循的是一种童话式的思维方式。这种思维方式不以现实法则为准绳,而总是借助想象的翅膀自由滑翔,引导着接受者步入现实生活中无法体认和难以实现的如梦如幻的理想境界。首先,琼瑶、席绢等人的言情小说中的主人公是理想化的。女主人公盼云(《聚散两依依》)、梦竹(《几度夕阳红》)、"小燕子"、紫微(《还珠格格》)、苏幻儿(《交错时光的爱恋》)等都是天生丽质、美貌出众;男主人公何慕天(《几度夕阳红》)、尔康、尔泰(《还珠格格》)、石无忌(《交错时光的爱恋》)等都是才智超群、相貌脱俗的才子和公子。大陆成千上万的琼瑶迷,首先就是被这种类型的偶像型人物弄得神魂颠

---

① 陈东林:《琼瑶批判》,时代文艺出版社2000年版,第1页。

倒。其次，琼瑶等人的言情小说中的爱情故事也是理想化的。在现实生活中，爱情被金钱等东西所物化，它已充满浓厚的功利色彩。而琼瑶等人编织的爱情故事，往往是超尘脱俗、感天地动鬼神的。他们小说中展示的无论是"痴情""奇情"，还是"苦情""哀情"，都被渲染得淋漓尽致。他们小说中那些像尔康一样明知不可而为之、像柏霈文一样（《庭院深深》）明知也许走到底仍然是海市蜃楼却不改初衷的主人公们，他们显现出的为情所生，为情所死的那种不可动摇，无畏前行的精神，都使琼瑶等人的小说远远超越了现实的情感层次，而充满着令人感动令人难忘的传奇色彩。这种爱情传奇暗合了接受者心理定式对至善至美的两性情感的期待。以至于连反对者也不得不承认："在言情方面，琼瑶不愧为高手。"①"琼瑶笔下的那些'美丽多情的白雪公主'和'风流潇洒的白马王子'，成了那些情窦初开而又单纯幼稚的少男少女的'青春偶像'。"② 在这种传播主体与接受主体视野的契合中，接受主体将为平常社会所压抑的情感在这种梦幻式的爱情传奇的解读中释放出来，重新找回现实生活中失落已久的本真爱情，在对这种被理想化了的爱情的体验、想象中使自我的本质力量获得较为充分的实现。就此而论，琼瑶等人的言情小说宣示的虚幻美好的爱情世界的主要功能，就在于它为接受者提供了一个替代现实生活的抚慰之梦。③

②功名补偿。文学接受上的功名需要与大陆经济发展的影响有关。经济的发展对人们功名欲的调动、刺激，使人的功名欲具有日趋物质化的趋势。如果我们从外在的行为进一步深入到潜在的内在动机的时候，就会发现人们潜在的求取功名的动机实际上又是由感性的求

---

① 陈东林：《琼瑶批判》，时代文艺出版社2000年版，第2页。
② 袁良骏：《发扬鲁迅精神，抵制文学低俗化》，载《绍兴文理学院学报》2001年第3期。
③ 据关士礼、魏建统计，从1994年至2003年，大陆地区发表的有关琼瑶的研究文章就达23篇。见：关士礼、魏建：《大陆地区近十年港台言情小说研究综述》，载《华文文学》2004年第4期。

取功名欲和理性的功名观念两个层面构成的。不可否认，求取功名总是与能动的感性欲望有关，然而，求取功名的欲望又与生理需求不完全一样，它与其说是人的天生之物，不如说是社会历史文化浇灌的产物。因而，它总是与人们对功名的理性认识相联系。在当代大陆，这种求取功名的动机则在于人们在生存压力日趋缓解的环境中将功名与成就感以及自我价值实现的一种等视。由此，这种动机也就具有了社会文化的含义，它已经蕴含着一种十分深刻的有关功名的价值观念。而以古龙、卧龙生、温瑞安等为代表的台湾新武侠小说，正好迎合了大陆上人们心中潜存的这种价值观。

在日趋高度工业化和商业化的社会中，愈来愈多的大陆人体验到一种软弱感和无价值感。未来、理想的自我和彼岸，这些浪漫主义和现代主义文学中的主题话语在日趋遭到怀疑和否定后，现实中的自我就不得不被一种异己的物化力量所控制。在这种物化的异己力量的操纵下，人们离真切的生活和存在体验越来越远，他们似乎被抛进了一张上不见天、下不着地的他者之网中，既看不到希望的亮光，又被断绝了回家之路，只能恐惧而绝望地看着自我被他者的力量所吞没和蚕食。正是为了补偿现实中人们的这种缺失心理，古龙、温瑞安等人的新武侠小说对主人公进行了理想化的处理。他们小说中的主人公李寻欢（《多情剑客无情剑》）、陆小凤（《陆小凤》）、四大名捕（《四大名捕会京师》）等既武功高超，又正义凛然。《流星蝴蝶剑》中的孟星魂是一个冷面杀手，拥有着一身绝顶的武功。《多情剑客无情剑》中的李寻欢、《陆小凤》中的陆小凤只要一出招，就几乎一招就能将敌方击败。《四大名捕会京师》中的"四大名捕"，个个身怀绝技。无情双腿残疾却轻功神妙，暗器更是天下第一。"铁手"双臂如铜，百毒不侵，一对铁拳天下无敌。"追命"嗜酒如命，腿法、追踪术却天下无双。"冷血"沉默寡言却剑法迅急，剑术独步天下。而英雄们与他们的武功也具有同样的精神内涵，那就是，他们具有一种永不屈服的意志和斗志、一种百折不挠的决心和精神，他们能在身陷绝境以不屈的精神将绝境送上绝境，能将生命中每一个瞬间的追求、渴盼、悲欢涂染成轰轰烈烈、壮怀激烈的色彩。他们的生命永远昂扬着一种自由的意志，他们的生命也永远张扬着一种理想的精神。他们的对手狡猾如《大沙漠》中的石观音，武功高强如《多情剑客无情剑》中的上官金虹、《四大名捕会京师》中的楚相玉，也全都在这种自由的意志和顽强的精神冲击下魂飞魄散。现实中多少人梦寐以求的功成名就，多少人耗尽心血也难以获得的自由和独立，到了古龙、温瑞安等人的武侠小说中就这样成为了英雄们唾手可得的东西。这样的理想化的英雄形象和精神一方面寄托了古龙、温瑞安等人对生命的期望和追求；另一方面，也使现实中怀才不遇的接受者在阅读和欣赏中从现实的困境中解脱出来，凭借想象的翅膀在与幻想世界中的英雄一同遨游时将自我理想化，从而在幻想世界中重新获取失落已久的自我价值。

  人的生理需要和功名需要既是人的活动的基本动力，又是文学接受的最基本的动力。就当代台湾小说在祖国大陆的传播与接受而言，无论是生理需要还是功名需要，尽管它们的性质、层次不尽相同，但它们都原发于人的缺乏性需要，它们都表现着一种传播方与接受方的互动的关系。当接受方在现实中的愿望和追求的目标得不到现实性满足时，由缺乏性需要而产生的补偿性机制便转向了能切合接受方愿望与目标的当代台湾小说，这些当代台湾小说也就为接受方压抑的心理能量提供了替代性的满足。对待当代台湾小说在祖国大陆传播与接受中补偿机制的这种运作与作用，我们要同时警惕两种极端化的倾向。一是打着批判传统伦理道德的幌子鼓吹性爱至上、功名至上，将生理需要当作文学传播与接受的最高与唯一动机。一是打着批判庸俗主义的旗子否认生理需要和功名需要在文学传播与接受中的合理职能和重要作用。这种极端化的思想和行为，对当代台湾小说在祖国大陆的传播与接受有百害而无一利。

二、同情机制

  同情也是当代台湾小说在祖国大陆传播与接受的重要的动力机

制。同情是人类所具有的一种固有的内在机制，它反映着主体对客体的特殊情感态度。当代台湾小说在祖国大陆的传播与接受中，接受方的同情源于影响方在情感上的吸引力。影响方涵纳的情感张力对接受方产生一种强烈的引导性能，它使接受方潜在的情感沿着特有的方向进行持久、稳定的运行。由此看来，情感上的共振是传受双方进行沟通、交流的重要原因。在传播方与接受方互动中不断深化的对话与交流的过程中，情感从传播与接受之初的表层运动转向内在心理的深层震撼，并由此生成为触动其他心理机制的一种诱因。而当代台湾小说在祖国大陆的传播与接受也就在这种传播方与接受方的情感的信息的日趋逼近中日趋深化。

在传播与接受中，接受方体验到传播方体验过的同样情感绝非易事。这是因为，情感的传播与接受依循的是由外向内的转换原则运行，而传播方与接受方的情感又是种类繁多的，它们无论在形态上、内容上、性质上或程度上都可能存在着较大的差异。这样，问题就出来了，当代台湾小说又为什么能获取大陆接受方情感上的共振呢？要使这个问题回答得更有说服力，我们想借助休谟的同情理论加以阐释和说明。在《人性论》中，休谟认为，导致同情机制发生作用的有三种关系，其一为类似关系，这种类似关系一般存在于身体和心灵的结构与组织中。其二为接近关系，这种关系能增加同情的强度。其三为因果关系，它说明情绪的因果关系是如何促进同情效果的。① 借用休谟有关同情机制的三种关系的理论来观照当代台湾小说在祖国大陆的传播与接受，我们发现，在传播方与接受方之间就存在着休谟所谓的这三种关系。为了论述的准确性，我们将这三种关系具体处理为相同的文化、同一的乡土、一国的同胞。

①相同的文化。众所周知，族群是指在一个较大的文化和社会体系中具有自身文化特质的一种群体，它是建立在一个共同文化渊源之上的。从种族上说，"海峡两岸人民有着共同的民族之根，有着共同

---

① ［英］休谟：《人性论》，商务印书馆1980年版，第354页。

的母语，有着共同的文化之源"，① 他们天然地与中华文化有着不解的血缘。无论在台湾的乡土小说或是现代主义小说和通俗小说中，都蕴含着中华文化丰富的信息，体现着中华民族独特的风俗人情、道德观念、节庆礼仪。"从本土作家的文化眷念中，看到了'乡土的扩大是中国'，从现代主义的播弄中，看到了'难以割断的脐带'，从新生代的流动不居中，看到了文化积淀的力量；从本土住民文化中，看到了与汉民族民间文学的历史关联"。② 高阳的《荆轲》《李娃》《大将曹彬》《胡雪岩》等历史小说，琼瑶的《还珠格格》等言情小说，白先勇的《思旧赋》《游园惊梦》等现代主义小说，钟理和、钟肇政、陈映真的《原乡人》《台湾人三部曲》《永恒的大地》等乡土小说中，作者们为我们展现了一幅幅光辉灿烂的中华历史文化的图景。从视死如归的刺秦壮士荆轲到精明强干的胡雪岩，从刚正勇猛的北宋大将曹彬到清朝儒雅风流的皇帝乾隆……五千年积淀、发展起来的中华文化，虽历经风风雨雨却元气充沛、博大精深，它是所有中国人安身立命的灵根，是传播者与接受者引以为荣的精神支柱和纽带。传播者这样的一种对民族文化身份认同的热情与忠诚，令大陆接受者感受到一种体力和智力上的扩张，浩瀚无垠的民族文化在绵绵不绝地进入大陆接受者心灵时，也使他们感受到了一种与这些当代台湾小说本能上的亲近与感动。

②同一的乡土。台湾是以汉族移民为主构成的社会，对于绝大多数台湾人来说，大陆，就是他们的母土。据统计，现代台湾作家781人中，在大陆出生的就达504人，占64%多。③ 而无论是大陆出生的，还是在台湾出生的第二、第三乃至更后一代的移民子女，他们的

---

① 魏守忠：《同根、同源、分流、融汇》，载《北京教育学院学报》1997年第1期。

② 杨匡汉主编：《中国文化中的台湾文学·引言》，长江文艺出版社2002年版，第6页。

③ 参见王晋民主编：《台湾文学家辞典》，广西教育出版社1991年版。

心理深处都潜藏着对母土深深眷念的集体记忆。对于当代台湾小说家而言，回家，在很大程度上，就是回到大陆母亲的身边，就是漂泊者对出生之原始的寻求，对归属、保护、安全的企盼。白先勇说："台北是我最熟悉——真正熟悉的，你知道，我在这里上学长大的。可是，我不认为台北是我的家，桂林也不是，都不是。也许你不明白，在美国我想家特别厉害。那不是一个具体的'家'，一个房子，一个地方，或任何地方，而是这些地方，所有关于中国记忆的总和。"① 聂华苓说："《台湾轶事》是我在台湾（1949—1964）所写的小说……那些小说全是针对台湾社会生活的'现实'而说的老实话。小说里各种各样的人物全是从大陆流落到台湾的小市民。他们全是失掉根的人；他们全患思乡'病'；他们全渴望有一天回老家。我就生活在他们之中。我写那些小说的时候，和他们一样想'家'，一样空虚，一样绝望——这辈子回不去啦！怎么活下去呢！"② 漂泊之路，曲曲折折，艰险重重，在这种情况下，漂泊者回过头来寻找家，寻找母土，完全是一种本能的需求。在林海音的《城南旧事》、白先勇的《那片血一般红的杜鹃花》、聂华苓的《台湾轶事》、於梨华的《梦回青山》等小说中，游子穿越不同的岁月空间，借助文字寄托对生他养他的那片热土的眷恋。在他们的小说里，无论是思念故土的母亲，还是故土的恋人，实际上都是母土形象的延伸，他们都是母土的化身、母土的变体。从人格心理学来看，这种寻找家、寻找故土的精神趋向，是一种退化的精神防御机制在起作用。借助于文字对家和故土的亲近，游子化解了自己的生存困境，使自己的心灵获得了某种平衡和慰藉。因为，尽管外面的世界不断在变，但母亲、母土对儿子的爱却是永远不变的。母土，永远是游子的归宿，是游子的避风港。在有风或无风的

---

① 林怀民：《白先勇回家》，见《第六只手指》附录，花城出版社2009年版，第315页。

② 聂华苓：《写在前面》，载《台湾轶事》，北京出版社1980年版，第1页。

夜晚，在有月或无月的日子，无论是台湾人还是大陆人，他们都可以躺在承载一切的母土的怀抱中，任天空乌云翻滚、电闪雷鸣，这时候，只有母土的怀抱会显得无比坚强和稳固、无比仁厚和宽博，它安全、宁静、温暖，永远散发着诱人的泥土芳香。

③一国的同胞。国家不仅是一个地理性概念，而且也是一个充满文化意义的概念，它像公理一样，不证自明地预定存在着一个人为力量都无法将它割裂开来的由具有共同种族身份的人居住的空间。这种空间，在当代台湾作家作品中，通常意义上，是被许多作家看成为中国的。台湾70年代乡土文学第三次高潮的代表作家洪醒夫说："不论做什么事，你所要认同的，就是我们中华民族。写作是完全超越政权的，也就是，我们认定我们是中国人，我们的血脉中有中国人的精神。"① 台湾新生代代表作家林燿德说："我对祖国的认同基于一桩非常简单的事实，那就是我是一个使用汉字创作的作者。"② 在两岸人们看来，中国是所有中国人拥有的一个共同空间，一个非常辽阔而又具有自足性的大家庭，在这个大家庭中，尽管人们之间还存在着种种差异，但人们具有的中国人身份，比起那些使得他们与这个大家庭之处的人彼此分开的任何东西，确实无疑，都要更为重要。大陆评论家认为："两岸文学一直流贯着中华民族的共同血脉，放到世界文学中会立即显示出中国文学的独特神韵。""这个本是同根生的胎记，先天性地生成了两岸当代文学割不断的手足情。"③ 台湾著名乡土作家钟肇政《浊流三部曲》中的陆志龙则认为"江山万里"意味着："不管这四个字是出自郑成功也好，或者后人也好，精神上是一样的，那就是血液和呼声，对祖国河山的渴慕之情。"在许多时候，当代台湾

---

① 洪醒夫：《关爱土地和同胞——谈小说创作》，载台湾《自立晚报》1983年7月29日。

② 林燿德：《一个台湾作者的赘语》，载《台港文学选刊》1991年第5期。

③ 王宗法：《同源分流归大海——中国大陆与台湾当代文学异同论》，载《世界华文文学论坛》1998年第4期。

作家和他们小说中的主人公对中国的认同,不仅仅源于在艰难重重的现实环境中的一种自我防御本能,也是一种文化选择和身份定位的需要。著名乡土作家陈映真就认为:"在台湾的中国文学,是中国文学的一个支脉。""是以中国为民族归属之取向的政治经济文化运动的一环。"[①] 于是,在陈映真等当代台湾作家的小说中,国家不只是指涉一种空间,而且也指涉着一种文化精神,指涉着一个人与民族、台湾与祖国共同体的一种默契。

将个人命运与民族命运、台湾命运与祖国命运联系起来进行思考,这在钟肇政的《台湾人三部曲》、李乔的《寒夜三部曲》等小说中都有非常突出的表现。在钟肇政、李乔等人的小说中,家,就是国的缩影;国,就是家的扩充和放大。家的命运和民族、国家的命运浑然一体、不可分离。这种将家与民族、国家联系起来进行的思考,事出有因,绝非偶然。从根源上说,我们民族很早就极为重视集体意识和民族意识。这种文化心理作为一种积淀,它无疑将规范和制约着钟肇政、李乔、陈映真等人情之所钟的趋向和范围。然而,与那种褊狭的民族主义者不同,在陈映真等人的小说中,认同的表现形式绝非是单一的,而是多元、复杂的,它既可能是礼赞的,也可能是批判和反思的。毋庸置疑,当代台湾作家与中国、中国历史文化都有着天然的、血缘的关联,他们对中国和中国文化的认同和弘扬也是情不自禁、发自内心的。然而,这并没有妨碍当代台湾作家从历史和理性的高度对中国及其历史文化进行反思。回顾民族往昔悠久的岁月,抚摸历史的沧海桑田,当代台湾作家在对中国进行正面肯定时并没淡忘和忽略它的历史伤痕。正如白先勇所说:"南京屠杀、重庆轰炸,不再是历史的名词,而是一具具中国人被蹂躏、被凌辱、被分割、被焚烧的肉体,横陈在那片给苦难的血泪灌溉得发了黑的中国土地上。"[②]

---

① 陈映真:《乡土文学的盲点》,载《台湾文艺》1977年第2期。
② 白先勇:《蓦然回首》,载《白先勇文集》,花城出版社2000年版,第12页。

这无疑是我们民族历史中最为令人痛心的负面坐标，它在所有中国人的心灵中都烙上了深深的耻辱印记。而更为令人痛心的是，白先勇、陈映真等作家发现，民族的伤痛在今天不仅尚未痊愈，而且有继续扩大的危险。白先勇的《谪仙记》、陈映真的《夜行货车》、黄春明的《沙哟娜拉再见》等，就都揭示了社会转型期中一些知识者民族、国家意识的沦丧。于是，陈映真等作家认识到，仅仅停留在现实批判层次上是不够的，在批判的同时还应加快祖国的建设。在他们看来，如何面对中国历史的过去和怎样正视中国的今天，其实是同一问题的两个方面。而无论是对过去的反思或是对现实的审视，它们的目的都在提醒民族身份对于每个中国人的重要性，都在格外有力地强调台湾人与大陆人拥有这一民族身份时有珍惜和爱护共同的大家庭的义务和责任。

在当代台湾小说在祖国大陆的传播与接受中，同情机制反映出，情感信息传达的强度，决定于传播与接受的关系。从某种程度上说，传播方的情感只有转化为接受方的情感，它才能对接受方构成实质性的影响。大陆接受者正是与台湾传播方之间具有相同的文化、同一的乡土、一国的同胞这样三种关系，因而才能以最为积极、主动的姿态回应传播方的情感。"比如大陆80年代出现的寻根文学与台湾70年代的勃兴的乡土文学，都有一种回归的倾向：回归乡土，回归历史"①，"这种现象说明，以儒家文化为基础的中华民族的文化心理结构和道德规范，有着很强的因袭力量。它所构成的传统文化基因，既影响着海峡此岸，也影响海峡的彼岸，时时唤起人们对既属于过去、又属于现在，更属于未来的真善美的热烈追求"。② 由此，表面上看，大陆接受者在当代台湾小说中看到的是作家情感的物化形态，实质上

---

① 王宗法：《同源、分流归大海——中国大陆与台湾当代文学异同论》，载《世界华文学论坛》1998年第4期。

② 赵朕：《台湾与大陆小说比较论》，海峡文艺出版社1992年版，第71页。

体验到的则是自己的情感。这就说明,传播方与接受方构成的三种关系在促成文本情感信息的主体化和接受方情感模式客体化的同时,达致了二者心理上的二极对应和契合。

三、过滤机制

任何接受都不可能是一种机械的、纯客观的对影响方被动的复述,而总是一种具有复杂的深具选择性、阐释性的双向互动的现象。因为,接受者必然生活在特定的纵的历史文化发展和横的接触层面构成的坐标之中,他们在接受其他国家或地区的文学时,也必然会受到政治、经济、社会背景构成的先见的影响,即经过过滤机制的规范和筛选。在过滤机制的干预下,当代大陆接受者的知觉分析器只能有选择地以影响者的某些方面作为审美对象加以接受。这些方面可能是影响方的主要构成部分,也可能是次要构成部分,甚至可能是接受方的误读成分。但无论是哪种选择,都是接受方主体精神的一种投射,是接受方主体过滤机制的一种能动作用的发挥。

当代台湾小说在祖国大陆传播与接受的第一个值得关注的过滤机制,是它采用的意识形态视角。这种意识形态视角的突出特征则在于它对"中国意识"的强调。"台湾文学和香港文学,都是我们祖国文学不可分割的一部分",[①] "台湾新文学是中国文学不可分割的一部分"。[②] "所谓'台湾文学',其实是台湾地区的文学,它是我们中国文学的一部分。"[③] 这种"中国意识"作为文学接受中的一种过滤器,成为了接纳或不接纳哪些当代台湾小说的先决性条件。也就是说,只

---

① 《海峡》编辑部编:《台湾香港文学论文选》,福建人民出版社1983年版,第1页。

② 黄重添等著:《台湾新文学概观》上册,鹭江出版社1986年版,第1页。

③ 陆士清:《台湾文学新论》,复旦大学出版社1993年版,第1页。

有被这种"中国意识"赋予正义标签的小说,才可能被大陆接受者认同,而被判为非正义的小说,则先定地与接受无缘。因为,"现在台湾极少数作家与评论家发表了一些'台独'的错误言论,不承认台湾文学是中国文学的一部分,这势必影响到小说创作。'台独文学'的倾向,是80年代台湾文学多元化格局中的一个负面,我们应该密切加以注意,坚决反对一切有关'台独文学'的理论和创作"①。由"中国意识"派生出的价值取向,就这样使作为接受者的大陆评论家在"统一"和"独立"、"中国意识"和"台湾意识"之争中毫不犹豫地站在了"统一""中国"的一边,而"台独"的理论与创作之所以被他们排斥与反对,就在于这种理论与创作是以去中国化为价值目标的。而以"中国意识"为中心的意识形态视角恰恰要求当代台湾小说能将台湾意识规范在中国意识之中。在大陆接受者看来,在"中国意识"的统摄下,当代台湾小说才能获得区域文学无法具有的巨大而又充沛的历史文化的底蕴和能量。那些被这种意识形态视角所认同的当代台湾作家,例如白先勇、陈映真、琼瑶、三毛、高阳、陈映真、聂华苓、陈若曦、古龙等②,正是自觉或不自觉地将台湾意识纳入到了中国意识统辖之中。白先勇的《台北人》《纽约人》等小说"写的总是中国人,说的是中国故事",③"以陈映真为代表的台湾爱国文学家展开了坚持不懈的艰苦卓绝的斗争,为维护中国文学的统一,维护国家的统一,建立了丰功伟绩"。④"琼瑶的小说之所以受到

---

① 林承璜:《台湾香港文学评论集》,海峡文艺出版社1994年版,第37页。

② 据统计,大陆"人大复印资料"20年来(1979—1999)所载有关台湾作家研究的126篇文章,关于白先勇的占11篇,关于三毛的占9篇,关于高阳、余光中的各占7篇,关于陈映真的占6篇,关于聂华苓的占5篇,关于古龙、琼瑶、陈若曦、席慕蓉、郭枫的各占4篇。见刘俊:《台湾文学研究在大陆:1979—1999》,载《台湾研究集刊》1999年第4期。

③ 欧阳子:《谪仙记·序》,台湾水牛出版社1968年版。

④ 赵遐秋:《当前大陆学界台湾教学研究与教学中的几个问题》,载《世界华文文学论坛》2005年第1期。

许多大陆青年的喜爱，甚至使一部分人如痴如醉，这有着多方面的因素，我认为，其中一个不可忽视的原因是，琼瑶小说与中国传统优秀文学有着密切的血缘联系，而这，正是她的作品能够引起东方文化圈的中国以及东南亚众多读者共鸣的重要原因。"① 与拥有中国意识的白先勇、陈映真、琼瑶等人及小说的命运不同，具有"台独"意识的理论和文学，则在价值层面上被处理成一种必败的一方。在《中国大陆与台湾乡土小说比较史论》一书中，大陆著名文史家丁帆在对叶石涛等人的"台独"理论进行了追根溯源之后，就揭示了"台独"思潮必然失败的命运。不可否认，这种意识形态视角会遭到一些人的质疑，然而，作为一种具有价值指向性和实践性的意识形态视角，它具有一种稳定性的特点。这种稳定性是意识形态渗入文学传播与接受中并发挥实际作用的政治生态保证。在现实中，台湾小说与其政治一样，出现了一种与祖国大陆背离的现象，这种背离在无法依靠政治权力和政治行为解决时，意识形态却可以发挥着一种整合的作用。因为，从根本上说，这种意识形态视角是具有一种合法性的。"台湾文学是中国文学的一环这个命题，说它，论它，肯定它，是以事实为根据的，完全经得起时间的考验。"② 事实上，无论是从历史，还是人类学、文化学等话语角度都可以证明这种意识形态视角的合法性。这种合法性能强化和保持对"中国意识"认同指向的强度。问题的关键倒是，这种意识形态视角在两岸意识形态对立的现实语境中，它应该进行一种现代性的转换。就当代台湾小说在祖国大陆的传播与接受而言，以中华意识代替中国意识，既可以消减过于浓厚的居高临下的中心主义色彩。也可以使当代台湾小说以更为丰富的姿态较为全面地展现在大陆接受者面前。

---

① 严莉群：《论琼瑶小说与中国传统优秀文学的关系》，载《渝州大学学报》1994年第1期。

② 林承璜：《台湾香港文学评论集》，海峡文艺出版社1994年版，第22页。

当代台湾小说在祖国大陆传播与接受值得关注的第二个方面的过滤机制，是中国民族化的审美心理。只要我们仔细辨析，就会发现在当代台湾小说的传播与接受过程中，是潜藏着一种民族化的思维模式的。如果我们将当代台湾小说看作一个大系统，乡土小说、现代主义小说、通俗小说、女性主义小说等分别看作大系统中的小系统，那么，我们就会发现，那些被大陆接受者所注重和选择的子系统是存在着一种被主观定位为民族化的价值导向的。"台湾的乡土文学应该是特指性和包容性，民族性和乡土性，中国意识和地方色彩等相结合、相交融的中国文学中的台湾乡土文学。"[①]"现代主义文学，其中不少作品也可以加入现实主义民族文学之列。"[②]乡土小说、现代主义小说、通俗小说、女性主义小说等之所以在祖国大陆成为接受的侧重点，正是由于这些小说合乎大陆接受者对民族化的这种心理诉求。[③]这就使得，祖国大陆对当代台湾小说的接受实际上潜藏着一种推崇民族化，轻视甚至贬低西方化、世界化的倾向。这种倾向在对待现代主义小说与乡土小说的态度上得到了较为突出的表现。在将二者进行比较时，乡土小说因其具有的浓厚的民族性被推上较高的地位，现代派因其前期小说具有的西方化色彩则总遭到质疑。"乡土派小说创作一般密切现实生活，乡土作家又立足于广袤的乡土大地，因此，作品所反映的生活面比较广阔。相对来说，现代派作品的题材就狭窄得多。"[④]"乡土派注重继承传统文学，建立反帝反封建的民族文学性

---

① 古继堂：《台湾小说发展史》，春风文艺出版社、辽宁教育出版社1989年版，第330页。

② 林承璜：《台湾香港文学评论集》，海峡文艺出版社1994年版，第3页。

③ 据统计，大陆"人大复印资料"20年来（1979—1999）所载的有关台湾思潮、流派研究的文章主要聚焦在乡土派与现代派之上。见刘俊：《台湾文学研究在大陆：1979—1999》，载《台湾研究集刊》1999年第4期。

④ 黄重添等：《台湾新文学概观》上册，鹭江出版社1986年版，第109页。

格……现代派则是抛弃传统、追求'全盘西化',以西方'马首是瞻'"① 这样一种将审美视角偏向地指归民族化的倾向,是典型的非此即彼的二极思维的表现。在这种单向性思维的制约下,现代主义小说被一分为二,前期现代主义小说被指认为"恶性西化",这是它的"浪子"迷途期。现代主义小说只有在后期向民族化的方向回归,它才会在大陆的语境中获得真正的认同。像白先勇、於梨华、陈若曦等之所以受到关注与推崇,就在于他们的一些小说与这种民族化诉求保持了一致。这种诉求甚至在大陆一些论著章节的标题上就已显示出来。像:《唱浪子悲歌的聂华苓》《无根一代的代言人於梨华》《背负五千年文化乡愁的白先勇》《对家园"多愁善感"的陈若曦》。② 这些现代派作家小说例如像白先勇的《孽子》《树犹如此》《第六根手指》等小说其他丰富的文化内蕴,因不合乎大陆语境的民族化诉求被有意无意地加以了忽视。这种只求一点,不计其余的民族化诉求,不仅对当代台湾小说的丰富性内蕴的展示造成了一定影响,而且,也在突出乡土小说的民族化时遮掩住了它的一些小说的其他的精神向度。由于单向思维造成了心理形式的有限性,大陆接受者无论是感知,还是想象,无论是情感还是理解,都集中地指向乡土文学的民族化,这样,接受者在看到了乡土文学在促成反西化、回归乡土的文学思潮的作用时,却没有意识到乡土小说中萌生的"台独化"意识。像叶石涛等所谓的主张"民族化"的理论家和作家,就是大陆接受者将自身民族化诉求加之于这些人身上的幻影。他们是接受者单向的思维制约下所重构、夸张了的比其原型远为虚假的对象。事实上,当代台湾小说的民族化和世界化是两个极为复杂的问题,仅仅从传统审美的心理出发去评价,就会难以对这一包含着历史,心理、政治、道德等内容的问题做出全面而又客观的认识和评价。总的看来,民族化

---

① 林承璜:《台湾香港文学评论集》,海峡文艺出版社1994年版,第50页。
② 黄重添:《台湾新文学概观》,鹭江出版社1986年版,第2页。

和世界化犹如一枚钱币的两面，它们构成互相矛盾又互相补充的关系，正是在这两极之间的应合中，当代台湾小说家扩张了自己的活动空间和视野，当代台湾小说也因此显现出了它从未有过的自由品格和精神活力。因此，当我们谈及当代台湾小说的民族化或是世界化时，进入我们视野的就不应局限在本民族的文学，而应该是人类历史上的全部文学。因为，本民族的文学，只有与外来民族的文学相融合，才能完成创新的转化。就此而论，民族化与世界化甚至西方化并不存在着尖锐的对立。一个民族的文学的现代性既不需要完全否定传统来实现，也并非经由否定西方文学来实现。无论是中国文学，还是西方文学，都必须将它们提高到中外融合的世界性高度进行重构。只有这样，当代台湾小说乃至大陆小说才会在与外国文学的相互补充、相互融合中获取不竭的生命活力。

以上我们分析了当代台湾小说在祖国大陆传播与接受的动力机制的三个方面以及它们各自对接受主体的影响。须要强调的是，这种动力机制并不是按照一种固定的顺序机械排列的，也不是彼此完全孤立地对接受主体产生推动作用，而是作为一个动态的系统，在当代台湾小说在祖国大陆的传播与接受中相互渗透、相互作用的。当接受主体发现某些当代台湾小说能满足自己生理、功名需要时，补偿机制开始发生作用。而这种需要意识又总是能引发和促进接受主体对当代台湾小说情感上的认同。换个角度来看，当大陆接受方对影响方产生了情感认同时，同情机制又会推动和强化补偿机制和过滤机制的功能。再换个角度看，当代台湾小说在生理需要、功名需要以至情感认同上出现偏差时，过滤机制又会发生调控作用。当代台湾小说正是在这三种动力机制的相互协调、相互促进中在祖国大陆获得日趋深广的传播和接受的。

当代台湾小说在祖国大陆的批评性传播与接受形态

批评性接受是当代台湾小说在祖国大陆传播中一种非常重要的传播方式。当代台湾小说，思潮迭起，流派纷呈，内容丰富，形式多样，具有十分独特的艺术魅力。因而自从当代台湾小说进入大陆以来，大陆批评者对它的阐释热情就一直处于高涨之中。而当代台湾小说固有的丰富性，又为大陆接受者对它的阐释提供了多种可能性。当代台湾小说既然不是一个固定的存在，它提供给大陆批评者阐释的空间就较为开阔。如果说当代台湾小说是对世界进行阐释的原初文本，那么，大陆批评者对它的众多阐释就形成了文本的叠加。而随着时间的不断推进，大陆的批评者的视野也在不断扩展。由此，共时性阐释的众多性与历时性阐释的扩展性在丰富着当代台湾小说的意义的同时，也在丰富着大陆接受者对当代台湾小说的理解。大致而言，这些批评性阐释又主要可以区分为还原、衍生、创造性三类。

一、还原性批评

人类社会愈向前发展，人们对生命起源的探寻欲望就愈是强烈。这种追根寻源的心理沉积为集体无意识，在学术研究中则显现为一种还原方法及思维的采用。学术批评之路，曲折而又艰难。批评者不仅需要持久的热情、创新的胆识，而且也需要严谨的态度、求索的精神。因为，学术研究作为一种实践活动的终极目标就在于对客观对象本相的发现与揭示。但由于历史的、社会的、政治的诸种因素的干扰，对客观对象本相的发现与揭示又并不是轻而易举的。这就需要批评者穿越种种迷雾对文献材料和历史事实进行还原，并在此基础上有所发现。

从认识论的方位看，所谓还原，就是对客体原真状态的寻找。还原性批评，其目的就是要努力消除误解以获得对作家、作品以及事物系统属性的真实把握。很早以来，无论是西方对《圣经》的解释还是中国对《诗经》的阐释，都将还原性批评当作了它们的主要任务。这种还原性批评的共同特点是从作者的生平年代、思想情感、作品的文字意象、形式结构等方面努力搜寻作者和作品的原初意图。祖国大陆对当代台湾小说的还原性批评在很大的程度上沿袭了这种批评方法，它同样是以对作者的创作精神和作品内容的本质真实的准确理解和把握为目的。

首先，是对作者的还原性阐释。所谓对作者的还原性阐释，就是指批评者在对研究资料进行全面、细致的梳理之后，要尽量还原原作者的经历、知识结构、人生观念、个性气质、兴趣爱好等。

给当代台湾作家一个较为客观和真实的定位既是还原当代台湾文学史的需要，也是还原当代台湾历史文化风貌的需要。1979年以来，随着两岸关系的不断改善，因长期隔绝而不被大陆读者了解的当代台湾作家纷纷扑入大陆读者的眼帘。而当代台湾小说家则成为了祖国大陆当代台湾文学批评中最为重要和最为集中的还原性对象。白先勇、高阳、陈映真、聂华苓、陈若曦、古龙、琼瑶、黄春明、李昂、钟理和、李黎、萧丽红、欧阳子、七等生、於梨华、李敖、林海音、王拓、杨蔚青、廖辉英、黄凡、王文兴、张系国、朱秀娟、朱西宁、司马中原等都相继被介绍给了大陆的读者。而在这些还原性批评者中，封祖盛、黄重添、武治纯、陆士清、汪景寿、王晋民、包恒新、古远清、潘亚暾等先生用力颇多，取得的成效也较为显著。封祖盛的《台湾现代派小说评析》《台湾小说主要流派初探》，武治纯的《压不扁的玫瑰花——台湾乡土文学初探》，汪景寿的《台湾小说作家论》，黄重添的《台湾当代小说艺术采光》，邝白曼、静曼的《台湾作家二十四人小传》等著作；王晋民的《论台湾作家黄春明的小说》，晓立的《白先勇短篇小说的认识价值》，田野的《论台湾乡土作家钟理和》，卢著光的《他在探索什么——台湾作家张系国散论》，蔡美琴的《论陈映真的文学主张》，古远清的《叶石涛："独派"台湾文学论的宗师》，梁若梅的《论陈若曦早期世界观的形成及其特点》，王镇富、晁霞的《朱西宁：迤逦的文学之路》，刘正伟的《乡野情结——简析司马中原小说的主题》，张炯的《朱秀娟——关注女性命运的台湾女作家》等文章，或辑录胪列有关成说，使人明了当代台湾小说家生平年代、身世家谱等方面的轮廓概貌，或钩沉史料，以资料为主，在尊重研究对象客观性的基础上概括出作家的人生观念、个性气质、兴趣爱好等。二者的共同之处是都非常重视事实材料的考证，注重从史料的发掘中还原作家个体的创作意图，表现出了较为强烈的历史的智慧和视野的开阔。

　　台湾乡土小说在当代台湾文学发展史上占有非常重要的位置。然而，如果我们将当代台湾小说看作一个大系统，乡土小说、现代主义小说、通俗小说、女性主义小说等分别看作大系统中的小系统，那么，我们就会发现，那些被大陆接受者所注重和选择的子系统是存在着一种被主观定位为民族化的价值导向的。这种倾向在对待现代主义小说与乡土小说的态度上得到了较为突出的表现。在将二者进行比较时，乡土小说因其具有的浓厚的民族性被推上较高的地位，现代派因其前期小说具有的西方化色彩则总遭到质疑。这种只求一点，不计其余的民族化诉求，实际上极大地忽视了对具体历史事实的真实考察，不仅对当代台湾小说的丰富性内蕴的展示造成了一定影响，而且，也在突出乡土小说的民族化时遮掩住了它的一些小说的其他的精神向度。古远清的《叶石涛："独派"台湾文学论的宗师》一文则突破了这种单向思维造成的心理形式的有限性。古文在看到了叶石涛提出的"乡土文学"在促成反对文学霸权、回归乡土的文学思潮的作用时，也尖锐地指出叶石涛"乡土文学"理论出笼时就隐藏着"逃离中国文学"的"台独化"意识。而叶石涛之所以主张"文学台独"，又与他在日据时期追随"皇民文学"总管西川满有关①。相反,王镇富、晁霞的《朱西宁:迤逦的文学之路》、刘正伟的《乡野情结——简析司马中原小说的主题》等文章则对一些以前大陆批评者忽视乃至否定的作家进行了历史性的还原。王镇富、晁霞从朱西宁的"长期的流亡生涯"入手,强调了他虽以"最知名的军旅作家之一"闻名,而他的骨血里却一直浸透着"强烈的爱国主义情怀"。而正是这些复杂因素造就了复杂的朱西宁。一方面,朱西宁在20世纪50年代确实写过"反共"小说,不过,"在当时那样一个政治高压的年代,我们当然可以理解朱西宁当时的状况,何况他还是一个军人"。另一方面,"我们不能否认的是,朱西宁是一位自发性的传统文化的承继者和维护者"。为此,他不惜冒着政治风险,在"上世纪70年代""公开提倡开放30年代文学作品",在"乡土文学论战中",他又"自觉或不自觉地以《红楼梦》及其他中国古典文学来对抗台湾的乡土派,借以维护和承继中国优秀的传统文化"。就这样,批评者在还原朱西宁生活的历史情景时,也对朱西宁进行了实事求是的历史性分析②。与朱西宁一样,司马中原也是台湾军中作家,在50年代也同样写过"反共"小说。刘正伟却从历史唯物主义立场出发,没有因司马中原的过失而对其人进行全盘否定,而是将历史人物、历史事件置于历史的情境之中,还原其真实的历史本来面目。批评者认为,"司马中原是一位心怀大爱的乡土作家",正是因为"他对热爱的乡土有一种特殊的感情,并以一种独特方式去观照和表现生存于中原大地上乡民的生活",所以,他才"在50年代台湾文坛很快能将创作从'反共'基本转向乡土"③。显然,这种观点意味着作者是以一种辨证的眼光

---

① 古远清:《叶石涛:"独派"台湾文学论的宗师》,载《湖北广播电视大学学报》2004年第1期。
② 王镇富、晁霞:《朱西宁:迤逦的文学之路》,载《春秋》2007年第5期。
③ 刘正伟:《乡野情结——简析司马中原小说的主题》,载《淮阴师专学报》1994年第3期。

和思维看待研究对象的。由此,作者在超越了那种非此即彼的二元对立思维的同时,也就使我们的思维进入到了客体对象的无遮蔽的显现之中,从而为我们重新评估司马中原的历史地位提供了一种新的观照角度。

还原性批评的目的之一是要思考、理解作家的本意,然而,在许多时候,作家的本意又常常存在于他创作的作品之中。由此,作品就成为了作家本意依托之处。而对当代台湾小说家创作的小说的还原性批评也自然成为直达作家之意和作品之意不可缺少的手段和途径。

由于受到传统思维的影响,大陆批评界在接受当代台湾小说时往往呈现出将审美视角偏向地指归民族化的倾向。在这种单向性思维的制约下,现代主义小说被一分为二,前期现代主义小说被指认为"恶性西化"。现代主义小说只有在后期向民族化的方向回归,它才会在大陆的语境中获得真正的认同。像白先勇、於梨华、陈若曦等之所以受到关注与推崇,就在于他们的一些小说与这种民族化诉求保持了一致。这些现代派作家的小说例如像白先勇的《孽子》《树犹如此》《第六根手指》等小说其他丰富的文化内蕴,因不合乎大陆语境的民族化诉求被有意无意地加以了忽视。而罗义华在他的《〈孽子〉批判的指向与力度分析——兼论白先勇创作心理的转变》一文中,依据人文价值的标准,对《孽子》丰富的人文价值进行了充分肯定。论文认为,人们此前对《孽子》的认知过程中之所以存在着社会认知偏差,"一是弘扬传统文化的中国人道德保守的固有属性,同性恋现象中国自古就有,但却实在羞于言明,就整个中华文明而言,一直保持着对同性恋的排斥与弹压;二是中国作家的本分就是弘扬中华文化,倘若流为异端则不齿",正源于此种偏狭的审美心理,人们"很难将其列为上乘之作"。而事实上,在《孽子》中,白先勇对同性恋的"思考和探索包含有两个未曾言明的意图:一是探究同性恋现象对传统文化的冲击力到底有多强;一是探究传统文化到底在多大程度上能容忍同性恋现象的存在"。"就是这些因素决定了白先勇对母题的选择、对批判指向的选择和力度的把握","这体现在《孽子》对人性的开掘深度和对社会的反思尖锐度上。《孽子》对人性的揭示达到了前所未有的深度""从而实现了《孽子》对于《台北人》等作品在某种意义上的超越"①。与罗义华一样,关士礼在评价作品时也力求客观还原历史语境,在真实的历史语境中重估作品的美学价值。他在《论古龙小说研究中的一种误读》一文中指出,"在古龙小说研究领域,对于《天涯明月刀》《三少爷的剑》《白玉老虎》等作品的艺术水平,研究者一直持否定态度",而在关士礼看来,"产生劣评的真正原因"是研究者对这些小说"异质性"的"误读和遮蔽"。这种"误读和遮蔽"导致的结果是,"首先,它遮蔽了这些异质性作品的艺术水准""其次,它遮蔽了这些异质性作品的创新意义,最重要的,它遮蔽了古龙小说创作的整体成就",在此基础上,该文最后提出了一个颇为独特的结论,"如果,误读没有发生,这些异质性作品没有被错误否定,对古龙小说整体成就的评价,乃至对武侠小说整体艺术成就的评价,只怕都是另一番情景"②。由此,批评者在客观地切入历史之时也较为全面地把握了古龙的这些作品与历史真实的关系,毫无疑问,这种认识不仅来源于对古龙的这些作品的深刻的生命体悟,而且也来自于批评者对文学史观建构的深层思考。

对当代台湾文学作品的重新定位与对当代台湾作家的重新审视,也推动着大陆批评家对当代台湾文学史的重新界定。黄万华的《20世纪50年代的台湾文学场域与媒介》《战后至1960年代台湾文学辨析》、陈美霞的《意识形态·文学史·现代性——台湾文学史书写现状与现代性突围》等是这方面的代表性论文。黄万华等人不再满足于对一个作家、一部作品的重新界定,而是试图以统摄全局的宏观的视点还原当代台湾文学史的历史真实。黄万华的《20世纪50年代的

---

① 罗义华:《〈孽子〉批判的指向与力度分析——兼论白先勇创作心理的转变》,载《民族文学研究》2000年第1期。

② 关士礼:《论古龙小说研究中的一种误读》,载《名作欣赏》2007年第24期。

台湾文学场域与媒介》借用传播学知识重新认识20世纪50年代的台湾文学,对此前大陆对于台湾20世纪50年代文学的定评进行了解构。该文认为,20世纪50年代的台湾文学并不是像既有的海峡两岸的文学史描述的那样"是官方政治意识形态主宰下的文学",恰恰相反,"20世纪50年代的台湾文学前承光复后台湾文学的转折,后启60年代文学的兴盛。此时期文学杂志的'民营'状况,副刊非一统的存在状态,都悄然改变了权力场和文学生产场之间的单一支配关系,使控制文学场域的合法逻辑出现了裂隙,并使得作者、编者、读者的性情最大程度地影响文学生产。此种历史境遇中的文学传播,使政治高压下的20世纪50年代仍能涌动起多种文学思潮,也使台湾文学的乡土性、本土性得以延续、流布"。经过对此时期文学杂志的"民营"状况,副刊非一统的存在状态的细致梳理,最后,黄文得出了与此前文学史既有观点不同的结论,即,"20世纪50年代的台湾文学不应在意识形态层面上被看作文学的断裂"。[①] 显然,这种对新的理论资源的借用既使黄文的台湾文学史观呈现出比较开阔的理论视野,也拓展了台湾文学研究的新局面。《战后至1960年代台湾文学辨析》同样是从传播媒介入手来还原台湾文学史的本真状态的,只不过它是从更为长远的社会、经济结构来观察台湾文学史的脉动。在本文中,黄万华认为,"战后至1960年代台湾文学,过去少有系统的实事求是的研究,大都以'反共文艺''战斗文艺'甚嚣尘上来概述和评价它"。然而,事实上,"战后至1960年代的台湾文学是一种富有反省意味的历史存在。一方面,文学处于高度意识形态性的官方掌控之下,这一时期也一向被视为'反共文艺''战斗文艺'甚嚣尘上的时期;另一方面,文学创作却取得了足以留传后世的成就。小说方面,1999年由中国大陆、台湾、香港及北美、东南亚等地学者、作家联合评选出的'20世纪中文小说100强'中,五六十年代的台湾

---

① 黄万华:《20世纪50年代的台湾文学场域与媒介》,载《台湾研究集刊》2008年第3期。

小说多达12部，它们是姜贵的《旋风》、王蓝的《蓝与黑》、林海音《城南旧事》、钟理和的《原乡人》、吴浊流的《亚细亚的孤儿》、朱西宁的《铁浆》、王文兴的《家变》、琼瑶的《窗外》、司马中原的《狂风沙》、王祯和的《嫁妆一牛车》、白先勇的《台北人》、陈映真的《将军族》，这些作品提供了乡土叙事、女性叙事、现代主义叙事的丰富形态，并初步拓展出了台湾小说多元典律的空间，直接孕育着台湾文学的批判精神"。① 这种采用新的理论向当代台湾文学史现场还原的写作立场，表现出论者较为深厚的理论功底与严谨的求实精神，它敞开了被既有文学史所遮蔽背后的一部更丰富、更天然的台湾文学史，消除了学界长期以来对战后至20世纪60年代台湾文学的单面印象，塑造了全新的当代台湾文学史面貌。

　　对客观对象本相的不断发现与揭示，是人类文化能够不断进步的内在驱动力。文学批评活动是人对客观对象进行揭示的精神性活动之一，从根本上说，它同样将事物还原到其本真状态当作了它的主要任务。而还原性批评恰恰适应了文学批评活动的这一内在要求。从整体上看，大陆对台湾小说的还原性批评产生了多方面的功效。首先，它产生了较大的解蔽功效。1949年以来，台海两岸长期处于对立状态，这种对立造成了大陆读者对当代台湾小说的陌生感。还原性批评的解蔽功效，就在于它排除了两岸地理上、政治文化上的多重蒙蔽，而使历史上曾经遭受遮蔽的当代台湾作家和作品浮出地表，进入大陆读者的视域。其次，它产生了较大的定位功效。它将当代台湾小说放在了整个中国文学发展的完整系统中动态地加以看待，从而使当代台湾小说摆脱了与祖国大陆小说的割裂状态和漂泊无依感。然而，想要完全客观地恢复当代台湾小说的历史风貌是非常艰难的。因为，一切的文学史既然是文人书写的，就不能不带有文人的主观意图，由此，完全属于客观的文学事实的材料也只能是幻想。尤其值得注意的是，大陆

---

　　① 黄万华：《战后至1960年代台湾文学辨析》，载《文学评论》2008年第1期。

对当代台湾小说还原性批评的开始阶段，由于许多当代台湾小说和作家尚没有经过历史的充分沉淀，一些表面上处于历史主流或已经浮出历史表层的作家作品并不一定代表历史的真实形态。像将乡土小说作家等同于民族的、爱国的作家，将现代派小说作家等同于反传统的、西化的作家的还原性批评，就显现了中国传统索隐派的遗风。这种批评往往将当代台湾小说文本看成是影射之作，对当代台湾小说的还原性批评就是为了寻求这些台湾小说文本的"微言大义"。由此，文本所影射的政治思想、民族意识就代替文本自身的审美内容和审美形式成为了批评的焦点。当然，在特殊的历史时期，这种政治隐射式的还原批评有其一定的合理性，但它的偏颇也是非常明显的。偏重政治学立场的意识形态性和唯民族立场是举的价值取向性，都给原本就形态复杂的当代台湾小说作家和作品的还原工作带来了诸多困难，使当代台湾小说家和作品所具有的丰富性、复杂性表现形态日趋狭隘化。由此可见，还原当代台湾小说的历史风貌不可能一蹴而就，而必须付出艰辛而又漫长的努力。在这种努力探寻的历史进程中，我们应该日趋完善当代台湾小说家和作品的人文价值评判原则，遵循人文价值评判原则对当代台湾小说家和作品的还原历史内容、还原历史方式以及还原历史目的加以更为明确的辨析。只有这样，我们才能在不断冲破种种政治的、社会的、历史的迷雾的同时，逼近当代台湾小说家和作品的多姿多彩的真实面目。

二、衍生性批评

文艺批评必须立足于作家作品，但它又不是作家作品单纯的传声筒。衍生性批评就是批评家从作家或作品的某一点出发，通过语义联想机制的作用，由一种事物联想到其他事物，由一个基本义向其他意义转移和衍生的批评活动。

在祖国大陆的当代台湾小说的衍生性批评中，尤其值得我们关注的是关系性联想批评和类似性联想批评。

事物内部和事物之间客观存在的内在联系而形成的联想，一般称之为关系联想。祖国大陆的当代台湾小说的衍生性批评中涉及的事物间客观存在的内在联系又主要表现为部分与整体或属与种的形式。在这种形式的联想式批评中，批评者往往将研究对象返回到其所在的整体系统中，在整体系统中对研究对象进行一种全面而又辩证的把握。

随着当代台湾小说在祖国大陆传播的日趋广泛和深入，祖国大陆批评者的学术视野也日趋由单向朝双向、由微观朝宏观方向转换。面对纷繁复杂的台湾作家和他们的小说，祖国大陆批评者无论是探寻其整体演变轨迹，还是在思潮、流派的意义上探讨作家、作品的区分与变迁，都注重用部分与整体联系的视角，在历史的深层次沟通中对当代台湾作家和小说进行一种整体上的考察和多维度的审视。

朱双一的《近二十年台湾文学流脉——"战后新世代文学"论》一书，王宗法的《白先勇的文化乡愁——从〈台北人〉〈纽约客〉谈起》、谢晚晴的《论琼瑶小说对中国古典文学和传统文化的借鉴》、曾阳的《论中华文化在台湾小说中的表层对应和深层内涵》、王晋民的《台湾现代派和乡土文学述论》、武治纯的《台湾乡土文学的流派及其理论要点》、封祖盛的《对台湾文学两大流派"合流"一说的质疑》、陆士清的《现代主义和现实主义的消长——当代台湾文学思潮初探》、包恒新的《台湾乡土文学历史发展的现实主义批判精神》、应红的《从〈现代文学〉看台湾的现代派小说》、张诵圣的《现代主义与台湾现代派小说》、井继成的《略论台湾文学中的爱国主义精神》、庄明萱、黄重添的《闽南风情与台湾乡土文学》、梁若梅的《试论台湾乡愁小说的源流》等文章均是这种关系联想式批评的代表作。

如果将中国文学看成一个大的系统，那么，台湾文学就是这个大系统中的一个子系统。因而，它不能不受到这个大系统的强有力的影响。有鉴于此，曾阳在《论中华文化在台湾小说中的表层对应和深层内涵》一文中，以古今贯通的方法，在历史的穿越中跨越由于地理、政治、经济等方面的原因割裂的空间探寻台湾小说与中国文化连通的脉络。曾阳认为,"中华文化在台湾小说的表层对应是很清楚的。几乎每一种中华文化,在台湾小说中都有表层对应""但中华文化在台湾小说中的深层内涵却需要我们仔细探索。这种深层内涵集中地浓缩为某种文化意识""首先,在台湾小说中我们看到一种严格的自审的文化意识""第二是寻根的文化意识""第三是亲和的文化意识""四是忧患的文化意识""五是民主的文化意识"等①。王宗法的《白先勇的文化乡愁——从〈台北人〉、〈纽约客〉谈起》、谢晚晴的《论琼瑶小说对中国古典文学和传统文化的借鉴》等文则更为具体地探寻当代台湾作家与传统文化的独特联系形式及其表现方式。谢文认为,琼瑶小说对中国古典文学和传统文化的继承与借鉴主要表现为:"一、小说怨而不怒、温柔敦厚的风格来自儒家诗教与风范。二、小说表现出对纯洁、理想爱情的高度热情和颂扬,同时在结构上又使理想与现实的矛盾相调和,最终达到儒家中庸的审美理想。三、小说借鉴中国古典诗词的意境和表现手法,呈现出意味蕴藉的特色。四、小说中的主人公形象符合传统道德思想的要求和审美观。"由此,批评者通过从古至今的寻绎和分析,令人信服地阐明了传统已不仅构成了琼瑶小说的客观背景,而且在不断地与现实因素相融合中而生成其新质的事实②。而王文从古今演变的视角看白先勇小说,则更为着眼于地域的空间特质与文化传统的关系的探讨。王文认为,白先勇小说的文化乡愁是屈原的《离骚》开其端的源远流长的中国文化传统在当代的延续,不过,"倘若深究一下也不难看出""这种文化乡愁""具有特定时空的相对性,如内战导致的民族分裂与长期隔绝,'台北人'大抵这样;也隐含某种人类的恒久性,如现代化浪潮(包括

---

① 曾阳:《论中华文化在台湾小说中的表层对应和深层内涵》,载《世界华文文学论坛》1991年第2期。
② 谢晚晴:《论琼瑶小说对中国古典文学和传统文化的借鉴》,载《嘉应大学学报》1997年第5期。

出国潮）带来的传统断裂与新旧冲突，'纽约客'多半如此"①。这样，批评者就在中国传统文化流传的大背景下确立了白先勇小说的特点以及它对当代中国文学的独特贡献。显然，这种对文学演变加以整体观照的研究视角，对于深化当代台湾小说与传统文化关系的探讨具有非常重要的意义。

事实上，当代台湾小说的审美价值，是历史与现实的许多因素合力生成的结果。因而，以古今贯穿的整体视角，我们可以发现当代台湾小说与中国传统文化的联系，同样，以横向联系的整体视角，我们同样可以发掘不同作家与思潮、流派的复杂关系。

在当代社会，小说创作已不是作家孤立的精神显现过程，它在整体上已日趋成为一种社会实践活动。由于生产力的发展提供了当代台湾作家实现交往的多种多样的中介手段，因而，作家们不仅可以像传统社会中的文人那样依靠文字媒介交往，而且也可以凭借电视、网络等全新的媒介进行间接交往。随着这种间接交往在当代台湾文学实践活动中的日趋频繁，它在特定的时代环境中往往可以形成一个对社会产生重大影响的文学社团、流派和文学思潮。因而，当代台湾文学不同的社团、流派、思潮的构成方式与运作方式，自然就成为了许多大陆批评者的关注焦点。朱双一在《文学思潮变迁中的当代台湾小说》一文中，对20世纪50至70年代台湾文坛主要的自由人文主义文学、现代主义文学、乡土文学等思潮中的作家的结集方式进行了区分，像人文主义作家以《自由中国》为核心集结，现代主义文学作家以《文学杂志》为核心集结，乡土文学作家则以相似的文学观念和美学追求为联系纽带。通过对这些不同思潮中的作家的结集方式的历史性辨析，朱文有力地揭示了它们对当代台湾文学发展的独特贡献②。方

---

① 王宗法：《白先勇的文化乡愁——从〈台北人〉〈纽约客〉谈起》，载《台湾研究集刊》2000年第3期。

② 朱双一：《文学思潮变迁中的当代台湾小说》，载《安徽大学学报》2007年第4期。

忠的《20世纪台湾文学思潮的演进》则在对百年台湾文学思潮的宏观总揽中，对当代台湾文学思潮在不同时期的发展特点进行了具体分析。在他看来，当代台湾文学思潮呈现出由对峙化向多元化发展的趋势。方文在描述这种趋势时，不仅揭示了这种思潮的发展趋势对于小说和作家个体的意义，而且也强调了它对于台湾文学未来的历史性意义①。

以横向联系的整体视角，完整地体现社团、流派、思潮的共识对于当代台湾作家的影响以及对当代台湾文学的独特贡献，这既是将概括性研究进行具体化的工作，也是将具体研究向概括化方向进行提升的工作。然而，许多研究者在从事这种批评性工作中，更为习惯的是考察传统的、时代的与外来的等外在因素对于社团、流派、思潮的影响，而较少从动态的角度去深入挖掘社团、流派、思潮相互碰撞、相互冲突所生成的"张力场"对于文学发展的意义。正是在此基础上，朱双一的论著《近二十年台湾文学流脉——"战后新世代文学"论》、刘小新的论文《近20年台湾文艺思潮导论》显现出了其独特的意义。朱著不再将不同流派看成完全对立的关系，而是将不同流派社团文学风格的形成、发展、变化放在社团与社团之间合力生成的"代"的"张力场"中进行更为立体地审视，由此，不同流派的文风取向就不再是呈现出单向的运动趋向，而是在与其他流派的相互渗透、相互吸纳中使自身的风格取向文风取向呈现出更为丰富、多元的趋向②。刘文则对"解严"前后至今台湾地区"后殖民批评""本土论"和"左翼论述"三大理论思潮相互绞缠。无疑，这种整体视角给当代台湾小说研究带来了面貌一新的感觉。

世界上的任何事物都不是孤立存在的，它总会与其他的某一事物

---

① 方忠：《20世纪台湾文学思潮的演进》，载《镇江师专学报》1999年第4期。

② 朱双一：《近二十年台湾文学流脉——"战后新世代文学"论》，厦门大学出版社1999年版。

发生着这样或那样的联系。因而，祖国大陆在对当代台湾小说的衍生性批评中，涉及的联想形式除了关系性联想外，还有类似性联想。

由一件事物的感知或记忆联想到与之相似、相类的另一事物，我们一般将这种联想称为相似联想。相似性联想虽然是从认识特殊事物开始的，然而，它却可以从已知某种事物的特性中，推出另一个事物可能具有已知事物相似的属性。如此，它就经常能在异质的两个或两类事物之间建构一种非常特殊的由此及彼的联想性关系。当代台湾小说在祖国大陆的传播过程中，人们在不断认识和了解当代台湾小说的过程中，常常发现它与祖国大陆文学、西方文学、其他亚洲国家的文学等在某一方面或某个层面存在着相似的情况。于是，大陆批评者就经常采取相似联想的批评方法，去追踪当代台湾小说与其他不同文学体系之间在发展过程中的相似现象之间的深层联系和演变规律。

当代台湾小说与当代大陆小说同属当代中国文学。二者之间存在的共同的割不断的文化传统，使得当代台湾小说与当代大陆小说的比较研究成为这种相似性联想批评中最为活跃，成就也最为突出的领域。王淑秧的《海峡两岸小说论评》①、赵朕的《台湾与大陆小说比较论》②是这方面独领风骚的具有开拓性的著作。这两部著作都多层面、多方位地对海峡两岸小说进行了比较。在比较时，二者都遵循了一个原则，即这种比较是以二者在语言和文化上的血缘关系为前提的。由此，虽然当代台湾小说与当代大陆小说的"同"中必然包含着"异"，然而，"同"往往是认知与把握"异"的逻辑基础。因而，这两部著作都表现了一种更为注重二者之同的比较的趋向。此后，大陆的这种相似性联想批评循着这种批评原则得到了迅速的发展，出现了一批颇有影响的论文与著作。陈思和的《论台湾新世代在文学史上的意义》一文，将台湾与大陆的新世代作家及其作品的文学史意义置于20世纪中国文学与世界文学双重格局下进行考察，比较分析

---

① 王淑秧：《海峡两岸小说论评》，中国人民大学出版社1992年版。
② 赵朕：《台湾与大陆小说比较论》，海峡文艺出版社1994年版。

了二者对"五四"作家的文学经验的扩大和超越①。田中阳的《对当代大陆和台湾文学"两个交融"发展趋向的思考》清晰地梳理了当代海峡两岸文学中传统和现代、现实主义和现代主义趋拢交融的趋向。魏守忠的《同根、同源、分流、融汇——大陆与台湾文学发展比较》一文以理据充分的比较与论述探寻了两岸现当代文学发展同中有异,异中有同的发展轨迹和规律。陈辽的《"干"同而"枝"异——两岸三地百年文学比较》一文通过对近百年祖国内地文学、台湾文学、港澳文学的比较,总结了海峡两岸文学发展"枝"异而"干"同的历史经验和教训。王玲的《消费时代的两岸女性写作——大陆与台湾当代女性文学比较》一文比较分析了大陆和台湾的女性文学在消费时代的全新环境中彼此呼应、相互辉照的基本轨迹和特点。郝敬波《在思潮和个性之间突围———台湾当代小说创作带给我们的文化反思》从文本解读的角度来反思后现代文学思潮下台湾与大陆作家创作的旨趣和目标的同一性与相异性,从而在参照的视域中强调了作家在时代的"合唱"中保持自我个性的重要性。这其中,又以杨匡汉主编的《扬子江和阿里山的对话———海峡两岸文学比较》一书的研究较为全面和系统。该书所涉及的两岸文学比较范围广阔而具体,从文学母题到文体风貌,从文化渊源到文学发展规律,从现代派文学到乡土文学,从女性文学到新生代文学,该书都进行了整体性的比较研究。它标志着两岸文学比较研究已经达到了相当的规模②。如果说,以上这些成果主要是侧重于当代台湾小说与当代大陆小说宏观的比较研究,那么,一些专题研究的成果的出现,则标志着当代台湾小说与当代大陆小说比较研究的更加深化。丁帆的《中国大陆与台湾乡土小说比较论》,朱双一、张羽的《海峡两岸新文学思

---

① 陈思和:《论台湾新世代在文学史上的意义》,载《当代作家评论》1991年第1期。

② 杨匡汉主编:《扬子江和阿里山的对话——海峡两岸文学比较》,上海文艺出版社1995年版。

潮的渊源和比较》等论著是这种研究的突出代表。这两部论著都没有局限于当代台湾小说与大陆小说在肤浅的外貌上的比较，而是将眼界拓展到研究对象内部。前者凭借深厚的乡土文学理论的积累，历史性地考察了中国大陆和台湾乡土小说演变的过程，认为20世纪中国大陆和台湾的乡土小说较之其他种类的小说在其精神深处，凝结着更深层也更古老的中华民族文化特征的共同"结穴"①。后者借助于丰厚的思潮理论视野，通过理据充分的比较，具体地论述了海峡两岸不同的文学思潮的演变和渊源②。

在相似性联想批评研究有了一定深入之后，大陆批评者的学术视野也日趋开阔，人们已不再满足于本民族内部的文学之比，而将研究的视野扩展到了当代台湾小说与其他异质文学的比较之上。古继堂的《台湾现代派文学思潮的崛起》与廖四平的《台湾现代派小说与西方影响》以比较文学的目光，发掘台湾现代派文学的西方文学影响以及表现形态③。王林的《"洋"文学与"土"作家——外国作家及文学思潮对大陆和台湾乡土作家的冲击与影响》对外国作家及文学思潮对大陆和台湾乡土作家的多重影响进行了对比分析④。赵小琪的《台湾20世纪文学与西方现实主义》将20世纪台湾文学纳入到一种世界文学视野中，探讨了台湾20世纪文学在西方现实主义文学影响下的历史发展过程的基本轨迹、主要特点以及文学接受的内在动力⑤。张建刚的《试比较田纳西·威廉斯与白先勇的文学创作》脱开宏

---

① 丁帆：《中国大陆与台湾乡土小说比较论》，南京大学出版社2001年版。

② 朱双一、张羽：《海峡两岸新文学思潮的渊源和比较》，厦门大学出版社2006年版。

③ 古继堂：《台湾现代派文学思潮的崛起》，载《洛阳师范学院学报》2002年第1期。

④ 王林：《"洋"文学与"土"作家——外国作家及文学思潮对大陆和台湾乡土作家的冲击与影响》，载《佛山科学技术学院学报》2004年第1期。

⑤ 赵小琪：《台湾20世纪文学与西方现实主义》，载《贵州社会科学》2000年第6期。

观比较的框架，对美国著名作家田纳西·威廉斯对白先勇的文学创作在白色服饰、同性情谊、精神病患者、死亡意识、怀旧情绪等方面的影响作了细致的解读。黄万华的《东南亚华文文学百年流变的一种轮廓描述》则努力突破以往研究者只注重外来文学对台湾小说影响的研究模式，在广泛的联系中将当代台湾小说置于东南亚华文文学的流变的视野中加以考察，揭示其为东南亚华文文学提供了一种特异的"东方现代主义"的历史事实[①]。张琴凤的《华人新生代作家边缘意识和身份建构比较论——以中国大陆、中国台湾、马来西亚为例》从比较视域出发，对祖国大陆、中国台湾、马来西亚的华人"新生代"文学进行了比较分析，揭示了这三地的华人"新生代"文学"虽存在时空背景、社会形态、文化语境的差异，但在文学立场上却具有共通的后现代解构、颠覆精神"的事实。这些以世界文学为背景以异质文学为参照系重新评估当代台湾小说价值的成果，极大地拓展了当代台湾小说的研究视野，显现了研究者一种非常强烈的自觉的比较研究意识。

祖国大陆的当代台湾小说的衍生性批评中的这种关系性联想和相似性联想关系同时在横向和纵向上构造了一个立体、动态和开放的批评系统。在横向上，批评者以相似联想为中介，可以利用当代台湾小说与其他不同质的文学系统性质的实质对应或演变轨迹上的相同，将二者中任何一方已知领域或系统的知识，直接诠释另一方新的领域或系统的知识。在纵向上，批评者将当代台湾小说家及其作品置于其整体的历史环境的发展中，发掘出了作家作品的显在意义背后蕴藏着的丰富的隐在意义。从接受美学的方位来看，这两种衍生性批评都非常符合人们的心理接受规律。一般而言，恋旧和求新是人们面对事物时经常具有的两种相反相对的心理趋向。怀旧欲源于人们对事物稳定性的期待，源于对熟悉事物的依恋。求新欲则是人与生俱来的一种固有的心理欲望。衍生性批评不是对旧的事物和事物固有意义的全盘的背

---

① 黄万华：《东南亚华文文学百年流变的一种轮廓描述》，载《世界华文文学论坛》1998年第2期。

离和否定，而是对旧的事物和事物固有意义在纵向和横向等不同侧面的衍生和展开，因而，它同时满足了人们的求新和怀旧两种心理需求。由此，祖国大陆的批评家以关系性联想和相似性联想批评为中介，使表面上看来彼此孤立的文学现象、文学材料之间，不仅建构起了一种深层的富有逻辑性的联系，而且也使批评者对于当代台湾小说演变规律与方向的观念表述得更为充分、更具有说服力。它在更加完整地呈示和展现了作为客体的当代台湾小说时，也在不同方面丰富、深化了我们对台湾小说从文化性质，文化精神到发展进程、逻辑结构的认识和理解。

三、创造性批评

纵观中外文学史，大凡具有较高价值的文学批评，它们在本质上总是蕴含着创造性的。这种创造性一方面缘自文学批评对传统批评模式的突破，另一方面也缘自文学批评对新的文化批评范型的积极、自主性的选择和建构。祖国大陆的当代台湾小说批评是以充分个体化的形式来实现的，因而，批评家个体感受和体验表现的自由度愈大，他的思维就愈是呈发散性形态扩展，思维愈是循着发散思维的路径伸展自如地扩展，他的批评就愈是能突破既定的文化模式、社会规范的拘束，获得完全个体化的创造性的发现。

事实上，祖国大陆的当代台湾小说创造性批评的生成在许多时候并不只是一个批评语言形式与批评表达变异的问题，它同时也是一个认知方式变异的问题。批评的语言形式、批评表达的变异与批评思维方式的变异紧密相关，批评语言形式与批评表达的变异发展到一定的程度往往就可以上升到思维方式的高度。从整体的视野上看，随着当代台湾小说在祖国大陆传播的不断深入，大陆批评者日趋认识到过去长时间里"历史—社会学"主导观念和固定模式的局限，主张以一种开放的思维方式，借助于政治、哲学、美学、心理学、文化学、宗教等其他学科领域的知识与结构主义、新批评、叙事学、阐释学、新历史主义、女性主义、接受美学等新的理念、新的方法对当代台湾小说进行全新的阐释。

20世纪80年代中期以来,为打破文学研究与相邻一级学科及文学研究自身各个二级学科之间日益严重的分离,祖国大陆的批评者将学术视野转向到文学以外的相关学科,把这些学科的理论引入到当代台湾小说研究。多种多样的学科的理论的不断引入不仅为我们展示着当代台湾小说大千世界的丰富多彩,也为我们开启了多层次认识当代台湾小说世界的一系列新的视角和新的思路。

在这种跨学科的交叉研究中,许多研究者对哲学与当代台湾小说的互渗关系尤为关注。李潇雨的《存在的焦虑与人性的纠缠——论白先勇作品〈玉卿嫂〉的悲剧意识》,岁涵的《存在意义的追寻——七等生〈我爱黑眼珠〉的哲学隐喻》,赵小琪、胡晓玲的《存在主义视野中的新武侠小说》等文章都将当代台湾小说纳入到了西方存在主义哲学价值视域中进行了考察,赋予了当代台湾小说深刻的哲学理念和现代性意蕴。文艺起源于宗教的祭祀,在漫长的发展史中,文学与宗教一直处在相互渗透、相互促进的关系之中。然而,在一个很长的历史时期,宗教与当代台湾小说的关系并没有引起大陆批评者的关注。随着时间的推移,当代台湾小说与宗教的互渗关系日趋受到一些批评者的重视。王东庆的《白先勇小说中的宗教意蕴》、邢利军的《试论禅宗思想在古龙小说中的体现》、常世举的《论白先勇小说中的宗教意识》等文章对基督教、佛教对当代台湾作家与作品的影响以及由此生成的独特魅力进行了富有新意的阐释。较之哲学与宗教,心理学受到了更多的大陆批评者的青睐。朱立立的《知识人的精神私史——台湾现代派小说的一种解读》等专著[①],李娜的《豪爽女人的呼唤:解救情欲书写——论90年代台湾女性情欲小说》,梁鸿的《从性的成长史看女性的命运——试析李昂小说中的性意识》,李欧

---

① 朱立立:《知识人的精神私史——台湾现代派小说的一种解读》,上海三联书店2004年版。

的《极致之变的陷阱——古龙武侠病态心理剖析》，王韬的《向着身体的还原——关于欧阳子与李昂小说中的身体哲学倾向》，曹惠民的《台湾"同志书写"的性别想象及其元素》，葛飞、王华的《"原欲世界"的探索与挖掘——论台湾作家欧阳子的心理分析小说》，赵小琪、吴冰的《犯罪心理学视野下的台港武侠小说》等文章都从心理学的视角切入了研究对象的内在世界，它们在以一种逆向性的思维消解了传统道德纠缠在个体生命之上的种种理性缰绳的同时，也使被遮蔽、被扭曲的存在还原了其原始的本真面目。由此，这些批评者就拓展出了一种重新审视当代台湾作家与作品人物生命形态的新眼光。

此外，杨春时的《金庸、琼瑶小说的传播与大陆通俗文学的兴起》、王文涛的《从传播效应看白先勇作品的艺术之美》分别从传播学视角对琼瑶、白先勇作品的传播效果的考察，曹惠民的《台湾的自然写作及其研究》从生态美学的角度对台湾自然写作缘起、代表作家作品的特质及台湾自然写作研究整体面貌的阐释，王平的《美丽新世界——陈映真〈将军族〉的反乌托邦与音乐性读解》从艺术学的方位对陈映真《将军族》音乐特性的阐释，都使当代台湾小说在广度和深度等方面获得了多维度的展开。而在这里特别值得一提的是黎湘萍的《台湾的忧郁——论陈映真的写作与台湾的文学精神》和刘俊的《悲悯情怀——白先勇评传》。黎著将陈映真及其写作置于台湾文学的渊源、背景、发展流变的整体格局中加以考察，在这种整体格局中，作为整体中的部分的陈映真及其写作与整个现实和历史构成千丝万缕的网状联系，在横向上，陈映真及其写作彰显了台湾现当代文学的整体精神，在纵向上，陈映真及其写作对文学传统的同化和变异又构成了他及作品复杂的精神结构。而对陈映真及其写作的诸多发现，又是建构在批评者综合运用了哲学、宗教学、语言学等多学科知识的基础之上的[①]。刘著也综合运用了多学科的理论观照研究对

---

① 黎湘萍：《台湾的忧郁——论陈映真的写作与台湾的文学精神》，北京三联书店1994年版。

象。批评者从心理学、哲学等角度入手，将白先勇的创作活动与他的生活经历和思想情感、审美情趣的演变联系起来，深入挖掘生成他的创作"悲悯情怀"特点的合力①。这两部著作在显示了作者较为开阔的学术视野之时，也极大地彰显了跨学科研究的开放性和实践性的品格。

在当代台湾小说越来越走向泛文本的时代，当代台湾小说的内蕴变得日趋丰富而又庞杂，如果只固守"历史—社会学"原来的理论立场和批评方法，批评者显然已无力阐释日趋丰富而又庞杂的研究对象。因而，20世纪80年代中期以来，随着新批评、结构主义、现象学、接受美学、叙事学、后结构主义等理论及其批评方法不断涌入中国，以新的方法论阐释当代台湾小说，已日趋成为一部分批评者的自觉的学术追求。

法国结构主义者在对现代小说的研究中创立了叙述学。叙述学在突破了传统印象式的文学批评模式的同时，对小说的审美特性、小说的叙事特性、小说的结构模式等都做了前所未有的和独树一帜的阐述。叙述学理论在传入中国大陆以后，也为当代台湾小说研究带来了科学化的批评方法，获得了许多批评者的重视。黎湘萍的《陈映真与三代台湾作家——兼论台湾小说叙事模式之演变》从"母题"的传承和叙述方式的转换这一角度揭示了陈映真小说的超越性价值。徐小英的《叙述的魅力——论白先勇小说的叙述技巧》依据叙述学的理论，从叙述视点、叙述声音、叙述结构三个方面剖析了白先勇短篇小说的叙述魅力。姚彤的《在身体叙事学的视野下解读琼瑶小说》从打着梅花记号的身体叙述的视角重新解读琼瑶小说，发现琼瑶小说的魅力不仅仅在于讲述美艳动人的爱情故事，更在于通过身体印记的叙述将故事讲得既新奇而又不失真实，引人入胜。宋菊梅的《意义世界的崩溃——对张大春三篇小说的叙事学分析》运用叙事学理论，对张大春三篇小说在叙述形式上生成的语言狂欢化效果进行了分析。

---

① 刘俊：《悲悯情怀——白先勇评传》，花城出版社2000年版。

运用叙事学批评方法研究当代台湾小说最值得关注的成果是黎湘萍的《文学台湾——台湾知识者的文学叙事与理论想象》一书。该书运用叙事学理论，通过对台湾知识者"叙事"与"想象"的文化结构的探寻，挖掘了这种叙述的普遍结构模式就是整个台湾文化精神的历史事实。这种借用西方叙述学来发掘中国本土小说的叙述传统、还原本土叙述立场的研究，无疑标志着大陆批评界对当代台湾小说的叙事艺术特性认识的进一步深化[①]。与叙述学一样，女性主义理论及其批评方法也受到批评者的较为广泛的喜爱，相关的研究成果也颇为丰硕。何笑梅的《新女性主义和台湾女性文学》对台湾女性文学的发展历史及其特点进行了较为宏观的考察，樊洛平的《台湾新女性主义文学现象研究》对20世纪80年代以来台湾新女性文学的批判锋芒、现实指向和重建精神及其局限进行了多层面的分析。马志强、刘歆立的《人性标尺：欧阳子小说中的女性书写》以女性主义理论透视欧阳子的小说，认为正是欧阳子的小说对真实人性下的女性生存的书写确定了自己的文学和社会价值。张喜田的《廖辉英：世俗关怀中的女性主义超越》认为廖辉英以女性主义的视角解构了女性解放的幻象，从而在超越了女权主义的理念时标举了她对女性命运的焦虑以及对人生的那份缱绻关怀之情。彭湘宁的《尝试一种——质疑李昂〈杀夫〉之女权主义意识》依据女性主义理论质疑李昂《杀夫》的女权主义意识。饶有新意地指出女主人公的"杀夫"虽讨伐了传统的兽性，却并未体现女性意识的觉醒。艾尤的《20世纪80年代以降台湾女性小说欲望书写走势》在历史与现实、东方与西方的交汇点上，论述了20世纪八九十年代以来的台湾新女性主义小说欲望书写的拓展性特征。在论者看来，这种拓展性主要表现在，"台湾女作家们的欲望书写已介入台湾社会政治、历史、经济、文化、道德、伦理等各个层面，并在解构男性权威话语的同时，借助叙述策略建构女性话语的象

---

① 黎湘萍：《文学台湾——台湾知识者的文学叙事与理论想象》，人民文学出版社2003年版。

征体系"。这样的归纳,应该是颇有见地而又发人深省的,它对于如何建构真正的女性话语体系和中国女性文学的独特风貌都具有一定的启示性意义。周翔的《现代台湾原住民女作家的身份认同:矛盾与抉择的呈现》与一般的论者关注女性主义文学的世界性与女性的同一性不同,关注的重点是不同民族女人的差异性。周文通过对排湾族女作家利格拉乐·阿女乌和卑南族女作家董恕明的个人体验及其作品的较为具体、深入的分析,较为深刻地揭示了少数民族女作家身份认同的矛盾、挣扎的不同状态以及它们产生的不同影响和作用。

此外,方忠的《后现代语境中的日常生活叙事——大众文化与台湾文学论纲之一》一文,依据大众文化批评方法,深入阐释了后现代语境中的大众文化对台湾文学的平面化、娱乐化、世俗化的影响[1]。赵小琪的《台湾作家对西方现代主义的接受方式及其局限》一文,从接受美学的角度,在世界文学和中国文学的双重格局中论述了台湾作家对西方现代主义的三种不同的接受方式,试图通过对台湾文学与西方文学的"异"与"同"的比较,发现台湾文学在接受西方现代主义时呈现出的共同规律,并深入论述了这种规律性运动对台湾文学的现代化进程的意义及其存在的局限[2]。于惠东的《铁路·火车·风炉——朱西宁〈铁浆〉中文学意象的现象学分析现象学美学的分析方法》一文运用现象学美学的分析方法,通过对《铁浆》中作者匠心独运设置的"铁路""火车"与"风炉"三个意象四个层面的深入分析,揭示了小说对古老习俗的黑暗面与其衍生的罪恶与腐朽的解剖、鞭挞和对现代文明与古老习俗相遇时所撞击出的巨大而深刻的冲突的忧虑等深刻的历史内涵[3]。这些成果都依据新的理论批评方

---

[1] 方忠:《后现代语境中的日常生活叙事———大众文化与台湾文学论纲之一》,载《徐州师范大学学报》2005年第4期。

[2] 赵小琪:《台湾作家对西方现代主义的接受方式及其局限》,载《河北学刊》2003年第1期。

[3] 于惠东:《铁路·火车·风炉——朱西宁〈铁浆〉中文学意象的现象学分析现象学美学的分析方法》,载《山东文学》2004年第7期。

法，发掘和阐释了当代台湾小说中过去被漠视或未被加以充分关注的文化现象和审美经验，从而激活了当代台湾小说研究的理论生长空间。

经过几十年的努力，祖国大陆的批评者在运用跨学科和新的理论批评方法研究当代台湾小说方面取得了较大的研究的成绩。一方面，它极大地开拓了当代台湾小说研究的空间，另一方面，它也常常促使批评者从新的视角审察、考核以往的社会—历史批评所形成的结论的科学性与合理性。由此而论，这些新的理论、新的方法的运用，带给当代台湾小说研究的就不仅是新的术语和新的观点，而更是一种新的观念和新的思维。它反映了当代学术研究从学科分类走向学科综合的过程，这种综合性、跨学科性研究既是激活当代台湾小说研究学术创新的一条重要途径，也必将对当代台湾小说研究产生越来越广泛和深刻的影响。

不过，虽然祖国大陆的当代台湾小说批评取得了较大的成绩，但仍然存在一些较为突出的问题。首先，许多批评成果仍然局限在文学现象自足体研究的范围，批评者习惯于循着社会、历史批评的固有模式，对研究对象进行直线的、平面的和静态的描述，显示了思维观念和思维方式的局限。其次，一些引入跨学科、新理论批评方法的研究出现了为"新"而"新"，为"跨"而"跨"的趋势。这些研究者既不是从自己的知识结构和理论视野出发，也没有考虑采用的跨学科知识与新的批评方法对批评对象的阐释的有效性，而往往停留在对跨学科知识与新的批评方法的阐说与机械搬用上，这就使他们的文章与论著既显得比较艰涩、抽象和玄空，又难以解决原有的理论、方法不能解决或尚未解决好的问题。但无论如何，这种问题的出现并不是跨学科和方法论本身的缺陷，而是跨学科和新方法引入祖国大陆的当代台湾小说批评的探索过程中不可避免的现象。我们指出这种探索过程中存在的局限，其目的仍在于促进和完善这种新的探索。

愈是具有独创性的小说愈是能超越产生它的那个时代的限制，它的丰富的内蕴可以在不同时间中的不断理解、不断阐释中向我们渐次敞开。从这个意义上说，对具有独创性的内蕴丰富的当代台湾小说的多方位理解和阐释是一个不断开放和生成的过程。这种多方位理解和阐释使大陆批评者的审美眼光超越了既有的研究视野，让哲学、宗教学、历史学、心理学、文化人类学等学科和结构主义、新批评、现象学、女性主义等文学理论、文学研究方法纳入到了既有的当代台湾小说研究视野中，从而使当代台湾小说与更多的新的知识、新的理论资源发生了广泛联系，进而使批评者依据新的知识、新的理论资源对当代台湾小说进行了全新的阐释。当代台湾小说的价值和内涵一方面不断被这种新的视野所改变和增删，另一方面它也将丰富而又敏感的触角不断伸进祖国大陆接受者的精神世界，对我们的审美心理和知识结构的转换发生着潜移默化的作用。由此，这种交汇的视野在拓展了当代台湾小说研究的新空间时，也极大地提升了当代台湾小说的开放性品格，使当代台湾小说这一历史存在不断的理解和阐释中获得了永不衰竭的意义。

蓝星诗社对西方象征派诗美建构策略的化用

文学的发展与历史的发展有其相似的一面，它们总是会呈现出后浪推前浪的一种运动态势。不过，文学的发展又自有其独特的运动特点和规律，它在对旧的传统做出调整时不是全盘抛弃，而是突破和扬弃；它在追踪新的规范与特质时也并非全盘接纳，而是应达致同化和顺应的辩证统一。然而，在1953—1980年的台湾现代诗运动发展初期，以纪弦为首的现代诗社诗人在接受以象征主义为代表的西方现代主义文学时，却对影响方的"陌生化"诗美建构策略采取了片面的理解态度。他们在过分追求作品的张力化的同时，未能将作品张力纳入作者—作品—读者的系统中作动态观照，致使他们的作品大大超越了读者的接受度，"拉开了读者与诗之间了解及融合的距离"①，影响了诗的审美意义的实现，也导致了以覃子豪、余光中为首的蓝星诗社诗人对他们的这种偏颇的审美观念和审美追求的反动。在蓝星诗社诗人看来，以象征主义为代表的西方现代主义文学是极为重视诗的语言形式形成的力与审美接受形成的力生成的一种张力美的。覃子豪指出："梵乐希说：诗人的目的，是在和读者作心灵的共鸣，和读者共享神圣的一刻。"② 因而，文学价值和美的实现，不仅要依赖作者和

---

① 覃子豪：《新诗向何处去？》，载张汉良等编《现代诗导读·第四册》，台北：故乡出版社1979年版，第6页。
② 覃子豪：《新诗向何处去？》，载张汉良等编《现代诗导读·第四册》，台北：故乡出版社1979年版，第7页。

作品，而且也取决于语言形式形成的力和审美接受形成的力达到的一种平衡状态。正是基于这种认识，20世纪50年代中期至60年代初期的蓝星诗社诗人在接受西方现代主义文学时表现出了与现代诗社诗人迥异的取向和审美选择。在创作中，这种取向和审美选择主要是通过下面三个方面表现出来的，即：语法非规则性中的规则性，语言的非逻辑性中的逻辑性，语境的矛盾性中的和谐性。

一、语法非规则性中的规则性

语法是语言的结构规则，语法上的突破，就是对语法规则的超越。西方象征主义文学对传统文学的反叛，在很大程度上就表现在对语法规则的破坏上。在叶芝的《在学童们中间》《驶向拜占庭》，艾略特的《普鲁弗洛克的歌》《荒原》等诗作中，字与字、词与词的组接不再是机械的、必然的，而是灵活的、偶然的。叶芝的《在学童们中间》，采用意象跳跃的方法，在意象与意象之间，句子与句子之间，抽掉起联接作用的关联词："我梦见有一个丽达那样的身子，/俯伏在快要熄灭的炉子上，/讲一个臭骂或者无聊的故事，/使童年的一天变成了忧伤——/仿佛为年轻人那种同情所驱使，我们的两颗心交融成一颗，/或者改一下柏拉图的那一个比方，/化成了蛋壳中的蛋白和蛋黄。"由眼前的"儿童"飞跃到希腊神话中的美女"海伦"，再由"海伦"跳跃到年轻时自己与情人融成一颗的"两颗心"，然后又由"融成一颗的两颗心"再跳跃到"蛋白和蛋黄"。意象向另一个意象跳跃时并没作交代性的叙述，造成了一种表面上的断裂、脱节现象。然而，这种意象与意象、句子与句子之间的断裂、脱节虽然不合乎语法的规则，却在历史时间和心理时间的交叉中形成了极富张力的空间，从而在意象与意象的无序性组接中发现了意象之间一种有序性联系。那就是，我们只能从整个有机体的角度看待事物，不管它是诗，是人，是树或是舞蹈者。约翰恩第勒寇在《叶芝读者指南》中指出："这首诗企图将年已六十的微笑着的名人，年老的过去的情人和自命的哲学家叶芝综合起来,成为像一棵栗树那样的有机物,像一个舞蹈家的动作那么连贯的东西。在结构上,这首诗用一系列三位一体的形象组成……这些表现出互相关系的三位一体物使叶芝最后认识到只能从整个有机体的角度看待事物,不管它是诗,是人,是树或是舞蹈者。"在叶芝、艾略特等西方象征主义诗人这里,语法切断仅仅只是一种表现"一切都散了"的文明世界中人们的经验中的那种混乱性和片断性的语言手段,正如艾略特所说:"我们的文明涵容着如此巨大的多样性和复杂性,而这种多样性和复杂性作用于精细的感受力,必然会产生多样而复杂的结果。诗人必须会变得越来越具涵容性,暗示性和间接性,以便强使——如果需要可以打乱——语言以适合自己的意思。"① 也就是说,诗人切断语法的目的并不在于将不同的言语成分简单相加,而在于以事物的多样性和复杂性形成一种富有张力的空间。就像艾略特的《荒原》那样,表面上看,不仅全诗五个部分毫不相干,而且每个部分中的字句之间也是充满着省略和断缺的,但事实上,一条无形的线,不仅潜隐在全诗的每个部分之中,也牵引着每个部分中的诗句。在第一部分的第五节里,诗人写道:"并无实体的城,/在冬日破晓时的黄雾下,/一群人鱼贯地流过伦敦桥,人数是那么多,/我没想到死亡毁坏了这许多人。/叹息,短促而稀少,吐了出来,/人人的眼睛都盯住在自己的脚前。……"这段文字,由于略去了解释性和连续性的东西,表面上显得较为混乱,但这些断断续续的只言片语被诗人组接在一起后,便产生了一个极富张力的结构,它的隐喻效果大大超出于诗句之外,几乎成了那个"荒凉而空虚"的社会的总概括。

切断语法而衔接语意,也是蓝星诗社诗人语言变革的一种重要方法。覃子豪引叶芝的话对当时诗坛语言暗晦现象进行批评道:"英国象征主义诗人夏(叶)芝(W. B. Yeats)说:科学运动引起了一种文

---

① [英]艾略特:《玄学派诗人》,载《艾略特诗学文集》,国际文化出版公司1989年版,第32页。

学趋向，把自己迷失在各种外观上。即是作者未曾在本质上去作深刻的理解；因而，形成了表现上的乖戾。"[1] 覃子豪并不反对"种种新的法则"对语法的破坏，甚至也不反对诗的"难懂"："难懂是现代诗的特色，难懂是基于诗中具有深奥的特质，有些是属于哲学的，甚至是玄学的。"[2] 覃子豪反对的，是那种切断语法后语意不接的诗。在覃子豪的《过黑发桥》、余光中的《芝加哥》、方莘的《夜之变奏》等诗中，诗人们利用语法的有意切断，使文字和句子得到奇特的组接，这种新颖的组接，既扩展了语言的外延性，也强化了诗美的内涵。在覃子豪的《过黑发桥》中，语法的切断是非常明显的，诗的第二段这样写道："黑发的山地人归去/白头的鹭鸶，满天飞翔/一片纯白羽毛落下/我的一茎白发/落入古铜色的镜中/而黄昏是桥上的理发匠/以火焰烧我的青丝/我的一茎白发/溶入古铜色的镜中/而我独行/于山与海之间的无人之境。"本来没有联系的"黑发""山地人""白头鹭鸶""我""镜""无人之境"，经过诗人奇峻的组接，构成了一个充满张力的有机整体形式，在这种有机的整体形式中，诗人用富有弹性的语言，表达了人向物、物向人、青年向老年、生向死的过渡，大大地强化了人与物同一后生命再生和循环的意念。余光中的《芝加哥》是一首以异国都市为题材的诗，这首诗无论在时间上，还是在空间上，都显示了极大的跨越性，显示了余光中在驾驭语言上的高超技艺。诗的第四段这样写道："爵士乐拂来时，街灯簇簇地开了。/色斯风打着滚，疯狂的世纪病发了——/罪恶在成熟，夜总会里有蛇和夏娃，/而黑人猫叫着，将上帝溺死在杯里。"在并置的平面推进中，意象在作短暂、急促的跳脱和转换，表面上看，"街灯""色斯风""蛇""夏娃""黑人猫""上帝""杯"在外部上没有联系，但

---

[1] 覃子豪：《新诗向何处去？》，载张汉良等编《现代诗导读·第四册》，台北：故乡出版社1979年版，第7页。

[2] 覃子豪：《新诗向何处去？》，载张汉良等编《现代诗导读·第四册》，台北：故乡出版社1979年版，第7页。

它们以交替迭变的方法，形成了极富张力的情感空间，共同暗示着已经异化和物化的都市荒原的风貌和特质。

二、语言的非逻辑化中的逻辑化

语言的逻辑性，是指在符号体系中，词与词在意义上呈现出一种相容的同一语义系列的关系。语言的非逻辑性，就是突破语义系列的限制关系去组合分居不同语义系列的词。与切断语法的语言现象相比，它虽然违背逻辑事理，却合乎语法规则，在里尔克、叶芝、艾略特等西方象征主义诗人的诗论中，它常被作为诗的语言陌生化的另一种方法得到了强调。这种非逻辑性语言在波德莱尔、里尔克、叶芝、艾略特诗中的大量出现，绝非偶然，它是与当时西方社会中人们的认识论变化有关的。从亚里士多德开始，西方社会就形成了一种实证的、分析的、逻辑的认识论传统，这种认识论的一个特点，就在于对事物的分类、区分，在19世纪末20世纪初，这种认识论遭到了怀疑和否定，尼采宣称，"上帝死了"，要求"对一切价值作重新评价"。事物与事物之间的区别不再被看成绝对的，而是相对的。"主体和客体之间的障碍，认知者和外界之间的障碍，观察人和被观察的自然之间的障碍，逐渐被排除了。"①

随着人们对事物关系的重新认识，人们对用以指称事物的词与词的关系的认识也发生了变异，传统文学那种依照事理逻辑对语言的组织和安排，限制了人们对事物多样性联系的认识，已经远远不能与人们发展着的自由意志相适应。正是适应着人们对语言实体的重新安排的要求，波德莱尔提出了万物"感应"说，在他看来，"自然像一座

---

① ［英］詹姆斯·麦克法兰：《现代主义思想》，载《现代主义》，上海外语教育出版社1992年版，第65页。

神殿""互相混成幽昧而深邃的统一体"①。艾略特则认为:"当诗人的心智为创作做好安全准备后,它不断地聚合各种不同的经验;……这些经验总是在形成新的整体。"② 在波德莱尔、艾略特等西方象征主义诗人的诗中,语言的跨语义系列的反常组合随处可见。一是抽象的概念与具体的事象的结合。"希望就像是一只蝙蝠/用怯懦的翅膀拍打牢墙。"③(波德莱尔《忧郁》)"希望""怯懦"是虚体,"蝙蝠""翅膀"是实体,将虚体的"希望"化为牢墙内实体的"蝙蝠",这是诗人用想象的逻辑对理性逻辑的破坏,突出了诗人内心中那种无望的忧郁。"我的疑惑,旧夜的堆积,消失于密密细枝。"④(马拉美《牧神的午后》)"疑惑"是一看不见摸不着的表示理念的词,"堆积""细枝",是表示具体可感事物的词,抽象与具体的组接,不仅避免了理念直接入诗的危险,而且也让"疑惑"转化为有形可感的画面,强化了诗人所要表达的梦幻意念。"我感到女佣们潮湿的灵魂/在大门口绝望地发芽。"(艾略特《窗前晨光》)现代文明社会,人与人之间充满着疑虑,人们都戴着面具生活,用理性的语言越来越难以阐释人们微妙而复杂的心灵,艾略特从非常规的角度切入,以悖理的语言令人称奇地将"灵魂"这一虚概念与"潮湿""发芽"这两个实概念组接在一起,"灵魂"不仅在触觉上给人以"潮湿"感,而且在视觉上给人以"发芽"的刺激,表面上看,这不合乎事理逻辑,但它又极为切合现代人那种空虚、绝望的内心真实,合乎一种情感逻辑。二是表示"远"的概念与表示"近"的概念的组

---

① 黄晋凯等编:《象征主义·意象派》,中国人民大学出版社1989年版,第232页。

② [英]艾略特:《艾略特诗学文集》,王恩衷编译。北京国际文化出版公司1989年版,第31页。

③ 黄晋凯等编:《象征主义·意象派》,中国人民大学出版社1989年版,第237页。

④ 黄晋凯等编:《象征主义·意象派》,中国人民大学出版社1989年版,第257页。

接。"当天空像盖子般沉重而低垂，/压在久已厌倦的呻吟的心上。"①（波德莱尔《忧郁》）遥不可及的"天空"化成"盖子"，这是由远拉近，由上拉下，它在刷新人们视觉的同时，也强化了诗人心灵的沉重和窒闷感。"天在那边屋顶上呵/又静，又青！"②（魏尔伦《天在那边屋顶上》）诗人因枪击兰波而被捕入狱，这首诗就是在监狱中写成的。诗人身陷囹圄，失去自由，眼光所及，就不是常人头顶上的"天空"，而是那边屋顶上的"天空"。然而，"天空"虽近，自己却无法接近"那边"，这种远景的拉近，将诗人那种既渴慕自由又不得自由的焦灼、忧伤心理进行了放大。如果说波德莱尔、魏尔伦的诗句中的"远"与"近"的组合都是由"远"向"近"的移动，那么，叶芝的《丽达和天鹅》中则有由"近"向"远"的推移："腰肢的猛一颤动，/于是那里就产生/残破的墙垣。""颤动"与"残破的墙垣"之间，距离竟要以几十年计算，不可谓不远。而由一己的欢乐导致特洛伊一城的陷落，损失也不可谓不大。于是，这一由"近"向"远"的推移和跳跃，涉及和涵纳的竟是人的人性、兽性等复杂的问题。

波德莱尔、叶芝、艾略特等西方象征主义诗人对传统语言逻辑的变革和超越，也启发和影响了覃子豪、余光中等蓝星诗社诗人。1959年12月，余光中在《文化沙漠中多刺的仙人掌》中回击守旧派人士言曦对现代诗的进攻时，就指出，现代诗与旧诗的差异，正在于"我们要打破传统的狭隘的美感，我们认为抽象美是最纯粹的美，我们认为不合逻辑是美的逻辑"。③将语言变革问题上升为美学观念的变异问题，这不仅显示了余光中对西方象征主义文学语言变革实质较为深

---

① 黄晋凯等编：《象征主义·意象派》，中国人民大学出版社1989年版，第237页。

② 黄晋凯等编：《象征主义·意象派》，中国人民大学出版社1989年版，第245页。

③ 余光中：《余光中散文选集》，第1辑，时代文艺出版社1997年版，第221页。

入的了解，而且也强调了语言变革在当时诗坛的必要性和重要性。覃子豪也极为重视诗的语言对不同事物间的联系性的发现。在他看来，诗人只有"将意识和无意识作有机性的组合，将生活的现实与心灵的现实作了交错的表现"，诗才能"获得了一个崭新的效果"。① 在余光中、覃子豪等蓝星诗社诗人的诗中，诗人们总是从现代多方面知识里去寻觅语词意义关系链的全新搭配和组合，以表现不同于传统社会中人们的现代情绪和对事物的新感受。与西方现代主义诗人一样，他们也重视"虚"概念与"实"概念的搭配与组合。在中国传统诗中，也存在着一种以实写虚、以具象表达抽象的艺术表现方法。"但中国传统诗中很少把'美德''智慧''时间''命运''死亡'加以拟人化后，变成诗人描述或倾诉的对象。受了英诗的影响，新诗人开始写'给命运''给死亡''给忧郁'之类的作品。"② 将理念的具象化全部归之于英国诗的影响，未免有轻视和淡化其他西方国家如法国、德国现代主义诗的影响之嫌，但他对中国古典诗以实写虚语言的认识却颇富新意。中国古典诗以实写虚的背后，一般并没有一种与之相适应的哲学观作支撑，由此导致的是，诗人在对情感、思想具象化后，就不再对情感、思想本身感兴趣，这种极为功利主义的语言操作方式是导致中国古典诗以实写虚难以形成西方象征主义诗人诗中的那种强大的语言张力的重要原因。而蓝星诗社诗人以实写虚的语言之所以具有一种张力，在于他们总是力图将这种语言变革和美学观的变革联系在一起进行思考，在以实写虚的语言背后，有着他们对"知性的冷静观察，以及对于自我存在的高度觉醒"③。覃子豪在《构成》中写道："那一点是长年不化的冰雪的峰顶/生命和梦想都在那儿冻结。""生

---

① 覃子豪：《中国现代诗的分析》，载洛夫、张默等主编《中国现代诗论选》，大业书店1969年版，第75页。

② 罗青：《西洋文学与中国新诗》，载《中外文学》1981年第9卷第12期，第89页。

③ 余光中：《余光中散文选集》，第1辑，时代文艺出版社1997年版，第221页。

命"与"梦想"都是表示理念的词,它与"冻结"相组接,语义上似乎不通,但它又极为传神地表现了诗人对理想与现实的矛盾的思索。灵魂是看不见摸不着的,余光中却写道:"许多灵魂在失眠着,耳语,听着/听着——/门外,二十世纪崩溃的喧嚣。"① 这里,不再是以单一的真实的客体性形象去表现主观性的情感,而是以多样的、零碎的、奇特的具体形象去表现抽象的概念。由此,对"灵魂"的焦灼、痛苦、不安的多面性的揭示便深刻地表现了现代人的精神困境。梦想既不能实现,灵魂又焦灼不安,现代人便不得不开始思考生与死的关系问题。罗门在《都市之死》中写道:"生命是青年的雪,妇人镜盒里的落英/死亡站在老太阳的座车上/向响或不响的默呼/向醒或不醒的低喊,时钟与轮齿啃着路旁的风景/碎絮便铺软了死神的走道。"一般来讲,诗要避免抽象,避免让理念词并列。但现代诗人为了加强诗的哲理,表现自己对人生及命运独特的思考,总是大胆地违背语言的逻辑,进行一种新奇的心理逻辑语言的实验。罗门不仅让"生命"与"死亡"这两个势不两立、不能并存的东西并置在一起,而且在处理"死亡"这一理念时,运用了奇特的想象能力,以一系列的实体概念"站""默呼""低喊""时钟""轮齿"等对死亡进行了大面积的视觉化和听觉化。此外,"远"与"近"概念的组接,也是蓝星诗社诗人常用来进行语言变革的一种方法。在常人的视觉中,星子是点缀在天上的,而天与人的距离又是十分遥远的。但在覃子豪的心眼的感觉中,"就让星子们在我发中营巢/从短暂中面临悠悠/青空凝视我/我观照夜"。(《夜在呢喃》)遥远不可及的星子,竟能在自己触手可及的发中营巢,于是,青空不再遥远,它与我在近距离中"凝视"着、"观照"着,这种在常人看来的"异想天开",却表现着现代人对形而上世界勇于追寻和探索的精神。随着想象之翅膀的自由飞翔,神秘的宇宙不再是不可认识的,而是日益变得清晰,以至于使

---

① 余光中:《余光中诗歌选集》,第1辑,时代文艺出版社1997年版,第98页。

方莘觉得:"黄昏的天空,庞大莫名的笑靥啊/在奔跑着雀斑顽童的屋顶上/被踢起来的月亮/是一只刚吃光的凤梨罐头。"(《月升》)日落日升的自然循环现象,经过诗人心理逻辑语言别出心裁的组织,便在瞬间中完成了几重距离的变化,远在天边的黄昏落日,竟转化为近在眼前的奔跑着有雀斑的"顽童",这是第一重的由"远"而"近";高升的月亮,成为一只被踢起来的"凤梨罐头",这是第二重的由"远"而"近"。短短的五行诗,由于有了这几种的距离变化,就产生了无比动人的生命感和丰富的趣味性。它在扩大了诗的表现容量的同时,为读者的审美想象力提供了更为开阔的空间。

三、语境矛盾性中的和谐性

语境矛盾性是指诗的语言结构在整体上表现为一种矛盾对立的关系。西方象征主义诗人认为,世界是矛盾统一的存在体,是与否,生与死,恐惧与欢乐,神灵与魔鬼既是相互对立的,又是相互联系和转化的,诗人的任务,就是在诗的语言结构内部表现事物的这种矛盾的同一性。在波德莱尔、里尔克、叶芝、艾略特等人的诗中,他们常巧妙地运用矛盾语、矛盾意象,将多种多样相互关联的对立、相反和矛盾的东西同置于统一的语境中,借此形成诗的整体结构中的一种强大的张力。这种矛盾性语境的生成的常见方法,是使诗的语境的前后结构形成一种对峙关系,造成一种迥然不同的情境。波德莱尔极为重视发掘恶中之美,他的《腐尸》一诗,是实践他这一美学观的代表作。诗的前面部分,诗人对女尸的"丑恶""淫荡""腐败""黏稠"之态进行了十分详尽的描绘,"女尸"带给人们的是丑恶感。结尾部分诗的情境发生了陡然的逆转,诗人由眼前丑恶的女尸,突然想到自己"优美之天使"的女情人[①],再想到情人与这具女尸最终结局的同一

---

① 黄晋凯等编:《象征主义·意象派》,中国人民大学出版社1989年版,第234页。

性。这种由丑向美情境的逆转，显然与人们常规的习惯思维背道而驰，显示了诗人对事物多种视角的开掘，它在给诗的情境带来戏剧性效果的同时，也带给人们对事物的创造性发现的审美兴奋。里尔克也非常重视诗的语言结构内部矛盾情境的营造。他"在解释他的《杜伊诺哀歌》和《致俄耳甫斯的十四行诗》的意义时说，它们表现了'恐怖与快乐的同一性'和'生与死的一致性'"①。他的《致俄耳甫斯的十四行诗》既探索了自然中的各种矛盾，诸如生与死、必然与偶然构成的"魔力"性关系，也对主观与客观的对立统一性关系进行了揭示。其中，第一部第 14 首极具代表性，诗的前半部分与后半部分构成两种对峙的情境，前半部分是诗人对主观的"我们"的抒写，形成一种主观观照客观，主观的"我们"向客观的"花，果子，葡萄藤"的索取和要求的情境；后半部分是诗人的视角由"内"向"外"转换，转而站在客观的"物"的立场上来设想形成的情境，于是，前半部分的主动与被动的关系，在后半部分发生"转化"，两部分之间，则形成一种紧张的对峙关系。叶芝的《驶向拜占庭》一诗，情境的对立更为明显，前两节，诗人描述的是一个"肉感的"、世俗的物质世界，这个世界属于那些"互相拥抱着"的青年人；后两节，诗人描述的是一个灵性的、理想的精神世界，这个世界属于那些像"披在一根拐杖上的破衣裳"的"老年人"，在物质世界与精神世界的对峙和转换中，诗人完成了对于生命与死亡的思索，在更为广大的时空中，赋予了有限的生命以无限的形式。在西方现代主义诗人的诗中，有时，诗人并不满足于借助前后情境的对峙去形成矛盾性的语境的方法，而是在诗的语言结构中自始至终以矛盾性的意象和语言密切地叠印出一种互抗互拒的情境，由此形成一种更具震撼力的张力化语境。福尔的《黎明之歌》、艾略特的《大风夜狂想曲》等诗作，就是自始至终不断以矛盾性的意象和语言构成对比关系，以此来强化诗中

---

① ［英］詹姆斯·麦克法兰：《现代主义思想》，载《现代主义》，上海外语教育出版社 1992 年 6 月版，第 68 页。

内在节奏的紧张感和意念的复杂层次。福尔的《黎明之歌》以悖论式的语言表达方式，不断地以"我的痛苦在哪里？我不再有痛苦"两个指称意义矛盾的语言强扭在一起，使不同的意义在一转一回、一回一转中互相渗透，从而强化了两个相生相克的主题。艾略特的《大风夜狂想曲》以"路灯"和"月亮"构成诗的两个主导意象，这两个意象象征着不同的"自我"，路灯是"第二自我"的象征，"月亮"是"基本自我"的象征，"月亮"下的世界是朦胧、梦幻、超脱的，"路灯"下的世界则是清楚、严峻和现实的，诗人由"月光"的梦幻世界转入"灯光"的现实世界，再由"灯光"的现实世界转入"月亮"的世界，最终又由梦幻的"月亮"世界转回现实的"灯光"世界，这一转一回、一回一转之间使得诗的"物理时间"与"心理时间"交织在一起，它们的对立不再是永恒的，而是充满变化的，随着两种时间的不断转换，月光下的世界和灯光下的世界也在互相渗透，变得难以辨认，从而形成了诗的整个语境的一种真正的绵延的张力。

覃子豪、余光中等蓝星诗社诗人的诗也和波德莱尔、里尔克、叶芝等西方象征主义诗人的作品一样，非常注重在诗的同一的整体结构中，以矛盾语言、矛盾意象以及矛盾情境将相互矛盾、相互对立的事物作一种新颖的结合，以获得富有张力化的语境。这种富有张力化的语境，许多时候是诗人借助于诗的前后情境的矛盾、对比而形成的。吴望尧的《玫瑰城》一诗，总共五段，前四段以层层递进的方式，描述了一个梦幻般的理想世界，在这个理想世界里，"充满了醉人的花香""那玫瑰在对流中永不凋谢""快乐的男女如花丛的彩蝶""城里到处洋溢着幽美的歌唱"。最后一段，诗人笔锋陡转，展现了这个理想之国今日的衰败和没落。前后两个情景的转换和对比，既显示了诗人对人与自然、人与他人对立的文明世界的批判和否定，又表现了诗人对人与自然、人与他人和谐相处的原初世界的向往和肯定，肯定和否定意念在两个情境之间的反弹，使诗的整个语境形成了一种强大的审美张力。覃子豪的《夜在呢喃》中也有两个矛盾的情境的对比，但后一情境的出现，并不是像吴望尧的《玫瑰城》那样在结尾以突然的逆转形式出现，而是在诗的中间就开始出现，这样，两个情境碰撞的密度和强度就更大，形成的语境张力也更大。诗的前半部分，诗人描绘了一个幻觉情境，"我卧于子夜的绝岭，瞑目捉摩太空的幻想"，在幻想中，我已超越物理时空，与自然融为一体，这是一个主客体同一的梦幻世界；诗的后半部分，诗人从幻觉的情境中惊醒过来，再次回到现实世界之中来，发现自己作为现实世界中人的有限性。这种情境的转换和对比，在扩大了诗的审美空间的同时，拓展了读者的想象力，并使读者在再创造中获得了对诗的整体认识。随着社会的发展，科学的进步，世界不再被看成单一的和谐体。人与自然的关系也不再被看成只有相互融合的一面，它们之间也存在着相互对立、相互冲突的一面。人与自然，人与社会，人与人的对立可以说自始至终都存在着。为了更好地表现现代人的这种现代意识，蓝星诗社诗人也像艾略特等西方现代主义诗人一样，寻求以矛盾语言、矛盾意象的不断叠印，将互相对立，互相排斥的矛盾事物统一于相同的语境中，以此形成语境自始至终的强大的张力。覃子豪的《吹箫者》、罗门的《麦坚利堡》等诗便是这方面的代表作。罗门的《麦坚利堡》是一首祭悼二战时期美军在太平洋阵亡将士英灵的诗。这首诗一开始，就以"哭"与"笑"的对比，写出时间距离带给人们心理感觉上的反差。第二段以不同时间中同一自然物的变化，写出人非事也非的世态炎凉。第三段以"风"和"雨"的动与麦坚利堡墓园的寂静对比，前者象征混乱的现实世界，后者象征宁静的永恒世界。第四段写宁静的永恒世界的不宁静："睡醒了一个死不透的世界／睡熟了麦坚利堡绿得格外忧郁的草场"，被上帝弃置不顾的逝去之魂拥有的只能是宁静中的哀怨。最后一段，写碑林的伟大和空寂。诗在众多矛盾意象，矛盾情境层递转换中，情感与思想不断流动、起伏，形成了一波三折，回环反复之势，极大地强化了"超过伟大的／是人类对伟大已感到茫然"的题旨。这种不断以局部情境的矛盾性去构成整体语境的平衡性的方法，在覃子豪的《吹箫者》中也得到了充分的运用和展示。这首诗不仅在不同情境之间存在对峙关系，而且同一情境中也存在着矛盾的意象。诗人先写"吹箫者"自我的矛盾性，"他的脸上累集着太平洋上落日的余晖，而眼睛却储藏着黑森林的阴暗"，这是吹箫者内心安宁、平和的一面与骚动、欲望的一面的对比。为了压制本我欲望，吹箫者求助于箫的吹奏，然而箫的乐曲："是饥饿的呻吟，亦是悠然的吟哦"，它同样存在着矛盾的两面。不过，尽管吹箫者及他吹奏的乐曲都有两面性，但吹箫者终究不同于"所有的意志都在醉中"的饮者，他是神情"凝定而冷肃"的清醒者，"他以不茫然的茫然一瞥"，看"所有的饮者""喧哗着，如众卒过河"，于是，吹箫者要对抗的不仅有他潜在的本能欲望，而且有饮者欲望的"喧哗"。而诗的整体语境中，则不仅有同一事物内部不同因素的对比，而且也有不同事物不同特质的对比，正是在这种错综复杂的事物的联结关系和矛盾冲突中，使诗的层次感变得愈为丰富多彩，它在表层上、局部上给人的感觉是错乱的、不平衡的，但在深层上、整体语境上却给人以严整、平衡之感。

寻求非规则性中的规则性，非逻辑性中的逻辑性以及矛盾性中的和谐性，方法不同，目的一样，都是为了生成一种比流畅的美有着更大表现力的富含张力质的美。这是蓝星诗社诗人与西方象征主义诗人在语言变革上的共同审美追求。他们的差异在于，一，蓝星诗社诗人虽然也注重以直觉想象去破坏语法规则和语言逻辑，但一般来说，蓝星诗社诗人诗中想象跨度不像西方象征主义诗人诗中那么大，时空变换的频率也不如西方象征主义诗那么繁密。西方象征主义诗人为了表达自己对世界的认识，有时不惜采用如艾略特所说的"强使"的语言组接手段，而蓝星诗社诗人一般较为注重对不同事物之间的一种自然的组接。语言的"强扭"带来了西方象征主义诗中事物的荒诞性和变形性。这种荒诞性和变形性，虽然在蓝星诗社诗人的诗中存在，但远不如西方象征主义诗那么普遍、突出。这种差异性的形成，既与蓝星诗社诗人审美选择有关，也与中西语言的语法结构有关。西方分析性的语言有着严密的语法结构，西方象征主义诗人在面对着这种传统的语法结构时,有着强烈的语言变革的焦灼感和冲动感;而中国传统语言中并不存在着严密的语法规则,相较之下,蓝星诗社诗人在语言变革上的焦灼感和冲动感更多地不是针对传统语法结构,而是针对"五四"以来根据西方语言学体系建立的现代汉语语法结构,其语言变革的焦灼感和痛苦感显然不如西方象征主义诗人。二,虽然蓝星诗社诗人与西方象征主义诗人都将世界看成对立的统一体,但一般来说,西方象征主义诗人更强调对立统一体的对立的一面,而蓝星诗社诗人更强调对立统一体的统一的一面。西方象征主义诗人在发现不同事物的同一性后,仍然十分强调事物对立的一面。里尔克一方面认为他的《杜伊诺哀歌》的意义在于表现了"恐怖与快乐的同一性"和"生与死的一致性",一方面,《杜伊诺哀歌》向人们显示的却是:"这是我们的命运:对立,／而非其他,并且永远对立。"正是这种对事物间对立关系的强调,西方象征主义诗人的诗中的矛盾意象和矛盾事物纷至沓来,层出不穷,像神话中的世界和人的世界,宗教中的此岸世界与彼岸世界,哲学中的理想世界和现实世界的对比等,它们共同形成了西方象征主义诗中语言结构的强大张力。同时,也由于矛盾意象和事物的过于庞杂和丛生,也在一定程度上影响了读者的接受力与语言结构的力的结合。相对来说,蓝星诗社诗人虽然也注重对矛盾意象和矛盾事物的发现,但这种发现的目的在于找到它们之间的一致性联系。一旦不同事物的和谐性关系得以建立,那么,事物间的对立性关系便不再像西方象征主义诗那样得到强调。蓝星诗社诗人的诗中,人与社会、人与自然、人与人的矛盾不如西方象征主义诗那样突出,与这种对统一性的强调不无关系。这种差异性的形成,其根源在于中西传统诗学。自柏拉图开始,西方人就认为人与自然是对立的,在天与人的长期对立中,西方人形成了勇于探寻和创新的思维特性。与之相反,中国的儒家、道家都重视人与自然的和谐相处,倡导人与自然的合一,在天与人的长期亲和中,中国人养成了中和冲淡的民族心理。以"温和""中庸"著称的蓝星诗社诗人,不能不受到这种传统"中庸"文化的影响。

不得不指出，由于对"平衡性"的过分强调，一般来说，蓝星诗社诗人对未来主义派、超现实主义派等极为大胆的语言形式变革的理论和创作的兴趣是不大的，这使得他们的诗在语言形式上的探寻一般不具备现代诗社诗人的那种前卫性。作为一个现代主义诗社，"以鼓动风潮，创造时势而论，其影响显然不如《现代诗》与《创世纪》"①。此外，在接受以象征主义为代表的现代主义文学时，蓝星诗社诗人表现出了与现代诗社诗人同样的功利主义倾向。"据黄用说，他们经常在那里密议如何招兵买马，以扩展'蓝星'阵容，对抗'现代派'。"② 在许多时候，西方象征主义文学是被他们当成了与现代诗社争夺诗坛话语权的工具的。这种功利主义的态度，使他们虽然较之现代诗社更为全面地理解了知性与情感，语言变革与读者接受的关系，却阻碍了他们更为深入地把握到西方现代主义的精神内涵和特质。虽然他们已经开始认识到西方现代主义文学审美现代性——对现代文明的批判的价值，但总体上看，他们对这种审美现代性的认识仍是不够深刻的，对审美现代性中蕴含着的原始主义因子，他们并没有予以充分的关注。这就使得，在这一时期，他们仍然无法从根本上挣脱那种将传统与现代看作截然对立的二元论的束缚，也不可能将审美现代性与中国传统文化联系起来进行思考，进而在中国传统文化中发现审美现代性因子。然而，不可否认，蓝星诗社诗人在接受西方象征主义文学时对"综合性"和"平衡性"的强调和追求，在一定程度上抑制了台湾现代诗运动发展初期的片面化倾向，促使现代诗向着更为全面的方向发展，从而为台湾现代诗现代性的进一步深化奠定了坚实的基础。

---

① 洛夫：《诗坛春秋三十年》，载《中外文学》1982年第10卷第12期。
② 洛夫：《诗坛春秋三十年》，载《中外文学》1982年第10卷第12期。

第三辑　作家与作品的方法论解读

余光中诗歌二极对应结构论

翻开人类文化史，人类对永恒的追求源远流长。在岁月的长河中，在不同的历史时期，人们总能听到柏拉图、康德、叶芝、艾略特等哲学家、诗人围绕着时间、生与死、历史和永恒进行着顽强而又充满着炽热理想主义情怀的追问：人应该怎样看待自己？人的生命怎样才能获得永恒的意义？

在这些对生命永恒的追问者的行列中，我们虽然也能辨认出中国现代诗人的身影，但毫无疑问，他们的身影是单薄而又稀少的，他们的声音是微弱而不连续的。在总体上，中国新文学偏重于对文艺改造国民性的社会功利作用的关注，忽视了文艺的形而上的审美意义，导致了新文学难以生成一种对于生命永恒意义的持续不断、激越高亢的追问。

这种状况，在当代的余光中的诗中得到了根本性的改变。时间与永恒的问题，在余光中诗歌中一直处于极为突出的地位，它是余光中诗歌中自始至终的一个重要课题。诗人抓住这个万古难灭而又充满诱惑的问题苦苦思索，层层掘进，其百折不挠的执着和深入精神在中国当代诗人乃至古代诗人中，都可以说是非常罕见的。

毋庸讳言，余光中生活的时代，远不是一个充满浪漫情调的诗的时代。极权政治和那些粗制滥造、矫揉造作的政治诗歌纠结成了一股合力，对诗人的内在灵性及其创造性的想象力进行着无情的扼杀，钟爱缪斯之神的余光中无法容忍这种诗的本性的丧失，更无法接受这种诗的本性的丧失导致的人与世界的疏离。他认为，要阻止诗的本性的丧失和人与世界的疏离，并使这个充满冲突和敌意的世界真正获得意义，只能像叶芝那样成为一个"敢在时间里纵火自焚"的诗人，因为，"敢在时间里自焚，必在永恒里结晶"①。这表明，余光中的美学理想直接与叶芝对永恒和时间的思考紧密相联，他企图像叶芝等现代主义诗人那样，使自己的作品"永远在寻找，永远在变"，在对时间与永恒之间的内在联系的整体性揭示中，使人们的生命活动方式重新从对立、分裂回到融洽，整合的状态，从黯淡无光的有限生命世界步入澄明、透彻的无限世界。

在余光中的诗中，这种生命由黯淡向澄明、由有限向无限的转换，主要是通过以下三种对应方式实现的。

一

首先，是自然世界和世俗世界的对应。

自古以来，人类就为时间与永恒的问题所深深困扰。作为人，站在地上世界，望着的却是那夕阳西下时的地平线，想着的是那死后的归宿，他无论如何也不会满足于生命这种有限的存在，不能不对自然界生命的永恒充满着憧憬。于是，原始人将人的生命与自然生命混为一体。他们认为，人与自然之间存在着一种神秘的互渗关系，既然自然之物可以在春天发芽、夏天生长、秋天成熟、冬天死亡，第二年春天又复活，那么，人的生命也可以像自然之物一样往返循环。如此，对于原始人来说，死亡不仅不是直线时间观念下生命的结束，而且成为了生命进入永恒时间之境的中介。正是借助于死亡，生命获得了永恒的意义。

原始人这种渴望生命在与自然融合中超越有限获得永恒的意义的愿望，作为一种原型在一代又一代人的心灵中沉淀，凝聚成了一种制

---

① 余光中：《逍遥游》，载《余光中散文选集》第1辑，时代文艺出版社1997年版，第430页。

约无数诗人的集体无意识。在余光中的诗中，我们就可以发现一种明显的染着叶芝《驶向拜占庭》、艾略特《四个四重奏》等诗中涵纳的那种原始色彩的时间、生命圆形回归的意象。他的《火浴》《天问》《九命猫》《想起那些眼睛》《弄琴人》等诗，从意象的表层存在来看，这些诗由"冰浴"与"火浴"，"暮色"与"曙色"等充满对立与并峙的两极构成，但从潜存上看，它们却都指向着生命的再生和更新。而在总体的结构上则呈现出以"火"的意象为中心的趋向。在这些诗中，火，不仅是生命本体主动创造以实现由消亡到新生这一通过礼仪的中介，而且融进生命，成为了生命的灵魂。因而，要把握和理解余光中诗中生命的再生和永恒，就不能不把握和理解诗中火的意象。

当人类还只能用感性的童稚的眼光看待世界的时候，火的神秘闪烁带给人类的是无穷的兴奋和幻想。这种兴奋和幻想凝聚成的普遍意识，使一代代诗人对火充满着宗教式的虔诚。在西方文学史上，火甚至成为了反复出现的一种原型意象，不断受到诗人们的咏叹和礼赞。

然而，反观中国古代诗歌史，我们却遗憾地发现，诗人们对火这个原型意象并没有保持着西方诗人的那种敏感，他们诗中火的意象寥寥无几，即使偶然出现，但它也不属于一种原型意象，而完全是一种客观的现实物象的呈现。

在中国，火作为一种凝聚人类普遍意识的原型意象的大量出现，是在现代诗歌史上的郭沫若和艾青等人的诗中。在他们的诗中，火经常被作为生命再生的中介的意象创造出来，它充分地展示了诗人对人类的悲剧体验和理想确信的双重情思。

火的原型意象到了余光中的诗中，无论在外在表现形态上或在内在意蕴上，都被诗人赋予了时代和个性意义上的扩张和增值。这种意义的扩张和增值，又主要是通过以下两种意象的组合方式实现的。

首先，是前在与后在生命意象的对立和转换。余光中与郭沫若、艾青等人诗中的火之原型意象虽然都是探寻生命的死亡与再生，显示生命存在的方式和意义，但它们在生命体验的形态上各有自己的方式。郭沫若、艾青诗中的生命体验的形态呈现出更为浓厚的民族主义色彩。郭沫若的《凤凰涅槃》、艾青的《火把》等以"火"为中心意象的诗,总是将个体生命的死亡和再生与民族的兴衰紧密地联系在一起,如此,个体生命即使在物理时间上消逝了,但由于这种生命已熔铸于民族的群体生命之中,因而,他的生命已在民族的群体生命中获得延伸。比较而言,同样是写火,同样是写死亡与再生,余光中诗中的火中的死亡与再生中糅合了更多的叶芝等西方现代主义诗人自我化的人性体验。在余光中的诗中,诗人经常循着这种非常个性化的自我体验的表现方式,衔接前在与后在的生命形态,展现生命的流变与永恒。就哲学的辩证角度而言,后在的存在总是意味着对立面先在的衰老和消亡,这种衰老和消亡对于在传统时间观念中的人来说是悲哀的,但对于生活在循环时间观念的人而言则是欣喜的。因为,"想起如何,那些黑色的菱形/向你集中,那些长睫的阴影/向你举起,要向你取暖/严寒夜,要向你索取/索取火,与火的意义""想起那些眼睛,噫,灵魂/你的火灾不能够熄灭/永远,永远,永远"。(《想起那些眼睛》)诗中的"那些眼睛",指涉的是成功大学的年轻的大学生们,诗中的"你"指涉的是诗人自我形象。诗中的自我之所以愿意"燃烧你自己,灵魂以及一切",是由于他在那些向自己"索取火"的年轻人身上发现,自己的自焚并不意味着其生命原型的结束,恰恰相反,他作为原型人物,其超个性的活的心理力量,已不断流动在那些"黑色的菱形"的年轻人的血管里。相同的意旨,在《时常我发现》中也有鲜明的表现。这首诗围绕着火的一种指称形式——光展开。光是广宇带给人类的最伟大的赐予。但在诗人童年的眼睛和诗人女儿的眼睛中映射出的光,它们的外在形态却呈现出了较大差异:"抗战的孩子,眼中,也曾有反光/但反映的不是阳光,是火光""但从她眼中的反光,可以确定/她所见的世界比我的美丽"。这里,火光与过去相连,阳光与现在相连,我的童年时光虽然已经消逝,但它在我的女儿那里获得了生命时间的延伸。如此,即使作为前在的生命衰朽了,他却在一代又一代的生命传承中得到了延续和新生。

其次,是阴与阳的生命形态的并峙和整合。如果我们将余光中表现死亡与再生主题的诗歌看作一个母系统,那么,我们就可以看出,这个母系统的子系统的组合意象上,经常有西方现代主义诗中的那种"阴"与"阳"的对立和整合。对立是其表现形态,背后潜隐着的,则是同样的意蕴和心态流向。在《火浴》中,从表层结构形态上看,火浴的凤凰与冰浴的天鹅构成尖锐的对比,天鹅来自西方,它"游泳在冰海/那是寒带,一种超人的气候""一片纯白的形象,映着自我/长颈与丰躯,全由弧线构成"。凤凰则来自"炎炎的东方",它"从火中来的仍回到火中/一步一个火种,踏着烈焰"。但事实上,无论是火浴还是冰浴,它们本身都包含着永生的涵义。因而,对于渴求生命永恒的人类来说,他们必然"有一种向往,要水,也要火/一种欲望,要洗濯,也需要焚烧/净化的过程两者都需要"。与《火浴》一样,《天问》一诗也在阴与阳因素的交叉渗透中,强化了生命再生和永恒的主题。诗中写道:"水上的霞光呵/一条接一条,何以/都没入了暮色呢?/地上的灯光呵/一盏接一盏,何以都没入了夜色呢?/天上的星光呵/一颗接一颗,何以都没入了曙色呢?/我们的生命呵/一天接一天,何以/都归乎永恒了呢?/而当我走时呵/把我接走的,究竟/是怎样的天色呢?/是暮色吗昏昏?/是夜色吗沉沉?/是曙色吗啾啾?"诗中,由"霞光"转入"暮色",由"灯光"转入"夜色",这是由阳转阴,但"星光"没入"曙色",则又是由阴向阳的转换。在这阴阳的一转一换中,我们看见了阴阳的对立,更看见了阴与阳在冲突中达致的同一与平衡。霞光——暮色——曙色,既构成一种相互否定的关系,又构成了一种在相互否定中不断转化、不断循环的关系。于是,在言词中,天问表面上看似乎并没有答案,但事实上答案已在心中。那就是,人归于了循环的自然体,他的生命也就进入了永恒的运行轨道。

二

其次，是原始世界与现实世界的对应。

这两个世界的对应意味着，在余光中诗中，生命的永恒还来自一种立足于现实世界的对原始的全面的人生境界和价值理想的追寻。

在对现实生活世界的觉知中，余光中领悟到，在完整的人的范围内只将生命的某一侧面绝对化，已成为我们这个技术化时代的严重的病症之一。因此，个体倘要追求生命的永恒，他就应该在人的价值理性与工具理性，肉体与灵魂之间实现辩证的和解和良性的互补，以使生命的生存和发展处于这种矛盾的巨大张力之间，同时又能将二者进行有机、和谐的融合。从这种观念出发，余光中在追求生命的永恒时就表现出了与20世纪五六十年代在台湾现代诗人中极为流行的单向的思维方式截然不同的取向。这种单向的思维方式习惯于将充满矛盾性张力的生命割裂与分解开来，用一方拒斥或否定另一方，他们要么像现代诗社那样执着于生命理性的一端，将生命看成纯粹的理性存在，要么像创世纪诗社那样偏重感性的一端，将生命看成纯粹的自然存在。与此不同，余光中认为，人的生命既不可能是一种超感性的纯粹的理性存在，也不可能是一种超理性的感性存在，而应是一种感性与理性，灵与肉有机融合的整体，这样一种感性与理性有机融合的生命整体当然不可能在这个充满着分裂的现实世界存在，但却可以在对原始世界的追溯中发现。正是在这个意义上，余光中对艾略特那种将思维触角伸向历史的纵深处，企图从过去的历史中找到一种使生命意义得到延续和恢复的东西的思路极为赞赏。他认为："影响现代文学至巨的不是艾略特后期这种带有浓厚宗教气氛的作品，而是早期那种以对比为主要表现手法的诗。""在他的诗中，美与丑，光荣的过去和平凡的现在，慷慨的外表和怯懦的内心，恒是并列而成的。""在'过去'的面前，'现在'是自卑的、丑恶的、破碎的、彷徨的。"①

当然，余光中不是没有看到，任何一种处于灵肉分裂的现实世界中的有限生命，不可能直接与和谐的原始世界相应对、相联接，它们中间又必须借助于一个中介的桥梁沟通。在余光中诗中，这种理想的中介就常常表现为爱。

爱，是宇宙间强大的精灵，是超越性的终极关怀，在被功利主义、虚无主义包裹一切的沙漠化的现实世界中，唯有爱才能弥合个体生命灵魂与肉体的分裂。由此，爱在余光中的诗中，既意味着肉体的满足，又意味着精神上的满足。

在《双人床》中，爱一方面来自对肉体"弹性的斜坡""低低的盆地"等感官刺激的肯定，但另一方面，这种爱也不会仅仅因肉体的满足而得到满足，它还依赖于主体之间精神上的默契对应。这正是为什么床内与床外进行的同是人与人的"肉搏"之战，但诗人却肯定前者否定后者的缘故。二者之间的根本区别在于，床上支配人的是一种"拥有"的欲望，床外支配人的是一种占有的欲望。"占有"作为一种支配关系的体现，不仅意味着将他人当作物看待，更为严重的是，它还意味着一种杀戮和仇恨，它导致了个体与他人的冲突和疏离。因而，个体生命要寻求发展，要寻求安定与永恒，他就既不能不祈求"让战争在双人床外进行""让改变和革命在四周呐喊""让旗和铜号在高原上举起"，又不能不投入"双人床"的怀抱，"让夜和死亡在黑的边境/发动永恒第一千次围城/让我们循螺纹急降，天国在下/卷入你四肢美丽的漩涡"。因为，双人床既是恋人们返璞归真的理想栖息地，又是他们相互合作孕育生命的发源地。从这个意义上说，爱在余光中诗中又意味着个体与对方的平等和相互尊重。在《等你，在雨中》一诗中，余光中就表现出了一种极具开放性的"拥有"意识。诗中的"我"尽管"等你，在雨中，在造虹的雨中"，但

---

① 余光中：《艾略特的时代》，载《余光中散文选集》第1辑，时代文艺出版社1999年版，第15页。

并不因此就将"我"与"你"的关系看成单向的接受与被接受的关系,而是看成一种可以双向选择的互动关系。因此,"我"才有"你来不来都一样"宽容的意念。显然,真正的爱正是这样一种双向的拥有、相互的尊重。这种双向的拥有、相互的尊重反映了爱的关系的本质,那就是,爱是一种感情,它不可能为任何一方面所独占,而只能被双方所共享,它需要双方情感全方位的投入。这种爱不会在乎一时一刻对方对待自我的方式,因为,"只要池中还有/只要夏日还有/一瓣红艳,又何必和你见面"?(《永远,我等》)要获得爱,就要学会坚持,坚持能化解千年的冰雪,万年的顽石,也能化解双方心灵与心灵之间的隔膜。此时,"你的手指/是一串串铜匙,玲玲珑珑/握在我手中,让我开启/让我豁然开启,哪一扇门"?(《下次的约会》)本是分离的个体生命在相互交流的关系中得到了充实,伟大的爱以感情的温暖把无限的力量引入自身时,也带给了对方。爱的奔涌使个体处于最为内在的存在的颤动之中,只有在这种生命的颤动中,个体生命才会从自我的束缚中解脱出来,沿着相互交流的爱的通道,挥着"鹤嘴锄","在原始的夜里一起一起","就这么一锄一锄锄回去/锄回一切的起源/溯着潮潮湿湿的记忆"。(《鹤嘴锄》)在原始的夜里,在记忆的深处,他将找到一个让心灵自由驰骋的世界,这个世界是他的精神皈依之所,在那里,所爱的人裹挟着浓浓的古典气息"像一首小令/从一则爱情的典故里你走来/从姜白石的词里,有韵地,你走来"。(《等你,在雨中》)此时,生命不再是一般的显现,而成为浩浩荡荡的江河,成为动人心魄的飞翔,他飞出了封闭的时间死谷,心灵中充满着全新的时间之感:"永恒、刹那、刹那、永恒/等你,在时间之外。"(《等你,在雨中》)这时的爱像死一样,将生命带入了伟大的循环之中,"爱情的一端在此,另一端/在原始。上次约会在蓝田/再上次,在洛水之滨/在洪荒,在沧海,在星云的暧暧/在记忆啊记忆之外,另一端爱情//下次的约会在何处,在何处?/你说呢?你说,我依你/(你可相信轮回,你可相信?)/死亡的黑袖挡住,我看不清楚,可是/嗯,我听见了,我一定去"。(《下次的约会》)于是,通过爱，诗人敞开了人类的生命之门，开启了一条从有限向无限的宽阔大道，它在把生命带到原始世界的运动中，将生命掷入了永恒之流，在对现实的狭隘的、分裂的生命的拒斥中，达到了对理想的灵肉和谐生命的肯定。这，不能不说是爱的魅力和奇迹。在这里，追溯历史并不意味着要挽留住逝去的时间，而是对人类的原始性、本真性的寻找，预感未来也并不意味着要完全拒斥现在而投入未来，恰恰相反，它是诗人植根于现实的焦虑对人性的全面回归的一种渴盼。

三

再次，是彼岸世界与此岸世界的应合。

在余光中诗中，"彼岸"是一个不断反复出现的语词，作为一种原型意象，它已不仅仅是某个具体空间的标示，而是对应于通常的此岸社会的另一个纯精神性的，对存在目标的形而上的假想空间的普遍性的代码。它不断地提醒着我们，把我们引向对一种精神理想的期待中。

这种彼岸世界已大大超出了中国传统文人想象能达到的领域，却与西方基督教由上帝主宰的天国相似。然而，假如我们就此以为余光中果真皈依上帝，那我们又大错特错了。严格地说来，"彼岸"在余光中诗中与其说在导引我们走向宗教，不如说在导引我们亲近一种宗教精神。而非常明显，宗教精神不是宗教，而是一种精神。这种精神是人类源于生命本原的固执的向往，是人类的精神意志对未知困境无畏进军的超越。

宗教精神现象的发生，多是主体在精神上经过千锤百炼的结果。西方现代主义诗人以反上帝，反宗教始，但在对现世绝望后，又将人类救赎的希望寄托在宗教式的彼岸世界上，叶芝的《驶向拜占庭》，艾略特的《荒原》就充分表达了摆脱世俗的无常，进入永恒的彼岸世界的渴望。

余光中也不例外。20世纪五六十年代的台湾，物质与精神的不同步发展所带来的恶果，便是造成人的向着物欲层次的日趋堕落。在这物欲横流的尘世中，余光中的心开始战栗，他悲哀地环顾这坍塌的废墟，他要在这废墟上构建一个彼岸世界，这世界是一种叶芝式的超越于尘世之上的"拜占庭"精神，因为，在他看来，"叶芝反对科学""留恋""希腊神话"的精神，有"值得我们尊敬，效法"的地方①。它支撑着诗人对抗物欲增殖的现实对心灵的逼压，鼓动着诗人在世俗的喧嚣与欲望的吵嚷声里保持着自我独特的声音。在《天谴》一诗中，余光中写道："暴风雨之下，最宜独行/电会记录雷击的一瞬/凡我过处，必有血迹/一定，我不会失踪。"循着余光中的作品，我们总会与这个渴望超越的坚忍不拔的行者不断相遇。他在余光中诗中不断反复着向彼岸出发的乐此不疲以及诗人对这一原型意象反复描绘的乐此不疲，已经非常明白地告诉我们，诗人对这种超越精神的迷恋和膜拜。

在余光中诗中，这种超越精神是一种力，一种澎湃不息、热情动荡的生命力，是一种"命"，使余光中同诗中主人公一样融生命于"不肯认输的灵魂"里②；它又是一股血流，是无论余光中还是他诗中主人公都无法拒斥的感召和使命。因而，尽管，"我知道/既渡的我将异于/未渡的我，我知道/彼岸的我不能复原为/此岸的我。/但命运自神秘的一点伸过来/一千条欢迎的臂，我必须渡河。/面临通向另一个世界的/走廊"。（《西螺大桥》）在此岸困境中的生命，要想不被此岸困境困死，他就必须努力突破它，义无反顾地向神秘的彼岸世界奔去。余光中认为，在精神上超越困境是人类的自我救赎。生命的自由就是在对困境的不断超越中获得。因而他说："烛梦蝶。这便是自由的意义/无限自有限开始，不朽，由此去/而烛啊，不可忍的丑陋要忍

---

① 余光中：《舞与舞者》，载《余光中散文选集》，时代文艺出版社1997年版，第23页。

② 余光中：《在冷战的年代·后记》，纯文学出版社1970年版，第158页。

受/一扇门，一人一次仅容身/一切美的，必须穿过/凡飞的，必先会爬行。"（《赠周梦蝶》）在余光中这里，人之伟大，人之超出动物之处就在于人不再完全是被动的存在，而已成为了自己行动目标的主人，永恒超越和不断行动已经成为了人固有的内在本性。在这一点上，余光中的超越精神与创世纪诗社的超现实主义精神有着重大的区别。余光中相信，人能够在困境中实现悲剧的超越，绝望与希望的辩证转化存在于个体生命不断进军、不断创造的实际进程中，生命的未来和永恒取决于现在的决断和行动中。勇者之所以是勇者，就在于他"明知胜算极渺，也愿冒险一试"①。"于是他举起那骰子/于是他摇动那空拳/于是感到那立方体/那立方体在转动/转那立方体。一面，生/五面，死。"（《所罗门以外》）生命的灵魂之所以被余光中命名为"不服输的灵魂"，就在于他尽管知道前程风险重重，甚至肉体生存的机会比死的机会还少，但仍驱使着生命不惮前行，这种知其不可而为之，知其不可企及而不能不为之感召，知其也许不过走到底仍是海市蜃楼却不改初衷而无畏前行的精神，这种追求生命永恒的不可动摇的信念和为着精神而战的超越功利主义的力量，使余光中作品中洋溢着一股不惜一切的殉道激情。表面上看，这种不顾一切的超越精神与儒家的"知其不可为而为之"的精神相似，但实质上，两者有着较大区别，儒家的知其不可为而为之的精神中有着非常浓厚的功利色彩，知其不可为而为之的行动的意义在于具体的现实的功利的实现上，而余光中的超越精神中却淡化了功利色彩。知其不可为而为之的行动过程中的价值和意义却得到了极大的张扬。余光中认为，生命不断奋斗、不断超越的意义既在于目的的实现，又在于不懈的追求的过程当中。他在《白灾》中写道："曾经有半间破庙，我听说/庙中曾经有四个赌徒/一个疑心时间已太晚/一个疑心四周是坟墓/一个不信自己不是鬼，剩下/第四位，真正的赌者/把破庙当作金碧的寺院/输

---

① 余光中语，转引自叶维廉编《中国现代作家论》，联经出版公司1976年版，第65页。

尽全部的星光和寒战的黑/输了外套输自己的赤裸/上半夜输尽输下半，输成了神。"人生如赌博，你如果总是像前三个赌徒那样将眼光盯住具体的现实的功利目的的，那么，目的没有达到时的漫长过程是难熬的痛苦，相反，如果你像第四个赌徒一样，将对目的的重视转向过程，那么，情形就会截然不同，因为，一个只想使过程精彩的人是不能被真正剥夺的，因为坏运也无法阻挡他在奋斗过程中的激情迸射，相反，坏运更激发他创造精彩的过程的精神，于是，绝境在这种不败的精神面前溃败了。高明的"赌"者立于绝境却用超越精神将绝境送上了绝境，他在充满活力的奋斗、拼搏、创造过程之中实现了生命的骄傲和壮美。他使我们明白，生命的永恒不在时间的长短，不在于世俗欲望的能否实现，而在于奋斗过程中的每一个瞬间。当每一个过程中的瞬间的渴望、激情、悲欢都成为了生命的趣味和快乐，都变成了生命的最大的精神享受时，个体便在最深刻的层面上体验到一种终极的东西，他就会成为一尊艾略特、叶芝心仪的永恒而又不朽的"超越"的"神"。

不过，虽然余光中这种在过程中求得生命自由，在超越中获得生命永恒，已经不是在一般意义上而是在接近艾略特、叶芝心仪的宗教的本原意义上讲奋斗和行动了，但，归根结底，余光中的彼岸世界依然是与此岸紧密相联的。它的非虚无性区别于通常意义的宣扬来世的宗教，它的意图在对现代人沉沦的灵魂的拯救，他求的是今世，是生命的本身，他强调的超越精神是以人对现实生活世界的觉知为基础的，其要旨在于引导人仰望永恒的太阳，而唯一的太阳无疑又是与人的现实生活世界紧密相关的太阳。

洛夫现代诗的中西视野融合

在20世纪中国诗歌史上，1953—1980年的台湾现代诗占据着十分独特而又重要的位置。如果说20世纪大陆现代主义诗歌呈现为一种断断续续的发展形态，那么，这一时期的台湾现代诗则呈现为一种连续式的发展形态；如果说20世纪大陆现代主义诗歌从未占据诗坛的主潮位置，那么，这一时期的台湾现代诗则在诗坛上称霸了十几年。更为重要的是，在台湾现代诗发展后期，台湾现代诗突破了中国现代主义诗在中西融合实践上一直存在的瓶颈状态，较为成功地在实践上提供了中西融合的具体途径、方法和范例。这其中，尤以洛夫对超现实主义和禅学视野进行融合的诗最为引人注目。作为台湾现代诗运动深化期最突出的代表，洛夫不仅发现了西方最为"现代"的超现实主义文学和中国"传统"的禅学中的一种"家族相似性"，而且也发现了两者相互补充的可能性和优越性。由此，洛夫在证明了中国传统文学与西方现代主义文学可以相互沟通、相互补充的同时，也突破了此前大陆现代主义诗歌那种在宽泛的基础上对中西因子的简单相加的机械融合模式，从而令人信服地消除了西方现代主义文学在台湾现代诗人心中造成的"影响焦虑"，促使着台湾现代诗由对西方现代主义的单向选择朝着对西方现代主义和中国传统文学的双向改铸方向的成功转型。因而，具体而又深入地揭示洛夫创作中禅学与超现实主义文学的这种视野融合，不仅有助于我们发掘这一时期洛夫现代诗中启蒙现代性和审美现代性并存的丰富的现代性内涵，而且也有利于我们对洛夫乃至台湾现代诗的接受取向、发展特点和规律的重新认识。

那就是，无论是洛夫的现代诗还是台湾现代诗运动，都不像有些论者认为的那样是循着由"现代"向"传统"的路径演进，而是循着单向选择朝双向改铸的方向演进。正是这种双向改铸带来的中西不同视野的融合，大大扩展了台湾乃至整个中国现代主义诗的审美视野，丰富了台湾乃至整个中国现代诗的话语内涵，并为21世纪的台湾乃至中国文学的发展提供了有益的启示。

一

在《石室之死亡》的创作时期，洛夫就已开始注意到了超现实主义文学与禅学的联系。在《诗人之镜》中，洛夫指出："超现实主义的诗进一步势必发展为纯诗。纯诗乃在发掘不可言说的隐秘，故纯诗发展至最后阶段即成为'禅'，真正达到不落言筌，不着纤尘的空灵境界，其精神又恰与虚无境界合为一个面貌，难分彼此。"① 这里洛夫对超现实主义文学与禅学关系的揭示是概述式的。事实上，洛夫这时的主要兴趣是在超现实主义文学之上而不是在超现实主义文学与禅学的关系之上，他之所以提及超现实主义文学与禅学的关系，是为自己接受和提倡超现实主义文学提供合法的借口和依据。洛夫对于超现实主义文学与禅学关系有了更为具体、深入的认识，是在《石室之死亡》之后的创作时期。随着对超现实主义文学接受的进一步深化，洛夫不仅对超现实主义文学与禅学的相似性关系有了更为深入的理解，而且对于两者的歧异性也有了更为清晰的认识。在洛夫看来，超现实主义文学与禅学的相似性主要表现在三个方面，一，"禅宗的悟，也就是超现实主义所讲求的'想象的真实'和意象的'飞翔性'。超现实主义诗中有所谓'联想的切断'，以求感通，这正与我国'言在此而意在彼'之旨相符"。二，"超现实主义强调潜意识的功能，重视人的本性，反对一切现实世界中的表面现象及一切约定俗

---

① 洛夫：《诗人之镜》，载《创世纪》1964年总21期。

成的规范,尤其视逻辑知识是一切虚妄之根源。中国禅家主张人的觉性圆融,须直观自得,方成妙理,以现代心理分析学的观点来看,这种妙理觉性唯得之于潜意识的真实"。三,"禅与超现实广义最相似之处是两者所用的表现。禅以习惯语言为阻挠登岸的'筏',故主张'不说'而悟,而超现实主义以逻辑语言为掩蔽真我真诗三障,故力倡自动写作"。① 不能说这种对超现实主义文学与禅学的三种相似性的揭示都非常准确和深刻,像将超现实主义文学追求的"意象的飞翔性"与禅学主张的"言在此而意在彼"视为两者理论表达上的一种相似性的观点,就值得商榷。然而,即使是对第一种和第三种相似性关系的揭示,就已经触及到了两者理论的灵魂和核心,即,对个体生命自由和真我的追求和表现。不过,对于洛夫这样一个具有强烈主体意识和创作精神的诗人来说,他寻求禅学与超现实主义文学的视野融合,其意既在于发现两者的一种同一性关系,又在于寻求两者的一种互补性关系。他希望借助于禅学与超现实主义文学的互补,使自己的诗"是意识的也是潜意识的,是感性的也是知性的,是现实的也是超现实的,对语言与情感施以适切之约制,使之不致陷于自动写作的混乱及感伤主义的浮夸"。② 从这一时期作品的具体情形来看,禅学与超现实主义文学在洛夫诗作中的互补性关系主要是在诗人对个体身与心的一体化和主体与"客体"的融合的追求中表现出来的。

二

第一,对身与心的一体化的追求和表现。出于对自由的热爱和向往,超现实主义者与禅家都对理性思维世界采取了批判性态度。不过,超现实主义者的自由世界是一个更偏于生命冲动的世界,而禅学的自由世界则是一个更偏于精神活动的世界。前者更偏于将人的自由

---

① 洛夫:《超现实主义与中国现代诗》,载《幼狮文艺》1969年诗专号。
② 洛夫:《超现实主义与中国现代诗》,载《幼狮文艺》1969年诗专号。

建筑在"纵欲"的基础之上,后者更偏于将人的自由建构在"禁欲"的基础之上。应该说,两者对于生命的自由的理解都既有其合理性的一面,又有其片面性的一面。对于前者以追求肉体解放去获取生命自由的理论与创作的局限性,洛夫在《石室之死亡》时期已经有所认识,但在当时,由于洛夫对超现实主义文学的偏爱,因而,他对超现实主义文学这种以肉体的解放去获取人的自由的理论与创作的修正是较为有限的。这一时期,随着洛夫对于超现实主义文学接受的逐步深化,他对超现实主义文学的认识也日趋理性化。他更加深刻地认识到,自由的生命意味着对个体欲望的控制,而超现实主义者的"玩世不恭的态度主要是由于潜意识中的欲望过于放纵。潜意识部分固然最为真实,但欲望却是一切痛苦之源"。① 将欲望看作"一切痛苦之源",这种观点与禅学将情欲看作罪业和邪恶的观点有相似之处。禅学认为,人只有避开世俗美之声色情欲,解除自己的贪欲之心,他才能获得心灵的平静与自由。不过,作为现代诗人的洛夫,并没有像禅家那样在跳出纵欲的陷阱的同时又走向了禁欲的误区。在洛夫看来,一方面,人的"欲望"是"最为真实"的存在物,追求真我形象的诗人是不能不表现它的;另一方面,"欲望"又是"一切痛苦之源",因而,欲望的表现又必须受到控制。这样,生命的自由就既不是一种单纯的感官满足,又不是一种纯粹性的精神满足,而应该是一种身心一体的满足。《长恨歌》中的唐玄宗,贵为天子,却并没有获得一种真正意义上的生命的自由,其症结就在于他没有成为自己欲望的主人,而是成为了自己欲望的奴隶。当他喊出"我做爱/因为/我要做爱/因为/我是皇帝/因为/我们惯于血肉相见"的话语时,他表现出的是一种极端自私的占有欲。正是源于这种极端自私的占有欲,他才没有将他与杨贵妃的关系看作一种相互拥有的爱欲性关系,而是将这种关系看作了一种他对杨贵妃的占有性关系。而占有作为一种支配关系的体现,不仅意味着唐玄宗将杨贵妃变成了"玩物"来看待,而且也

---

① 洛夫:《超现实主义与中国现代诗》,载《幼狮文艺》1969年诗专号。

意味着唐玄宗在独占"玩物"时对外在世界的冷漠与拒斥。于是"他开始在床上读报，吃早点，看梳头，批阅奏折／盖章盖章盖章盖章／从此／君王不早朝"。唐玄宗就这样在一味地满足于对欲望对象的占有的同时，也给自己埋下了生命受困的祸根，最终在葬送杨贵妃生命的同时，也使自我个体生命陷于一个孤立无助的困境。"罢了罢了，这马嵬坡前／你即是那杨絮／高举你以广场中的大风……他把自己的胡须打了一个结又一个结，解开再解开，然后负手踱步，鞋声，鞋声，一朵晚香玉在帘子后面爆炸，然后伸十指抓住一部水经注，水声汩汩，他竟读不懂那条河为什么流经掌心时是嘤泣，而非咆哮"。显然，欲望的过于放纵，不仅不能带给自我生命真正意义上的自由，而且会给自我与他人的生命带来伤害。而要使生命避免受到伤害，就应该对这种过分强烈的占有性私欲进行排斥，并强化一种自我与异体彼此平等的"拥有性"爱欲。"拥有"意味着自我与异体是一种交流关系，而这种交流关系又是在确认双方的主体性的基础上建立起来的。因而拥有了主体性的"异体"不再只是作为一种被占有物而被动存在，而是具有一种较大的主动选择权，面对我表现出来的爱，他可以接受，也可以拒绝。正如洛夫在《烟之外》中所写的那样："在涛声中唤你的名字而你的名字／已在千帆之外……你依然凝视／那人眼中展示的一片纯白／他跪向你向昨日向那朵美了整个下午的云／海哟，为何在众灯之中／独点亮那一盏茫然。"这里，自我与异体的关系，不再是一种占有与被占有的关系，而是一种相互拥有的平等性关系。两者在平等的基础上曾经相爱相聚，又在平等的基础上劳燕分飞。同是写自我与异体的分离，这种在平等基础上的分离与那种在占有性基础上的分离造成的结果却不同，它不仅不会使异体生命受到伤害，而且也在某种程度上成全了自我，使自我更加深刻地认识到，爱欲是一种情感需求，而情感是不能勉强的，一旦异体的情感发生了变化，那么，给异体自由，也就同时给予了自我生命以自由。有鉴于此，自我便不再对过去那段逝去的爱情恋恋于怀："你那曾被称为雪的眸子／现在有人叫作／烟。"显然，正是这样一种异体不受自我支配，而自我也不受异体控制的相互拥有的关系，才是一种真正能被称之为两性之间的爱情关系。在这种两性之间的爱情关系里，个体生命不仅不会受到损害，而且得到了加强："你便以四岸抱我/抱我如抱一片浩瀚/你是笛，我穿九孔而鸣/我们是同一音阶的双键。"（《月问》）在你抱我，我拥你的双向拥有之中，本身分离的两个个体融为一体："我仍然推窗/邀你共饮一杯天色/其中有你有我。"（《月问》）于是，融为一体的你我在共同创造美与美感时，也共同开拓出一种超越自恋面向世界的自由的爱的境界。

二、对主体与客体融合的追求和表现。超现实主义文学与禅学都将超越性世界看作最为自由的世界。不过超现实主义文学中的超越性世界是通过梦幻和潜意识的表现建构起来的，而禅学的超越性世界则是建构在对客观世界色相的感知上。这就使得，在超现实主义文学中，人们到处看见的是个体内在生命之流的肆意奔涌，却较难寻觅到外在现实生活的影子。而在禅诗中，灵明不昧的真知（佛性）本身就包含在万事万物，日常生活之中，因而，触目所见，就常常是万事万物所形成的形象。前者文学中偏重表现的是一种"有我无物"之境，后者的诗中偏重表现的则是一种"无我"之境。对于前者"有我无物"的理论与创作的局限性，这一时期的洛夫有了更为深刻的认识。他说："超现实主义极终的目的也许在求取绝对的自由，因而自动性（automatism）成为一个超现实主义者的重要手段，最后的效果或在：'使无情世界化为有情世界''使有限经验化为无限经验''使不可化为可能'，希望一切能在梦幻中得以证果。但不幸超现实主义者犯了一个严重的错误，既过于依赖潜意识，过于依赖'自我的绝对性，致形成有我无物的乖谬'。把自我高举而超过了现实，势必使'我'陷于绝境。"[①] 随着对超现实主义文学的这种"有我无物"的理论与创作的局限性的认识的进一步深化，洛夫这一时期的

---

① 洛夫：《我的诗观与诗法》，载《诗的探险》，黎明文化公司1979年版，第154页。

诗观也发生了变化："即认为作为一种探讨生命奥义的诗，其力量并非纯然源于自我的内在，它该是出于多层次、多方向的结合，这或许就是我已不再相信世上有一种绝对的美学观念的缘故吧。换言之，诗人不但要走向内心，深入生命的底层，同时也须敞开心窗，使触觉探向外界的现实而求得主体与客体的融合。"[①] 对于这种"主客体融合"的诗境的生成过程，洛夫进行了具体的阐述："诗人首先必须把自身割成碎片，而揉入一切事物之中，使个人的生命与天地的生命融为一体，作为一个诗人，我必须意识到：太阳的温热也就是我的温热，冰雪的寒冷也就是我肌肤的寒冷，我随云絮而遨游八荒，海洋因我的激动而咆哮，我一挥手，群山奔走，我一歌唱，一株果树在风中受孕，叶落花坠，我的肢体也随之碎裂成片。"[②] 显然，这种将"自我割成碎片，而揉入一切事物之中"的"主体与客体融合"的诗境既不等同于超现实主义文学中的那种"有我无物"的诗境，也不完全等同于禅诗的那种"无我"的诗境。而是两者诗境的一种有机融合。在这里，以主观化为客观，是有条件，有限度的。主观既不能不化于客观之中，但又不能全化于客观之中，而只能是"主观"与"客观"的辩证统一。在这一时期的创作中，诗人不再只将生命自由同潜意识、梦幻联系在一起，而是也将生命自由与人的生存密切相关的客观世界和自然世界联系起来。这样，诗人便沿着对个体内在生命活动自恋的途径进入了无比丰富，无限广阔的现实世界和自然世界。在《有鸟飞过》《随雨声入山而不见雨》《独饮十五行》《上午无歌》等诗中，洛夫便为我们展示了一幅幅个人日常生活的图画。它们之中，有写生之平淡的，如《有鸟飞过》："院子的门开着/香片随着心事向/杯底沉落/茶几上/烟灰无非是既白且冷/无非是春去秋来。"有写

---

① 洛夫：《我的诗观与诗法》，载《诗的探险》，黎明文化公司1979年版，第154页。
② 洛夫：《我的诗观与诗法》，载《诗的探险》，黎明文化公司1979年版，第154页。

生之无奈的，如《随雨声入山而不见雨》："入山/不见雨/伞绕着一块青石飞/那里坐着一个抱头的男子/看烟蒂成灰//下山/仍不见雨/三粒苦松子/沿着路标一直滚到我的脚步前/伸手抓起/竟是一把鸟声。"在这些诗中，诗人并没有远离红尘去来世寻求生命的自由和真谛，而是在红尘中看穿红尘，在生活中获取生命的自由和真谛。所谓的无非是既白且冷，无非是春去秋来，所谓的烟蒂成灰，伸手抓起竟是一把鸟声，实在是诗人在平淡、无奈的生活中获取的对生活和生命的感悟；那就是：平平淡淡才是真。于是，诗人在真正懂得了生活之时，也就懂得了佛的"真如"，诗人的个体生命也由此不再为"自我"所纠缠，而是能够从容而又自在地享受着生命的各种乐趣。

如果说《有鸟飞过》《随雨声入山而不见雨》等诗更多的是以突破内在世界的束缚在外在日常生活世界中去寻求生命自由的扩展，那么，《巨石之变》《裸奔》《大地之雪》等诗则更多地是通过对内在世界的突破在自然世界中寻求生命的拓展与自由的。《巨石之变》中，诗人以巨石自况，寻求着生命的蜕变。为了寻求生命的蜕变，个体生命忍受着巨大的苦难："我仍静坐，在为自己制造力量""我是火成岩，我焚自己取乐""我在血中苦待一种惨痛的蜕变"。而个体生命蜕变的目的则在于"重新溶入一切事物中"，以求得化为土壤与地合一，或者希求借助于"神话中"西西弗斯的"那只手"，以求得回归到"最初的粉末"的原始状态中去。《裸奔》，也是一首写个体生命化入自然的诗。诗中，诗人采用层层递进的方式，将个体由肉体的裸到精神的裸的过程形象地表现了出来。诗人首先剥弃的是缠绕在个体肉身上的一些东西，像"帽子""衣裳""鞋子""枕头""领带"等，接着剥弃的是"床铺""书籍""照片""信件""诗稿""酒壶"等日常生活中一些牵扯物。再接着，诗人写肉体的回归自然："手脚还给森林/骨骼还给泥土/毛发还给草叶/脂肪还给火焰/血水还给河川/眼睛还给天空。"然而，肉体的裸是生命自由的前提，却不是生命所能达到的最高的自由境界。个体生命所能达到的最高的自由境界，是个体生命之魂与自然山水之灵的同一。因而，诗人在将肉体交还给自然之后，也摆脱了"欢欣""愠怒""悲郁""抑郁""仇恨""茫然"等情感的牵扯，最后使个体由肉体到精神整个的化入自然之中："山一般裸着松一般/水一般裸着鱼一般/风一般裸着烟一般/星一般裸着夜一般/雾一般裸着仙一般。"于是，人即山水，人与山水融为一体，而个体的生命则是在这种主客体融为一体的原初世界中自由自在地来往于天地之中，从而体验到了一种生命自由拓展的快感和意义。

不得不指出，上述的《巨石之变》《裸奔》等诗中主客体融合的诗境，既与禅家诗的"无我"之境有相似之处，但又不完全等同于禅家诗的"无我之境"。禅家诗的"无我"之境中，自然景物成为了诗的主角，"小我"退缩到了极其次要的地位，诗是一无情无欲之境。洛夫虽然不满于超现实主义文学"有我无物"之诗境，但同时也不赞同"诗中'无我'的说法"。① 因而，他在追求着一种主客体融合诗境的营造过程中，又是自始至终都将"自我"摆在较为重要的位置上的。在洛夫看来，自我是主客体融合诗境中一个重要的组成部分，因为，"诗人必须通过'自我'才能进入自然之中，并与它合一"。② 正是源于这种对自我独特性作用的重视，洛夫在《巨石之变》《裸奔》等诗中，才没有像禅家等中国古代诗人那样，从一开始就将自然与人看作一个和谐的整体，而是首先意识到自然与人的对立，然后再来追求人与自然的融合的。在《裸奔》中，诗人对个体那种将自我一部分一部分割开来归还给自然的人与自然的融合过程的展示，就是与禅家诗中那种决不离开人与自然融合的整体去对作为部分的人进行分割式地描述的要求相违背的。对于洛夫诗中这种主客体融合诗境的独特性，叶维廉有非常深刻的认识，他指出："碎片由于与万物的气脉相通，这样无形中成为帮他统合了生命与艺术，给予生存意识

---

① 洛夫：《超现实主义与中国现代诗》，载《幼狮文艺》1969年诗专号。
② 叶维廉：《洛夫论》，载《中华现代文学大系·评论卷》，台北：九歌出版社1989年版，第1211页。

新的意义的凝融力量。在这里'我心万物心，万物心我心'，看来是'天人合一'之下宋明心学的延续，但自身割碎化成万物却又是西方奥菲尔斯式的（Orphic），包括'我一歌唱，一株果树在风中受孕'这种语言的神秘力量。显然，洛夫觉得传统的'人与自然凝融为一'的理想，在现代中国的命运中，太过静化无力，所以必须给予诗一种积极的作用；换言之，是所谓'报复手段'的另一种面貌与方式。"①应该说，叶维廉注意到的，正是洛夫对禅家诗等中国古典诗歌中的"天人合一"诗境的创造性改造。不可否认，在现代人看来，禅家等中国古典诗歌中的"天人合一"的"无我"之境，是有着较为明显的缺陷的。在这种"无我"之诗境中，由于人的内在欲念被完全消灭，因而，人与自然自始至终就处于一种超稳态的和谐性关系之中，这种超稳态的诗的结构和诗境，严重地阻碍了人们对于自我和外在世界本原的进一步认识。与之相反，超现实主义文学不仅不否定内在欲念的独特价值，而且经常借助于对内在欲念的表现去反对外在世界对人的奴役和异化。超现实主义者有时也主张现实与超现实的同一，但在超现实主义者这里，超现实常常特指人的潜意识和梦幻构成的作为生命欲望的内在自然，因而，超现实与现实的同一，就经常被他们用来指人的作为生命情欲的内在自然与外在自然以及外在日常生活世界的同一；而且，即使是这种同一性关系，也是建立在内在自然对外在自然与外在日常生活世界的占有的基础之上的。洛夫虽然不赞同超现实主义者将人与自然的融合完全看作人的内在自然对外部世界的占有，但如上所述，洛夫又是将个体生命的自由首先看作个体的身心一体的满足的，因而，在洛夫的诗中，与客体融合的个体，就既不是一个偏重于生命冲动的个体，也不是一个无情无欲的个体，而是一个作为身心同一化的整体的人的主体。这个身心同一化的主体，在追求与客体相互融合的过程中既以精神活动去协调自我的内在欲求，又常常从本能欲望中吸取原始的力量。《巨石之变》中，正是"我抚摸赤裸

---

① 洛夫：《超现实主义与中国现代诗》，载《幼狮文艺》1969年诗专号。

的自己/倾听内部的喧嚣于时间的尽头",我才更加迫切地渴望着生命的蜕变。可以说,正是这种作为生命情欲的内在自然在主客体融合过程中的积极运动,才使得洛夫诗中的主客体融合的诗境变得更具动态性和开放性。在《裸奔》《巨石之变》中,自我生命的最大自由并不是在自我与自然初次结合中就获得了完满的实现的,而是在与自然的不断融合、分离、融合中才获得的。《巨石之变》中,尽管"我是火成岩,我焚自己取乐",但我并没有领悟到人生的真谛。这时,"你们说无疑/我选择了未知"。因而,"我必须重新溶入于一切事物中"。即使是像《裸奔》中那个将自我的肉体和精神溶入自然之中的个体,他也并不满足于停留在这种主客体融合的境界之中,而是"他狂奔/向一片汹涌而来的钟声",去寻求着一种新的更趋完满的人与自然的融合的境界。于是,在融合—分离—融合的不断演进中,不仅个体生命获得了无限丰富的形态,而且个体生命的自由也得到了不断的扩展。

三

从上面的论述中,我们可以发现,洛夫后期创作的诗观和接受取向确实都发生了较大的变化。然而,这种风格和接受取向的变化,并不像有些论者认定的那样是一种对超现实主义文学的背离和对传统文学的完全回归。对此,洛夫在《关于〈石室之死亡〉》一文中说得非常明白:"而我后期诗中之所以能突破时空的局限,突破后设语言的藩篱,而'创造出虚实相生的诗境,直探生命与宇宙万物的本貌',除了师法古典之外,无不拜超现实主义表现手法之赐。"[1] 显然,这一时期的洛夫的诗的接受取向并没有由一种单向化走向另外一种单向化,而是趋向于一种中西不同文化视野的融合。正是在这种东方智慧

---

[1] 洛夫:《关于〈石室之死亡〉》,转引自朱寿桐主编《中国现代主义文学史》,江苏教育出版社1998年版,第738页。

与西方哲学,中国禅学与西方超现实主义文学的碰撞、融合之中,洛夫找到了他一直以来孜孜以求的生命的自由和失落已久的"真我",并使他的诗真正达到了"是意识的也是潜意识的,是感性的也是知性的,是现实的也是超现实的"① 较为理想的境界。如果说余光中以他较为深厚的中西文学功底,在接受西方现代主义文学时,能够比较容易地贴近原作的意义世界,发现中西两种不同质的文学之间的相异之处,并使中西两种不同质的文学的互相补充得以成功地实现,那么,洛夫则是站在比余光中更为前卫的位置上,不仅寻求着中西文学的互补,而且在对超现实主义文学与禅学关系的探寻与揭示中,较为成功地发现了跨文化群体中的人们可以相互沟通的共同话题。尽管在洛夫的诗中,超现实主义文学与禅学视野的融合还留有较为明显的人为痕迹,它还没有达到一种天衣无缝的境界。但不管怎样,这种融合毕竟显示了中西文化和文学在平等基础上进行对话的时机的成熟,它在促使着人们发现跨文化群体的人们在人类童年时期具有的共同思维模式和共同经验的同时,也促进着不同民族的文化和文学织入到世界文学发展的脉络中去。这样,洛夫现代诗对现代性的追求和创造过程,就成为了对传统文化和西方现代主义文学这两种精神资源进行双重改铸相互融合的过程,而在这种双重改铸、相互融合的过程中,洛夫现代诗便开启了一条开放性与内生性相融合、审美现代性和启蒙现代性相结合的无限敞开的现代性意义生长之路。它预示着,中西文学不同视野的融合,既不能以西方文学为标准,又不能以中国传统文学为标准,无论是中国传统文学,还是西方文学,都要将它们提高到中西融合的世界性高度进行重塑。只有这样,中西文学视野的融合才不会是一种单向施动的生成物,而是双向互动的结果。这种双向互动必然导致不同的文学摆脱那种以自我为中心造成的孤立状态,通过平等对话,达到相互沟通、相互补充的效果,进而生成一种世界性的多元文化相互交融、并存互补的文学。正是从这个意义上来说,我们认

---

① 洛夫:《超现实主义与中国现代诗》,载《幼狮文艺》1969年诗专号。

为，在台湾现代诗运动中，洛夫无论是在对西方现代主义文学的接受方面，还是对于中西不同文化和文学视野的融合方面，都做出了别人难以替代的贡献。

结构主义视野下白先勇《台北人》新读

结构主义文论的一个非常突出的特点,就是十分重视文学作品中的二元对立关系,通过对二元对立关系的梳理,结构主义文论相信可以发掘文本的深层意义。正是有鉴于此,本文试图借鉴结构主义理论,探讨白先勇《台北人》小说集中蕴含的二元对立关系及其蕴含着的深层意义。

《台北人》中含有较为浓厚的怀旧思想的观点,目前已成为学界的共识。然而,总体来看,对《台北人》中怀旧与尚新、过去与现在关系的研究却并没有获得学界的充分重视,这在很大程度上妨碍了人们对《台北人》中的时间意识及其价值观做纵深式的挖掘。

我们认为,"怀旧"固然晾晒出《台北人》时间意识的一个主要维度,但"尚新"追求也同样构成了它的另一个不容忽视的维度。从根本上看,在《台北人》中,尚新与怀旧都是带有时间指趋性和较为丰富的社会内容的心理现象,是作者以自我经验为基础的带有浓厚情感色彩的价值选择与认同。正因如此,在《台北人》复杂的思想体系中存在着一个非常复杂的循环否定的二元对立关系。一方面,作者白先勇以永不流逝的心灵时空追忆与哀叹刻骨铭心、春光已逝的良辰美景和梦幻般纯净美好的人生。另一方面,作者又不满足于对过去的留恋,而是对现在与未来保持着不懈的好奇和追索。

一

　　毋庸讳言，白先勇写作《台北人》的时代，正是当代台湾作家充满焦虑的时代。因时间与空间变异引起的生存环境的恶化，则是作家焦虑情绪形成的主要诱因。这一时期的白先勇不仅像艾略特那样感受到了一种"个人与社会（甚至自然）的隔绝"，而且，更为强烈地生发出一种"农业社会与工业社会的价值脱节，大陆迁来海岛的郁闷心境与怀想情绪"。① 在这远离母土文化的孤岛中，白先勇的心开始战栗，他悲哀地环顾这坍塌的废墟，眼光与心灵不由自主地指向过去，在怀旧的情感氛围里，白先勇以时间上的回溯、情感上的回忆建构了一个在现实中缺席的自然与人生的理想家园，以此达到心灵的解脱、净化与自适。

　　在《台北人》中，和进化的线性时间观相对的可逆转的时间意识主要表现为：对过去美好的自然与人生的追怀。

　　自古以来，中国人对季节的流易就非常敏感，草木的丰盈与衰败，气候的温暖与寒冷，既影响人们的日常生活，也对人们的思想、情感发生着重要的影响。而从《台北人》对季节类型的选择上看，作者尤其偏爱的是对冬天、秋天的描写。这既是冬秋季特殊的物候特征决定的，也与作者情感表现的需要相契合，充分凸现了《台北人》中的主人公们由辉煌逐步走向毁灭的悲剧意识。

　　与春之万物苏醒相反，冬天与秋天是万物衰亡的季节。刺骨的寒风挟带冰冷的雨鞭无情地摧毁着大地上的万物。万物衰亡的声音与景象往往使多愁善感的作家触景生情，他们在冬天与秋天比任何时候都更为强烈地感受到季节的更替对有限生命逼近的透骨凉意。因而，在《台北人》中，冬秋季在小说中不断以高频率出现与作者抒发悲伤的

----
　　① 余光中：《中国现代文学大系》总序，台北：巨人出版社1972年版，第1页。

情感用意是密切相关的。它们或是表达时光飞逝的生命感怀。《游园惊梦》中，原来"讲排场，耍派头""宴客的款式怕不噪反了整个南京城"的钱夫人独自漂流到台湾后寂寞地居住在台南偏僻处。时空转换中，潦倒的钱夫人去往台北参加窦夫人的盛宴华筵。宴终席散，昔日的风云人物只能站在窦夫人的院子中可怜兮兮地等着窦夫人的小轿车折返回来送自己。这时，"一阵风掠过去，周遭的椰树都沙沙地鸣了起来，把窦夫人身上那块大披肩吹得姗姗扬起，钱夫人赶忙用手把大衣领子锁了起来，连连打了两个寒噤，刚才滚热的面腮，吃这阵凉风一逼，汗毛都张开了"。面对这种凉风乍起，凉意袭人的季节，钱夫人自然会触景悲怀，推物及己，痛惋自己花褪红残，好景不长，生发出春光难久、人之迟暮的惜时叹逝感。事实上，由时间带来的生命的萎谢和凋零是无法抗拒的。即使像《秋思》中的华夫人那样，希图通过涂脂抹粉将流动的时间冻结于青春美貌记忆的时光，也只能是痴心妄想。就好比华夫人最为钟爱的在花展中得过特别奖的"台湾最上品的白菊花"一样，虽然经过"花匠敷了一个春天的鸡毛灰"，在秋天"一团团，一簇簇，都吐出拳头大的水晶球子来了"，然而，即使在花丛中开放得"特别繁盛"的花朵中，"在那一片繁花覆盖着的下面，她赫然看见，原来许多花苞子，已经腐烂死去，有的枯黑，上面发了白霉，吊在枝丫上，像是一只只烂馒头，有的刚萎顿下来，花瓣都生了黄锈一般，一些烂苞子上，斑斑点点，爬满了菊虎，在啃啮着花心，黄浊的浆汁，不断地从花心流淌出来"。在对菊花的观察中，华夫人实际上已经明白人的生命从出生、生长、衰老的过程与一年四季的运行过程是相互吻合的。季节流易的自然法则，决定了女人的青春、美貌与四季中的春天一样难以停滞不变。由此，华夫人们无论主观上是多么不愿意承认春天忽至忽去、花儿忽开忽谢的事实，都在客观上不能不接受这种季节的流易带来的时间的嬗递。而当华夫人们意识到时间的这种不可逆性和生命的有限性时，这种体察只能使她们敏感的心灵积压着更多的悲哀。

有时，冬秋季叙述又是为了表达对英雄暮年的无限感慨。长期以来，中国的文人武将都将"立德、立功、立言"视为自己的人生理想，为了实现这种人生理想，他们唯恐光阴虚度，即使烈士暮年，仍然壮心不已，渴望百尺竿头更进一步，建立起更大的功业。《台北人》中的许多主人公在年轻时也都干出过轰轰烈烈的事业，属于叱咤风云的人物。《梁父吟》中的朴公、王孟养、仲默都是辛亥时期揭竿而起的豪雄，《国葬》中的"陆军一级上将"李浩然在大陆时是统率几个兵团的声名显赫的人物。然而，人到老年，随着他们生活经历与环境的变化，这些过去的风云人物也已春光不再、惆怅不已。于是，原本并无好坏善恶之分的四季万物，由于作者对英雄暮年的惆怅特别敏感，因此将此惆怅之心再推之于季节万物，于是《梁父吟》《国葬》等作品中的季节万物也染上了惆怅凄婉之色彩。而在各种季节中，由于冬季与秋季习惯上已作为衰败的隐喻和悲情的对应，因而它们在这些作品中被更为频繁地加以利用以表达主人公们的那种刻骨铭心的生命之悲和天涯沦落的哀婉凄切之情。《国葬》中，作者一开始就让我们感受到了冬季叙事带来的阴冷和悲凉："一个十二月的清晨，天色阴霾，空气冷峭，寒风阵阵地吹掠着。台北市立殡仪馆门口，祭奠的花圈，白簇簇地排到了街上。"显然，对阴冷的冬季场景的渲染催生的是人的心情的悲凉。《梁父吟》也同样运用了冬季叙事的策略，但是作者并不是从一开始就极力渲染冬天的冷寂，而是随着叙述的推进进一步强化冬天的凄凉，这种叙述到了结尾更为寒恻惨烈："朴公回到院子里的时候，冬日的暮风已经起来了，满院里那些紫竹都骚然地抖响起来。西天的一抹落照，血红一般，冷凝在那里。朴公踱到院子里的一角，却停了下来。那儿有一个三叠层的黑漆铁花架，架上齐齐地摆着九盆兰花，都是上品的素心兰，九只花盆是一式回青白瓷璃龙纹的方盆，盆里铺了冷杉屑。兰花已经盛开过了，一些枯竭的茎梗上，只剩下三五朵残苞在幽幽的发着一丝冷香。"面对着凄冷的寒风，飘零的花木，这样肃杀的秋色和冬景不能不引发漂泊他乡而又老年孤独的朴公们的悲哀。由此，作者通过对秋天与冬天衰败零落的景物、寂寥凄清的气象的偏重性叙述，暗示了自然界对人类的冷漠与蔑视以及人的生命在流动的时间面前的困窘与无奈。在奔涌向前的时间之流的裹挟下，无论是帝王将相，还是英雄豪杰都无法走出自然界"无可奈何花落去"的由盛而衰的怪圈。

二

一般认为，在《台北人》中，"过去从根本上否定现在，人与时间势不两立"。① 因而，《台北人》中的时间观，从总体上来说是一个不断返回到身后以过去否定现在的过程。而它的主人公们全都"拥有过去、挥霍现在"。② 而我们认为，《台北人》中实际上存在着多种层次的时间概念。一方面，白先勇经常将自己定格于过去的某些稳固不动的记忆时间之内，在记忆时间中以美好的过去来否定凄凉的现实。另一方面，白先勇也认识到了时间如飞矢一般一去不回的自然规律，因而，他又常常对现在时间与未来时间表现了一定程度的认同。正如白先勇曾经说过的那样"我们对父辈那个世界，完全不认同。他们的世界自有一套属于他们的价值体系，和我们在台湾长大的一辈的世界，完全不同，彼此是两个世界"。"因此，我们要挣脱他们旧社会的桎梏，必得自己找自己的方向。""大家都有心无心地想建立自己新的世界，新的社会。"③ 一般论者的眼光大都完全凝固在了《台北人》卷首上赫然题着的唐代诗人刘禹锡的《乌衣巷》的"朱雀桥边野草花，乌衣巷口夕阳斜。旧时王谢堂前燕，飞入寻常百姓家"诗句之中，并据此断定白先勇是一个悲观的宿命论者，而往往忽略了《台北人》中同样也蕴含着"有心无心地想建立自己新的世界"的时

---

① 朱立立：《时间之伤与个体存在的焦虑——试论白先勇的时间哲学》，载《烟台师范学院学报》2003年第1期。

② 杨辉：《难舍的乡愁无奈的人生——试析〈台北人〉的文化主题和哲学意蕴》，载《合肥工业大学学报》2006年第4期。

③ 白先勇：《回顾六十年代——从我们这一班谈起》，载《白先勇文集》第4卷，花城出版社2000年版，第517、518页。

间寓意及复杂感慨。

面对滔滔东去的时间之流，《台北人》中的主人公虽然普遍滋生了一种难以抑制的焦虑感，但是，并不是所有的主人公都像钱夫人、朴公、刘行奇那样在向时间深处漫溯中以已逝的时间记忆对抗现实时间，个体心灵已完全被过去所吞没和溶化，成为过去时间之网中一块没有生命活力的芯片。如果我们不是像一般论者那样完全从道德的角度评定尹雪艳、金大班等人，那么，我们就会发现，尹雪艳、金大班等人都是善于充分把握时间线性流动的特点，顺应它的发展规律的人。尹雪艳并没有完全扑进想象的过去去躲藏和逃避，而是在现实生活中具有较强的独立、自由选择的能力。无论是在上海还是在台北，一个又一个的男人想控制她，一个又一个的女人嫉妒她，然而，"尹雪艳有她自己的旋律。尹雪艳有她自己的拍子。绝不因外界的迁异，影响到她的均衡"。尹雪艳不仅没有被其他人所控制，反而以她的强力意志与超人的心机凌驾于那些曾经叱咤风云、风华绝代的客人们之上，驱使他们狂热地互相厮杀、互相宰割。《金大班的最后一夜》中的金大班同样也是一个现实生活中的强者，在一个男权主宰一切的社会里，她不仅将自己的命运之绳握在了自己手中，而且以强者姿态在舞厅里呼风唤雨。她也有过温馨的记忆，但当过去与现在、精神与物质发生冲突时，金大班总会毫不犹豫地选择后者。她后来舍弃年轻的秦雄而"下嫁"给年老的有三四百万家当的陈发荣，依循的就是一种现实和功用的法则。《冬夜》中的大学教授余钦磊，曾是五四运动时火烧赵家楼的爱国英雄。到了台北后，他却接连遭受了经济、身体上的重重打击，然而，他没有选择向现实困境低头，而是由承受痛苦转向承担痛苦。承担的动力则来自那一直在他心中不灭的"出国教书挣钱"的希望之光，这种光芒一直在他的生命征程的前面召唤他，叫唤他，诱使他依恃着有限的生命意志与现实困难进行搏斗，使他不至于在生活的压力下沉沦。对于余钦磊、金大班等人来说，过去虽然是充满意义与美好的所在地，而"现在时间"毕竟是最为鲜活、实在的，因而他们不仅不应该在对过去的回忆中慢慢地将它消亡、忘却,而且应该调整自己的心理,将现在时间紧紧地把握住,并在适应新的环境的同时通过现有的一切手段再造现实。

白先勇对现在时间的顺从与肯定寓示着,尽管他在现实中一而再地体验到许多痛苦与感伤,但他并没有从痛苦与感伤之境滑向虚无主义者的泥潭。因为,秋天既是萧瑟的季节,也同时是收获的季节。冬天虽然严酷,但它既是一年的结束,也意味着新的一年的即将开始。就像《冬夜》中的余钦磊一样,他虽然一而再地受到摧残,眼睁睁地看着幸运之神与自己擦肩而过,但他并没有在现实黑暗的冬夜中沉没,而是希望在现实黑暗的冬夜中能寻出一条道路来。"出国教书挣钱"就是他在现实的黑暗冬夜中对于某种可能性道路显现的期待。这种可能性即使不向他开启,也必然向他的儿子开启。小说结尾这样写道:"他从窗缝中,看到他儿子房中的灯光仍然亮着,俊彦坐在窗前,低着头在看书,他那年轻英爽的侧影,映在窗框里。余教授微微吃了一惊,他好像骤然又看到了自己年轻时的影子。"是的,在自然界,春天去了,明年还会再来。在人间,老一代的青春消逝了,但它已化入了下一代的血液中。无论在自然界还是在人间,这种生命循环的朝向永远不会改变。

三

结构主义将文学文本的结构区分为深层结构和表层结构,"深层结构是指现象的内部联系,只有通过模式才能够认识,而表层结构则是指现象的外部联系,人们通过感觉就能够了解"。[①] 而在深层结构中,结构主义尤为注重的是对立的深度模式。

以结构主义理论观照白先勇的《台北人》,我们可以发现其中存在着两种对立的深层结构模式:空间形态的大与小的对立,空间经济的富与穷的对立。

---

① 罗钢:《叙事学导论·引言》,云南人民出版社1994年版,第5页。

以往的《台北人》研究在注重城市空间的地理性意义时，也常常有意无意地忽视了城市空间的对立蕴藏着的深层结构模式意义。而事实上，在《台北人》中，城市空间的对立不仅作为一种叙述策略，而且作为一种深层结构模式凝结着白先勇的情感倾向与价值观念，内蕴着白先勇积淀在心中浓得化不开的故园离愁。

首先，是城市形态空间广大与狭小的对立。尽管台湾是中国的领土，尽管台湾人也是炎黄的子孙，但无可置疑，当几百万大陆人漂泊至台湾时，从一开始，他们却被土生土长的台湾人视为外来的闯入者加以看待。因而，如果说现代文学史上许多作家，由农村迁往都市时曾满怀着憧憬和希望，那么，白先勇《台北人》中的吴钦磊等漂泊者由大陆迁往台湾时，一开始就充满着失落和无奈。狭小、封闭的生存空间，陌生、有限的孤岛环境，对这些习惯于广大、辽阔的大陆环境的漂泊者的刺激是致命的，他们的苦恼、不满、抑郁，常常直接源于他们对这种空间的无与伦比的敏感。与大陆上海、南京"到处的繁华"的街道相比，台北的街巷是灰暗的，"巷子里灰蒙蒙的一片，一个人影也没有，四周沉静"。（《冬夜》）与大陆上海、南京等地"华美""气派"的酒店、餐厅相比，台北的"饭里有沙子，菜里又有苍蝇"的餐厅是简陋、寒酸的。（《花桥荣记》）与大陆上海、南京等地宽敞、大气的剧院、舞厅相比，台北的剧院、舞厅是狭窄、土气的，以至于在金兆丽看来，上海"百乐门里那间厕所"也要比台北"夜巴黎的舞池还宽敞些呢"。（《金大班的最后一夜》）城市外在空间结构的狭小、逼仄直接导致了生活在其中的吴钦磊等对它的认同感的缺乏。于是，向过去广大的城市外部空间的回望就成为《台北人》中频繁使用的结构模式与习惯姿态。借助于这种回望，《台北人》中的主人公们往往可以暂时超越令人窒息的狭小、逼仄的台北现实空间而重回令人愉快的梦幻中的大陆空间。

事实上，对广大而又开阔的生存空间的渴求，是人固有的本性。如果说内部空间可以满足人追求归属、安全的需要，那么，外部空间就可以满足人追求自由的需要。从这个意义上说，大陆的上海、南京等地广阔的城市空间，既能让吴钦磊等人的各种感觉器官接受更为广泛而又新鲜的刺激，又能让他们的情感、思想获得更为自由的舒展。吴钦磊、朴公、钱夫人等之所以对大陆城市空间念念不忘，就在于在这种空间中，他们的生命意志获得过最大的张扬，他们自身的本质力量获得过最充分的肯定。而与之相比，自从进入到台湾这个狭小的空间之后，他们大多数人都过上了"躲进小楼成一统"的蜗居生活，曾经叱咤风云的刘行奇出了家，（《国葬》）曾经名动一时的钱夫人成为了深居简出的落伍者。（《游园惊梦》）久而久之，他们便都在这种狭小的封闭环境中产生了一种幽闭恐惧症，他们的生命活力日趋减弱，他们的生命意志也日趋消沉。他们在焦虑和痛苦中，不得不选择精神上的逃离，因为，只有在对现实空间的逃离中，《台北人》中的漂泊者才能在想象中扩大自己的生存空间，实现自己对更为博大的大陆空间的亲近。

其次，是城市经济富裕与贫穷的对立。在《台北人》中，对大陆空间的认同既通过空间形态的对比，也常常通过空间的经济化性质的对比得以体现。20世纪三四十年代的上海、南京等大陆城市，新兴的工商企业获得了较快的发展，经济的发展为钱夫人、李长官、尹雪艳等的生活享乐提供了诸多方便。而20世纪五六十年代的台湾经济尚未脱离农业经济的樊篱而起飞，经济的贫穷也造成了主人公们生活的相对窘困。于是，昔日繁华、富裕的上海、南京等大陆城市作为贫穷、寒酸的台北的对比不断地出现在《金大班的最后一夜》《永远的尹雪艳》《游园惊梦》等小说中。

一是衣着装饰的对比。上海、南京等大城市经济的发展极大地推动了有钱人衣着装饰方面的奢侈，尹雪艳等人在衣着上讲求高质量、高档次，式样上追求精美、时尚和豪华。"每当盛宴华筵，无论在场的贵人名媛，穿着紫貂，围着火狸，当尹雪艳披着她那件翻领束腰的银狐大氅，像一阵三月的微风，轻盈盈地闪进来时，全场的人都好像给这阵风熏中了一般，总是情不自禁地向她迎过来。"（《永远的尹雪艳》）这里，衣着是尹雪艳等有钱人思想和情绪的外化形式，它们支撑起的是城市的繁华和有钱人的内心优越感。然而，空间转入到台湾，昔日的上海有钱人钱夫人等人面对着的则是经济上相对贫穷的台湾现实世界。在钱夫人看来，"台湾的衣料粗糙，光泽扎眼，尤其是丝绸，哪里及得上大陆货那么细致，那么柔熟"？（《游园惊梦》）当台湾衣服被贴上"粗糙""扎眼"的标签时，它反映的是昔日满足于"精美""细致"的衣服的钱夫人等对台湾城市消费品位与自己的现实经济状况的双重失望。

二是饮食方面的对比。上海、南京等大陆城市经济的发展为有钱人提供了广阔的消费空间。在外面，他们可以在"国际饭店廿四楼的屋顶花园去共进华美的夜宵"。（《永远的尹雪艳》）在家里，"讲排场，耍派头，梅园新村钱夫人宴客的款式怕不噪反了整个南京城，钱公馆里的酒席钱，'袁大头'就用得罪过花啦的"。（《游园惊梦》）而更显奢侈的是饮食与娱乐的结合，席间娱乐活动日趋多彩浪漫。像李长官一家在南京时就年年春天"在园子里摆酒请客，赏牡丹花"。（《思旧赋》）然而，当空间转入台湾时，在饮食上极为讲究的李长官再也无法追求饮食的多彩浪漫，他们家的厨房"案台上都是灰卤卤的油腻水"，"水槽中浸着""两块发了黑的抹布"。在南京时"恁是多大的场面，总是应付得妥妥帖帖的"的钱夫人到了台湾后"好久没有应酬"，以至于坐上窦夫人家的筵席主位时竟然会"一阵心跳，连她的脸都有点发热了"。应该说，饮食不仅仅与一个城市中人们的口腹有关，它本身蕴含着非常丰富的文化意义。如果说上海、南京等大陆城市中的高档、精美的饮食既映衬了李长官、钱夫人等人昔日生活的奢侈与地位的尊贵，又反映了上海、南京等大陆城市上流社会饮食上的奢侈消费之风，那么，台湾饮食的单调与粗糙就既折射了李长官、钱夫人等人现实生活的窘困与地位的下降，又表现了当时台湾地区饮食文化品位和格调的粗俗。

三是居住方面的对比。上海、南京等大陆地区的有钱人的奢侈性消费还集中表现在居住上。他们之所以热衷于居住在"上海法租界""华贵的花园洋房"，"霞飞路上一幢幢侯门官府"，（《永远的尹雪艳》）南京"梅园新村的公馆"，（《游园惊梦》）与其说他们是在以巨款购买这些豪宅的使用价值，不如说他们是以稀有的金钱在购买这些豪宅的稀有性以及由此获得的优越感。形成显著反差的是，绝大多数的昔日有钱人到了台北后的情形却大相径庭。当昔日的豪宅被革命最终席卷而去时，现实中的李长官等人就只能住在"已经十分破烂，屋顶上瓦片残缺，参差的屋檐，缝中长出了一撮撮的野草"，（《思旧赋》）"屋檐门窗早已残破不堪，客厅的地板，仍旧铺着榻榻米，积年的潮湿，席垫上一径散着一股腐草的霉味"（《冬夜》）的破败、简陋的住房中。空间的变换不仅使他们丧失了对豪华住宅的使用权，而且也摧毁了他们昔日用钱购买来的社会优越感。

从台北回望大陆的上海、南京等地，当白先勇将大陆空间的广大、繁华与台北的狭小、贫瘠相对照时，想象和情感在这种对照中发挥着重要的作用。对于白先勇而言，过去空间的真实与否并不重要，重要的是他表达了一种鲜明的身份认同、关系认同和品位认同意识。如果说一个城市的空间应该是这个城市中人们情感的归宿和心灵的港湾，那么，对于白先勇而言，台北城市中的家庭就不过是他暂时的一个栖身之处。这个暂时的栖身之处一直难以获得他在情感上和思想上的真正认同。正如白先勇自己所说："台北是我最熟悉——真正熟悉的，你知道，我在这里上学长大的。可是，我不认为台北是我的家，桂林也不是，都不是。也许你不明白，在美国我想家特别厉害。那不是一个具体的'家'，一个房子，一个地方，或任何地方，而是这些地方，所有关于中国记忆的总和。"[①] 对于白先勇而言，回家，在很大程度上说就是漂泊者对出生之原始的寻求，对归属、保护、安全的企盼。漂泊之路，曲曲折折，艰险重重。漂泊者从一个空间向另一个空间迁移时，他谋求同质性的压力和消除差异的努力愈是趋于强烈，自我与他者的差异也就愈会对他产生逼压感，它导致的自我焦虑因而

[①] 林怀民：《白先勇回家》，见《第六只手指》附录，花城出版社2009年版，第315页。

也就会愈为强烈。在这种情况下，漂泊者回过头来寻找过去的空间，寻找家，完全是一种本能的需求。它是白先勇与他的主人公们一种生存意志的体现，是在新的环境中抵制陌生感、强化文化理想诉求的一种努力。因而家不仅是一个地理性概念，而且也是一个充满文化意义的概念，它像公理一样，不证自明地预定存在着一个人为力量都无法将它割裂开来的由具有共同种族身份的人居住的空间。而白先勇与他的主人公们对它的认同，不仅仅源于在艰难重重的异乡的一种自我防御本能，也是一种文化选择和身份定位的需要。

赵小琪学术年表

1962年7月26日，出生于湖南省邵阳市一个普通干部家庭。

1979年9月，进入湖南师范大学中文系学习。

1987年9月，考入苏州大学中文系现当代文学专业，师从范伯群、芮和师等先生从事中国现当代文学研究。

1990年7月，进入广州师范学院中文系工作。

1991年9月，《忧伤并不等于绝望——〈城之谜〉情调分析》一文获得《台港文学选刊》举办的"选刊之友"征文比赛二等奖。

1992年3月，在《台港文学选刊》第3期发表《物质填不满心灵》，《作品与争鸣》1992年第8期对其进行了全文转载。

8月，在《台港文学选刊》第8期发表《横看成岭侧成峰》，获得《台港文学选刊》举办的"选刊之友"征文比赛二等奖。

1993年，应《台港文学选刊》编辑部主任杨际岚先生之约，在广州师范学院成立《台港文学选刊》"评刊小组"。

1994年，应广东新华社广州办事处杨春南主任邀请，兼职担任《东南亚研究》杂志编辑部副主任，至1995年，负责杂志的日常编辑工作。

1997年8月，主编的《港澳之最》（第三主编）由广州出版社出版。

1998年9月，考入武汉大学中文系，师从龙泉明先生从事中国新诗研究。

2000年10月，当选为广东当代文学学会秘书长。

2003年5月，论文《蓝星诗社对西方象征派诗美建构策略的化用》发表于《外国文学研究》2003年第3期，该文后被人大复印资料《中国现代、当代文学研究》2003年第9期全文转载。

2003年5月，《当代台港澳小说在大陆的传播与接受》获批为"十五""211工程"重点建设项目《现代传媒与中国社会、文化发展》的子项目。

12月，当选为湖北省比较文学学会秘书长。

12月，进入四川大学文新学院博士后站学习，师从曹顺庆先生从事比较诗学研究。

2004年10月，《台湾现代诗与西方现代主义》由长江文艺出版社出版。

2005年6月，受聘为博士生指导教师。

2007年2月，论文《艾芜早期小说的文化想象》获湖北省第五届社会科学优秀成果三等奖。

12月，受聘为国家社科基金项目通讯评委。

2008年11月—2010年11月，受聘为中国世界华文文学学会会刊《华文文学》"特邀栏目主持人"。

2008年12月，《跨区域华文诗歌中的中国想象》获批为教育部"211工程"三期重点学科建设项目的子项目。

2009年1月，主持的教育部"十五"规划项目《中国现代主义诗学研究》的结项成果《20世纪中国现代主义诗学》由长江文艺出版社出版。该著第五、六、七章分别论述了现代诗社、蓝星诗社、创世纪诗社诗学。

2010年5月，与博士生张晶合撰的《香港文学与澳门文学"中国形象"的对读》被人大复印资料《中国现代、当代文学研究》2010年第3期全文转载。

7月，主编的《比较文学教程》由北京大学出版社出版。

7月，作为第三主编的《跨文化的传播与接受——20世纪中国文学与外国文学的关系》由人民文学出版社出版。

10月，论著《当代中国台港澳小说在内地的传播与接受》由中国社会科学出版社出版。

8月，当选为中国新文学学会副秘书长。

10月，当选为中国世界华文文学学会学术委员会副主任。

2011年8月，当选为中国比较文学学会理事。

12月26日，荣获武汉大学第二届"我心目中的好导师"十佳导师第一名。

2012年6月25日，参加武汉大学2012年毕业典礼暨学位授予仪式，作为全校教师代表在毕业典礼上做了题为"四个相信"的发言。

6月，与王宁宁共同主编的《台港名家名作选读》由中国民主法制出版社出版。

10月，当选为湖北省毛泽东诗词研究会副会长。

10月5日—8日，在台北参加由台北大学主办的第二届亚太华文文学国际研讨会，担任会场主持人、大会报告人。

2013年5月，论文《跨区域华文诗歌中国形象的再现式想象论》被人大复印资料《中国现代、当代文学研究》2013年第5期全文转载。

6月，受聘为赵毅衡教授负责的四川大学符号学——传媒学研究所特约研究员。

12月，与王宁宁共同主编的《世界华文文学经典欣赏》由中国人民大学出版社出版。

2014年5月，与王宁宁共同主编的《20世纪外国文学经典导读》由中国人民大学出版社出版。

6月，《台湾新世代本土诗人的中国想象》获批为国家社会科学基金项目。

2015年4月，与张晶、蒋金运合著的《跨区域华文诗歌中的中国想象》由中国社会科学出版社出版。

6月27日，当选为湖北省比较文学学会常务副会长。

2016年7月，当选为中国新文学学会副会长。

10月18日，《世界华文文学经典欣赏》课程在爱课程网上线，在社会上引起了较大反响，第一期选课学员达16651人，第二期选课学员增加到25930人。

2017年8月7日—8月11日，参加由马来西亚槟州华人大会堂举办的世界华文作家暨媒体聚焦槟城采风活动。

2017年12月22日，《世界华文文学经典欣赏》一课被评选为2017年国家精品在线开放课程。